dtv

Zärtlich und melancholisch blickt Carla auf ihre Ehe zurück, die als Amour fou in Israel beginnt. Doch so stark die Gefühle Carla und Yoram verbinden, so schmerzhaft schlägt ihnen bald Skepsis entgegen. Kritisch beäugen Yorams israelische Freunde die junge Deutsche, und auch Yorams Mutter Aliza ist nicht begeistert von seiner Wahl. In Deutschland ergeht es dem Paar kaum anders. Ulrike Kolb erzählt die Geschichte einer jüdisch-deutschen Liebe in der Gegenwart, die sich gegen die Nachwirkungen der Vergangenheit behauptet und doch an ganz normalen Konflikten zu zerbrechen droht.

Ulrike Kolb, geboren 1942, lebt als freie Schriftstellerin in Frankfurt am Main. Sie veröffentlichte mehrere Romane (u. a. ›Roman ohne Held‹, ›Frühstück mit Max‹, ›Schönes Leben‹, ›Diese eine Nacht‹) und wurde mehrfach ausgezeichnet, u. a. mit der Eugen Viehof-Ehrengabe der Deutschen Schillerstiftung.

Ulrike Kolb

Yoram

Roman

Deutscher Taschenbuch Verlag

Von Ulrike Kolb
ist im Deutschen Taschenbuch Verlag erschienen:
Frühstück mit Max (12911)

Ausführliche Informationen über
unsere Autoren und Bücher
finden Sie auf unserer Website
www.dtv.de

MIX
Papier aus verantwortungsvollen Quellen
FSC® C019821

2012
Deutscher Taschenbuch Verlag GmbH & Co. KG,
München

Umschlagkonzept: Balk & Brumshagen
Umschlaggestaltung nach einem Entwurf von Susanne Gerhards
unter Verwendung eines Fotos von gettyimages / Elizabeth Young
Satz: Wallstein Verlag, Göttingen
Druck und Bindung: Druckerei C.H. Beck, Nördlingen
Gedruckt auf säurefreiem, chlorfrei gebleichtem Papier
Printed in Germany · ISBN 978-3-423-14083-6

Wenn ich doch nur die Jahre einfangen könnte, die Augenblicke, die Bilder, die Geräusche, die Düfte … aber sie verwehen wie die Zeit, gleichgültig gegen jedes Verlangen, festzuhalten, was nur wir beide wissen, sie sind flüchtig wie das Licht, das mit uns sein Spiel treibt, uns in Schwermut versetzt oder in Euphorie … das aufstrahlende Licht nach dem Regen und die winzige Lerche, die in die Höhe jagt, bis wir sie aus den Augen verlieren und nur noch ihr Zwitschern aus der Ferne hören …

Turmhohe Stahlträger, die soeben noch aus einem steinernen Trümmerhaufen als Rest eines Hochhauses ragten und jetzt in unglaublicher Geschwindigkeit ihren Aggregatszustand änderten, sich wie weich gewordene Kerzen herabbogen, um dann zu seltsamen Formen zu schmelzen und in eine Mulde hellen Betonschutts zu fließen und eine silberne Lache zu hinterlassen wie das zu Silvester als Zukunftsspiel benutzte Blei über einer Flamme. Ich wusste nicht, wie mir geschah. Ich saß in einer Art Vogelleib, Federn flatterten nahe meinem Gesicht, so jagte ich in abnehmender Höhe über eine Stadt hinweg … ich saß in einem großen Vogel und unter mir diese Stadt, die einmal wie Frankfurt aussah und im nächsten Moment wie irgendeine andere Stadt. Einen Moment glaubte ich, das Haus zu erkennen, in dem ich damals wohnte, und dann wieder sah es aus, als sei es eigentlich ein Gebirge, was da unter mir wegschmolz. In meinen Sitz fixiert, war ich unfähig, mich zu bewegen, weder meine Arme noch mein Kinn konnte ich auch nur einen Deut zur Seite schieben. Mein Kopf steckte in einem ausgepolsterten und unerbittlich festgestellten Helm, ja, wie ich jetzt realisierte, war mein ganzer Körper auf diese unverrückbare Weise in eine Halterung gesperrt, die genau auf mich zugeschnitten schien und mir gerade deshalb keinen Millimeter Bewegungsfreiheit ließ, sodass ich, nach unten blickend, den Augenblick erwartete, in dem ich in den Spiegel geschmolzenen Metalls eintauchen würde …

In diesem Moment muss ich irgendwelche Laute von mir gegeben haben, ein Schnarchen oder Grunzen, ich hörte es selbst noch im Aufwachen, die Hand meiner Nachbarin auf dem Arm spürend, ihre Stimme in meinem Ohr, everything o.k.?

Ich nickte und murmelte, Orientierung suchend, etwas von excuse me, sorry … und griff nach dem vor mir stehenden Glas Wasser, erleichtert, aus dem Traum aufgewacht und wieder Herrin meiner Sprache zu sein. In Wirklichkeit war ich im Flugzeug nach Tel Aviv und in einer besseren Realität als der soeben erlebten. Ich schob die Rücklehne in die Schräge, sank ins Polster und überließ mich den Geräuschen, dem gleichmäßigen Brummen der Motoren, den beruhigenden Ansagen der Stewardessen, den gedämpften Schritten durch den Gang neben mir, dem Papierknistern in meiner Nähe und den Stimmen des Paars zu meiner Linken. Die beiden sprachen hebräisch, und da ich kein Wort davon verstand, drang der Klang ihres Sprechens umso deutlicher an mein Ohr, der raue Ton des Mannes, seine harten Rachenlaute, und die singende Variante der Frau, das sich oft wiederholende Sch, die Anhebungen ihrer Stimme, als kleide sie alles, was sie sagte, in freundliche Fragen. Es war ein einlullendes akustisches Gemisch, die Anspannung der letzten Tage verzog sich, und endlich stellte sich das Glücksgefühl ein, das mich immer befällt, wenn ich, auf dem Weg in ein südliches Land, dem aschfarbenen Frankfurter Himmel entkomme, oder all dem, wofür er in einem solchen Moment herhalten muss.

Es war meine erste Reise nach Israel, vor vielen Jahren im Herbst, und ein prächtiger Himmel spannte sich über Tel Aviv. An den belebten Straßen und Plätzen wurden Palmwedel für das Laubhüttenfest verkauft, und überall sah man Leute, die Bündel wippender Zweige mit sich trugen.

Bereits am Flughafen hatte ich ein Hotelzimmer unweit des Strands gebucht. Später sollte ich die Gegend gut kennenlernen, denn die Idelsonstraße, wo bis heute Alizas Wohnung liegt, ist ganz in der Nähe des Hotels, das es längst nicht mehr gibt. Es befand sich in zwei oder drei Etagen eines im Bauhausstil errichteten Gebäudes unweit des Dizengoffplatzes. Der Besitzer war ein weißhaariger Mann, der seine Rezeption in einem von dunklen Möbeln zugestellten kleinen Raum betrieb.

Hoch oben an der Wand hinter ihm hing ein kyrillisch beschriftetes Plakat, auf dem ein junger Schauspieler in expressiver Pose zu sehen war. Das Gesicht weiß und die Augen dunkel umrandet, posierte er theatralisch in einem kahlen schwarzen Baum. Ich überlegte, was der Mann auf dem Plakat mit dem Alten an der Rezeption zu tun haben könnte. Vielleicht waren die beiden ja identisch, vielleicht war der Mann an der Rezeption früher Schauspieler gewesen?

Er führte mich zu meinem Zimmer, das auf derselben Ebene wie die Rezeption lag und in dem ein großes, bodentiefes Fenster nach zwei Richtungen wies, sodass ich auf einen Blick das ganze Hofpanorama vor Augen hatte, eine schmale Baumkrone mit kleinen Blättern und die Veranda des Nachbarhauses, auf der Kinder ihre Sachen ausgebreitet hatten und eifrig redend spielten. Ich legte mich aufs Bett und fiel wieder in einen wirren Traum, von dem nur ein Geschmack von Unruhe zurückblieb. Es war schon spät, als ich aufwachte, die Kinder waren verschwunden, und nur noch ihre Spielsachen lagen auf dem Kindertisch und dem Boden verstreut. Den Schlüssel gab ich an der Rezeption ab, oder besser, in dem als Rezeption dienenden Zimmer, wo der alte Mann jetzt vor einem Fernseher saß und, als ich hereintrat, aufstand und wissen wollte, ob alles in Ordnung sei. Jetzt wagte ich, auf das Plakat hinweisend, zu fragen, could it be, that this man … Er zog die Brauen hoch und lächelte.

Was meinen Sie? Sehe ich so aus?

In diesem Moment war ich überzeugt, dass ich mit dem Schauspieler auf dem Plakat sprach. Er erklärte mir den Weg zum Strand, drückte mir einen kleinen Plan in die Hand, auf dem er mir die Strecke markierte, und geleitete mich hinaus bis zum Hofeingang, um mir zu zeigen, welche Richtung ich nehmen musste.

Während ich durch die lärmenden Straßen dem Meer entgegenlief, ging mir der Mann auf dem Plakat nicht aus dem Sinn. Wie er seinen Körper in die schwarzen Äste schmiegte, sodass seine ausgestreckten Arme und Hände wie deren seltsame Verlängerungen wirkten. Wann und wie er wohl hier ins Land gekommen ist? War er schon vor dem Krieg hier oder hatte er fliehen müssen? War er in einem Lager gewesen? Was hatte er durchgemacht?

Es war unglaublich laut, Hupen, Mopeds, die sich zwischen Autos hindurchschlängelten, schimpfende Stimmen, vorbeijagende Popmusik aus geöffneten Autofenstern und immer wieder, zwischen einem Schwall Autoabgas, der plötzliche Duft nach Blüten und überreifem Obst.

Obwohl es schon spät war, hielt die Wärme noch an, und ich streckte mich im aufgeheizten Sand aus. Der Strand war belebt, als wäre es mitten am Tag, immer noch strömten Leute herbei, immer noch wurde gebadet, Ball gespielt und gepicknickt. Und jetzt sehe ich wieder das Licht, sein gläsernes Leuchten, das alles verändert, das die Konturen schärft und die Farben intensiviert, dieses unglaublich klare Licht, das mich jedesmal in all den späteren Jahren von Neuem überrascht hat. Das Rot meiner Jacke wirkte plötzlich nicht mehr weich und warm, sondern hart und vulgär, und obwohl sie ganz neu war, knüllte ich sie zusammen und schob sie mir unter den Nacken. So blieb ich liegen, bis die Sonne unterging. Sie glitt unglaublich schnell ins Meer, und die Dunkelheit kam nicht allmählich, sondern stürzte herab, sodass ich mich fragte, ob ich zwischendurch eingeschlafen sei und ein Stück Zeit verpasst hätte. Wie in einem Schauspiel flohen Grau, Rosa, Violett und Orange in schneller Folge über den Himmel, bis es so gut wie dunkel war. Erst dann raffte ich mich auf, verließ den Strand und schlenderte durch das Viertel, das unmittelbar ans Meer grenzt. Froh, für mich zu sein, ließ ich mich langsam treiben.

Bis heute ist es mir, wenn ich zum ersten Mal in einer Stadt bin, am liebsten, mich nach niemandem richten zu müssen, mich ganz meiner Neugier zu überlassen, meinem Drang, so langsam zu laufen, wie es keinem Begleiter zuzumuten wäre, vor Schaufenstern stehenzubleiben, selbst wenn nichts Besonderes darin zu sehen ist, einfach irgendwo haltzumachen und mir etwas anzuschauen, das einen anderen vielleicht langweilen würde (wie das in die Nische eines Eingangs geschobene Gerümpel, aufgeklappte alte Koffer oder die Familienporträts im Schaufenster eines Fotografen). Immer wieder blieb ich stehen, um den Blick in eine von Pflanzen umrankte Veranda zu werfen, durch geöffnete Fenster zu sehen, in beleuchtete Räume, Leute zu beobachten, wie sie an Tischen sitzen, vor Fernsehern, mit angezogenen Beinen auf Sofas, und mir ihr Leben vorzustellen.

So streifte ich durch die Gegend, bis ich die Orientierung verloren hatte und nicht mehr wusste, in welcher Richtung das Meer lag. Irgendwann landete ich in einer belebten Straße, der Dizengoff, wo in einem Café unter freiem Himmel gerade ein Tisch in der ersten Reihe frei geworden war, an dem ich mich erschöpft niederließ.

Eine ganze Weile saß ich da, ohne beachtet zu werden. Als ich mich umblickte, um nach einer Bedienung zu suchen, beugte sich der Mann vom Nachbartisch zu mir herüber, can I help you?

Es dauerte nur ein paar Worte hin und her, und er setzte sich zu mir. Ich war froh über seine Freundlichkeit, denn mir war schon der Gedanke gekommen, man lasse mich warten, weil man mir ansehen könne, dass ich eine Deutsche bin.

My name is Asher, sagte er, und als ich meinen Namen nennen wollte, fiel er mir, jetzt in einem jiddisch gefärbten Deutsch, ins Wort: Nein, nein, sag nicht, wie du heißt, ich weiß es doch.

Er machte eine suchende Handbewegung, die in einem fingerschnippenden ›Ich hab's‹ endete. Du bist Ingeborg, ich weiß, dass du Ingeborg bist ... alle deutschen Frauen heißen doch Ingeborg.

Und auf mein ›Wieso denn das?‹ flachste er weiter: ... und alle deutschen Männer heißen Hans. Und protestisch bist du bestimmt auch. Es kommen nämlich viele Deutsche hierher, weil sie fromm sind.

Er blickte mir forschend ins Gesicht. Ich dachte mir, dass er protestantisch meinte, sagte aber nichts.

Also, du bist protestisch, du heißt Ingeborg und du hast dich in einen Israeli verliebt!

Ich muss etwas verwirrt gelächelt haben, und mein ironisch gemeintes ›Natürlich‹ klang so wenig schlagfertig in meinem eigenen Ohr, dass mein Gesicht, wie immer, wenn ich verlegen werde, auf der Stelle anfing zu glühen.

Du bist in einen Israeli verliebt, und er heißt David, fuhr er fort, stimmt's?

Er blickte mich mit hochgezogenen Brauen an, als hätte er mich durchschaut, und machte dabei ein so komisches Gesicht, dass ich laut lachen musste. Und als ich sagte, dass ich nach Israel gekommen sei, um einiges über Kibbuzerziehung zu erfahren, wollte er wissen, wer mir diesen Floh ins Ohr gesetzt habe, das sei doch längst passé. Ja, die Kibbuzkinder, die im Kinderhaus leben müssten, seien doch bemitleidenswerte Geschöpfe, schon als Säuglinge würden sie ihren Müttern weggenommen, was die größten Schäden für die armen Seelen bewirke.

Darf man einem kleinen Kind, so einer ›Sisskeit‹, das antun? Er habe einen Freund, der so aufgewachsen sei und der bis heute darunter leide. Ich blickte ihn fragend an. Ja, dieser Freund sei auf immer verdorben worden dort. Nie könne er allein sein, immer brauche er mindestens sieben oder noch mehr junge Frauen um sich, und er sah mich dabei so amüsiert an, dass ich endlich merkte, dass er dabei war, mich auf den Arm zu nehmen, und wahrscheinlich sagte er auch mit Absicht ›protestisch‹.

Ich bestellte mir ein Glas Rotwein, und er erzählte, er sei in einem Viertel von Jerusalem geboren, wo nur orthodoxe Juden wohnen. Mit drei Jahren habe er schon lesen können. Später sei er zur Armee gegangen, das sei für ihn der einzige Ausweg gewesen, sich aus der Enge in Mea Shearim zu befreien. Als ich an diesem Abend im Bett lag, drehte sich mir der Kopf, als hätte ich nicht nur das eine Glas Wein, sondern drei oder vier getrunken. Und vielleicht ahnte ich ja, dass diese Reise eine Art Schicksalsreise für mich werden sollte. Tags drauf fuhr ich mit dem Bus Richtung Jerusalem und stieg an der Haltestelle Latrun aus, wo, wie zuvor telefonisch ausgemacht, eine Frau mit einem alten und etwas ramponierten VW-Bus wartete, um mich in den Kibbuz mitzunehmen. Dort machte ich mich gleich zum Kinderhaus auf, aber nur eine Mutter und ihr Sohn waren noch da, der Sohn spielte mit einer Katze, und die Mutter fotografierte ihn dabei.

Wenn ich mir jetzt die Fotografien von damals ansehe, fällt mir alles wieder ein, jedes Detail kommt zurück: Die schwarzweiße Katze, der Junge, der sie auf seine Schulter legte und festhielt bis der Fotoapparat klickte, sie dann mit beiden Händen hochhob, den Katzenkopf so nah vors Gesicht, dass es aussah, als würden er und die Katze einander anblicken, und wie er sie schließlich auf seine Knie legte und versuchte, sie so zu halten, dass ihr weißer Bauch nach oben gekehrt war. Wie er versuchte, sie darauf zu küssen, wie er mit ihr spielte und wie sie sich alles gefallen ließ, während ich auf den Mann wartete, der mir mein Zimmer zeigen und sich auch sonst um mich kümmern sollte. Immer wieder forderte der Junge seine Mutter auf, ihn mit der Katze zu fotografieren. Er lachte und kicherte, und die Mutter bewegte sich um ihn herum, mal kniend, mal hockend, mal zu ihm herabgebeugt. Ich sehe ihn die Katze am Nackenfell packen und hochhalten und wie sie ihm entwischte und verschwand, sehe ihn auf dem Boden nach ihr suchen, sie mit Miumiu-Rufen locken, und seine Mutter, die nicht aufhörte zu fotografieren. Die Shorts, die sie trug, und das karierte Männerhemd mit hochgewickelten Ärmeln betonten ihre glatten Arme und Beine. Sie lief barfuß, und die leichte Bräunung ihrer Füße ließ die Kuppen ihrer Zehen und die kurz geschnittenen Nägel rosig leuchten, und ich dachte, noch nie so schöne Füße gesehn zu haben. Du kannst auch am Pool warten, sagte die Frau auf Englisch, ich sage Yoram Bescheid, der wird dir dann alles zeigen. Geh ruhig schon mal vor, und sie wies mir die Richtung dorthin. Aber in diesem Moment war er schon da. Ein Mann um die dreißig, nicht viel größer als ich, schulterlanges, dunkelblondes Haar und ein auffallend schmales Gesicht. Er trug ein verwaschenes blaues Hemd, das ihm über die kurzen Hosen hing. Shalom, sagte er und reichte mir die Hand. Wir wechselten ein paar Sätze in Englisch, bis er meinte, du kommst doch bestimmt aus Deutschland, so wie du sprichst. Ja, er duzte mich, und während er mich über schmale Wege zwischen umgrünten und umblühten Bungalows dorthin geleitete, wo ich übernachten sollte, erfuhr ich, dass auch er in Frankfurt lebte, zurzeit aber ein paar Monate hier bei seinem Freund Arnon verbrachte. Als Denkpause nach dem Abschluss seines Studiums und dem plötzlichen Tod seines Vaters, der ihm, wie er gleich andeutete, zu schaffen machte.

Meine Unterkunft, eine kleine Holzbaracke, war nicht gerade komfortabel. Als wir die Tür öffneten, huschte eine Maus über den Boden und verschwand unter dem Bett. Yoram lachte, keine Angst, die Maus heißt Josefine und ist eine berühmte Sängerin. Jetzt musste auch ich lachen, obwohl mir bis heute Mäuse mehr Angst einjagen als jedes andere Tier. Meine Bitte, kurz zu warten, bis ich die Schuhe gewechselt hätte, hatte genau das zur Folge, was ich vermeiden wollte, nämlich dass seine ganze Aufmerksamkeit auf meine Füße fiel, meine von der Hitze geröteten und geschwollenen Füße, die unter den schmalen Riemchen meiner Sandalen schutzlos seinen Blicken ausgeliefert waren. Die Suche nach meinen Turnschuhen endete damit, dass ich Teil für Teil aus meiner Reisetasche zerrte und nun der ganze Inhalt zerstreut auf dem Bett lag, ohne dass ich sie finden konnte. Ich musste sie im Hotel vergessen haben. Yoram hatte das Fenster geöffnet, und durch die mit Fliegenschutz bespannte Öffnung strömte wohltuend frische Luft in den stickigen Raum. An den Tisch gelehnt, sah er mir lächelnd zu. Ohne jede Ungeduld verfolgte er meine nervösen und vergeblichen Anstrengungen. Sein Blick ruhte auf meinen

Füßen, seiner Mutter gehe es genauso, wenn sie hier sei, tröstete er mich. Er sah sich in der Dusche um, hier funktioniere alles, es sei ein wahres Luxushotel. Und während ich mir kaltes Wasser über die Beine laufen ließ, sann ich darüber nach, was der Mann in dem Tel Aviver Café mir am Abend zuvor angedichtet hatte.

Als wir später mit seinem Freund Arnon zusammen im Speisesaal des Kibbuz Salat aus kleingeschnittenen Tomaten, Gurken und Zucchini zu gebratenem Truthahn aßen, versuchte ich zu erklären, was ich mit meinem Besuch im Kibbuz wollte. Ich unterrichtete damals an einer Fachschule, an der Kindergärtnerinnen ausgebildet wurden. Es war die Zeit nach der Studentenbewegung, und wir glaubten, die Kleinfamilie als Ort der Erziehung habe ausgedient und es müsse eine Alternative gefunden werden. Große Worte lagen einem damals auf der Zunge, wie ›Nie wieder soll eine Generation so autoritätshörig gemacht werden wie die Nazigeneration, nie wieder sollen Massenmörder vor Gericht behaupten können, sie hätten nur gemordet, weil man es ihnen befohlen habe. Nie wieder sollen Kinder geschlagen …‹ Wir waren auf der Suche nach der idealen Erziehung, und dafür dachte ich im Kibbuz ein Vorbild zu finden. Ich hatte einiges darüber gelesen, und modernes Judentum bedeutete für mich so etwas wie lebenslanges Lernen, von früh an, schon lange vor der Schule. Und dass es das sei, was wir mit der antiautoritären Erziehung wollten, auf der heute alle herumhacken. Mehr sollten die Kinder lernen, nicht weniger. Mit Liebe und spielerisch sollten sie erzogen werden, nicht mit Befehlen und Ohrfeigen. Ich hatte gelesen, dass die Kibbuz-Eltern sich nur zwei oder drei Stunden am Tag um ihre Kinder kümmerten, dass sie aber während dieser Stunden auch wirklich für sie da seien, weshalb man sie die ›Stunden der Liebe‹ nenne.

Ich muss einen regelrechten Vortrag gehalten haben, Feuer und Flamme sei ich gewesen, sagte Yoram später, und ich hätte dabei ausgesehn wie ein Mädchen, das vom Schlittenfahren kommt, so rot seien meine Backen gewesen. Ich aber sah nur sein fragendes Lächeln und hörte seine Stimme so etwas sagen wie, du hast ja eine schwärmerische Vorstellung vom Leben hier.

Und jetzt mischte sich auch noch Arnon ein, ob ich etwa erwarte, dass Israelis ... sozusagen die besseren Menschen seien ...

Aber nein, wieso denn das?

Weil immer wieder Leute aus Deutschland hierherkommen, die meinen, die Juden müssten wie Engel sein, nach allem, was sie doch durchgemacht haben.

Stop it, versuchte Yoram ihn aufzuhalten, aber Arnon machte weiter. Diese Typen treten auf, als wollten sie prüfen, ob der Holocaust auch nicht umsonst gewesen ist und ob die Juden endlich so sind, wie die Deutschen sie haben wollen.

Ich muss ihn daraufhin entgeistert angeblickt haben. Yoram grinste nur: So ist er eben, mein Freund, mach dir nichts draus, und er legte die Hand auf meinen Rücken, bevor er aufstand und in seinen ausgetretenen Turnschuhen zum Buffet schlurfte. Arnon wartete, dass ich mich dazu äußere. Er sah mich gespannt an, aber mir wollte nichts Schlagfertiges einfallen. Dabei blickte ich Yoram nach, in dessen Kniekehle, kurz unter dem Saum seiner Shorts, etwas Rotes aufblitzte, ein Zettel oder ein Stofffetzen, der im nächsten Moment zu Boden flatterte. In diesem Augenblick wäre ich fast in Tränen ausgebrochen, vielleicht weil er nichts davon ahnte, wie komisch er von hinten aussah, vielleicht aus einer Gefühlsmischung von Dankbarkeit (dafür, dass er mir zu Hilfe gekommen war) und Beschämtheit (weil vielleicht doch etwas an Arnons Unterstellung dran war) oder weil ich Yoram jetzt schon liebte. Arnon indes frotzelte weiter: Wenn du deinen Test beendet hast, sag uns Bescheid, was du über den homo judaicus israelicus herausgefunden hast.

Wahrscheinlich lächelte ich in diesem Moment auf die gleiche unsichere Art, wie meine Mutter immer gelächelt hat, eine Art, die schwer erträglich ist, weil sie auf die emotionale Aufweichung des Gegenübers zielt. Tatsächlich bot er mir jetzt eine Zigarette an, gab mir Feuer und wünschte mir ›good luck‹ für mein Vorhaben.

Vielleicht war es gerade Arnons Sarkasmus, der mir schnell die gewisse Furcht nahm, etwas Falsches zu sagen, diese Furcht, mit der so viele Deutsche nach Israel kommen. (Könnte einem ja selbst der bis dahin unbekannte Nazi aus dem Mund springen.)

Es war bereits spät am Nachmittag, und Yoram wollte mir noch vor der Dunkelheit wenigstens einen Teil des Kibbuz' zeigen. Wieder hatte sich das seltsame, klare Licht ausgebreitet, das Dächer, Bäume und Hügel in dunkle Konturen fasst und die Farben sinnverwirrend aufleuchten lässt. Kleine Bungalows lagen in großzügiger Ordnung mal parallel, mal quer zueinander auf dem Gelände, es sah nicht sonderlich aufgeräumt hier aus, da standen ein paar ausrangierte Möbel, dort rottete ein alter Kinderwagen vor sich hin, in dem ein zerbrochener Fernseher ruhte, und kein Zaun trennte die Grundstücke voneinander. Alles wirkte gelassen, zwanglos, auch die Kleidung der Leute, die zumeist Jeans und T-Shirt oder locker über der Hose hängende Hemden trugen. Auch Mädchen und ganz junge Frauen trugen sie, manchmal über Miniröcken, was gebräunte Beine noch reizvoller wirken ließ. Um die Häuser herum blühte es, blau, rot, lila. Nie hätte ich gedacht, dass so die Umgebung einer Plastikfabrik aussehen könnte, in die wir nun einen Blick warfen, bevor Yoram mir das Geflügelgehege (freilaufende Hühner, garantiert glücklich), die Unterstände für die Kühe, die Halle mit den Maschinen, das Kinderhaus mit dem Spielplatz, die Wäscherei, in der er zur Zeit arbeitete, die Krankenstation, die Bibliothek und am Ende den Swimmingpool zeigte. Dass er das Kibbuzsystem für den einzigen funktionierenden und wirklich demokratischen Sozialismus hielt, leuchtete mir sofort ein.

Als wir am Abend zusammensaßen, erfuhr ich, dass Yoram in Israel geboren ist, dass seine Eltern aus Berlin kamen, sich aber erst in Palästina kennengelernt hatten. Seine Mutter war als Fünfzehnjährige mit einer Gruppe der jüdischen Jugendbewegung ›Shomer Hazair‹ nach Palästina gekommen und in einem Kibbuz gelandet, wo sie blieb, bis sie Yorams Vater kennenlernte.

Ihre Eltern und ihr kleiner Bruder haben die Shoa nicht überlebt, aber sie spricht nie davon, sagte Yoram. Was er über ihre Familie wisse, habe er fast alles von seinem Vater.

Es war ein warmer Oktoberabend, und wir saßen auf der Terrasse vor Yorams Zimmer in wackligen Regiesesseln, wie sie in den Siebzigern modern waren, tranken Wasser und warmen Whisky und sprachen bis in die Nacht hinein. Sein Vater hatte gerade in Berlin seine Zulassung als Rechtsanwalt erworben, bevor sie ihm 1933 auch schon wieder entzogen wurde. Er ging nach Palästina, arbeitete bis zur Staatsgründung in einer Hühnerzucht, versuchte dann das israelische Recht zu erlernen und zog in den späten Fünfzigern nach Frankfurt am Main, um dort als Anwalt ›Wiedergutmachungsprozesse‹ zu führen. Als Yoram nach dem Abitur ebenfalls Jura studieren wollte, setzte sein Vater alles in Bewegung, um das zu verhindern. Du sollst dein Leben woanders verbringen als in deutschen Gerichtssälen und Amtsstuben, soll er gesagt haben, einer in der Familie reicht.

Ich wollte so was wie der große Rächer werden, sagte Yoram, ich wollte sie alle kriegen, ihre falschen Namen aufdecken, sie in ihren feigen Löchern auftreiben. All die feinen Herren, die Gesandten und Schreibtischtäter, die mal eben zwischen Schnaps und Cognac Deportationsbefehle unterschrieben, die Rechtsanwälte, die Dirigenten, die Metzger und die Diplomaten, all die mordenden Familienväter, die ihren Kindern Postkarten mit Osterhasen aus Polen und Russland schickten. Aus dem letzten Loch wollte ich sie treiben, aus ihren Verstecken in Südamerika und Syrien und aus ihren braven Häusern im Schwarzwald und am Bodensee und in Celle. Sie fassen und der ganzen Welt vorführen. Die Häuser ausfindig machen, die immer noch den Arisierungsschweinen gehörten, die Bilder und Teppiche, die bis heute die Wohnzimmer ihrer Familien schmücken, und die Fabriken, von denen ihre Nachkommen jetzt noch profitieren.

Jeden Abend vor dem Einschlafen hatte er sich ausgemalt, wie er sie fangen würde, noch einfallsreicher und noch listiger als Simon Wiesenthal. Wie er sie in die Falle locken und niedermachen würde. Alle juristischen Tricks würde er beherrschen, messerscharf würde er ihnen ihre Verbrechen nachweisen. Ein Fighter habe er werden wollen, so eine Art James Bond der Juden. Und manchmal habe er sich einfach nur vorgestellt, sie öffentlich aufzuhängen und bei lebendigem Leib aufzuschlitzen, und das vor laufender Kamera.

Ich lachte, denn auch ich hatte ähnliche Fantasien für die alten Nazis: aufhängen, häuten, Füße verbrennen, Papageienschaukel, öffentlich ertränken, in Käfigen auf Kirchtürmen verhungern lassen. Mit meiner Cousine Marianne hatte ich sie mir ausgedacht, als wir nach dem Abitur einmal zusammen nach Dachau gefahren sind.

Yoram trank sein Glas Whisky aus, schüttelte sich, prustete, lehnte sich zurück und schloss lächelnd die Augen, so als blicke er voller Nachsicht auf den jungen Mann von damals.

Und dann?

Na ja, am Ende habe er doch auf seinen Vater gehört. In schwachen Momenten würde er das ›klein beigeben‹ nennen.

Und bedauerst du es?

Vielleicht. Manchmal. Eigentlich nicht.

Als er sich schließlich bei den Frankfurter Soziologen einschrieb, waren seine Eltern so glücklich, dass sie ihm einen alten VW schenkten. Er wollte die ›Frankfurter Schule‹ kennenlernen, aber Adorno war schon tot, und seine Nachfolger hat er nicht verstanden. Einfach nicht verstanden. Lustlos hat er sich durch die Seminare gequält und ein Jahr lang ›Sägemehl gekaut‹.

Das Einzige, was ihm Spaß gemacht habe, seien die psychoanalytischen Vorlesungen am Freud-Institut in der Kleinen Wiesenau gewesen. Erst da sei er neugierig geworden und habe angefangen, Bücher zu verschlingen.

Und, ›keine Ahnung, warum‹, ich hab mich bis zum ›Gehtnichtmehr‹ mit dem Thema Selbstmord beschäftigt. Ja, die Idee, dass ein Selbstmörder eigentlich nicht sich selbst, sondern eine andere Person ermorden will, hat mich nicht mehr losgelassen. Die Vorstellung, jemanden zu töten, den man in sich hineingenommen, also internalisiert, gewissermaßen seelisch gegessen hat! So was Verrücktes!

Die Beschäftigung damit sei zu einer Art Besessenheit geworden. Seine Eltern hätten sich Sorgen um ihn gemacht, vor allem, als er Fallberichte von erfolgreichen Selbstmorden sammelte, Fotos, Briefe und Tonbänder. Irgendwie sei er selbst darüber erschrocken und habe einen Termin bei einem Psychoanalytiker ausgemacht, sei aber dann nicht hingegangen. Stattdessen fing er in Darmstadt an, Architektur zu studieren. Und als ich ihn kennenlernte, damals im Kibbuz, hatte er das Studium gerade hinter sich.

Die vielen Stunden in der Dunkelheit, in denen wir damals miteinander sprachen, sind in meiner Erinnerung zu einer einzigen großen, warmen Nacht zusammen geschmolzen. Wir lagen entweder auf meinem aufgefalteten Schlafsack im Gras oder saßen in den wackligen Regiesesseln vor dem Gäste-Bungalow, in dem ich wohnte, und tranken billigen Whisky, Wasser und Orangensaft. Die Grillen zirpten oder, wie Yoram immer sagt, machten Lärm, und die Sterne drängten sich in funkelnder Dichte, wie ich es noch nie zuvor gesehen hatte. Wenn wir später Freunden erzählten, wie wir uns kennengelernt haben, behauptete er immer, nur weil ich damals kurzsichtiger gewesen sei, als ich ahnte, habe sich in meiner Wahrnehmung alles verdoppelt, vergrößert und verherrlicht, nicht nur die Menge der Sterne, ihre Größe und ihr Funkeln, sondern auch er selbst.

Als wir eines Abends mit Arnon und dessen Frau Chamutal zusammensaßen, kam die Rede auf den Sechstagekrieg und auf Arnons Erlebnisse als Soldat.

Ich hab nicht mal gewusst, wie man ein Gewehr richtig benutzt, erzählte er. Die ganze israelische Armee ist ein einziger Bluff gewesen. Irgendwann hat es furchtbar geknallt und ich bin hinter eine Mauer gesprungen, hab mir die Finger in die Ohren gesteckt und auf singende Engel gewartet.

Kurz darauf sei direkt neben ihm das ganze Haus in die Luft geflogen und er sei sicher gewesen, er wäre tot. Er schob den Ärmel hoch und hielt mir seinen Arm hin, der von einer langen Narbe in zwei zerklüftete Wülste geteilt wurde.

Als Yoram und ich wieder für uns waren, machte er bissige Bemerkungen über Arnons Selbstdarstellung. Okay, der ist älter als ich, aber deshalb braucht er nicht so zu tun, als hätt er mit nackten Fäusten Jerusalem gerettet. Wenn du mich fragst, ich hasse das Militär, sagte er, und seine Stimme klang zutiefst angewidert.

Ihm selbst war es gelungen, sich halbwegs davor zu drücken. Über gute Beziehungen seines Vaters war er an einen Job bei der Militärpolizei gekommen, froh, nicht kämpfen zu müssen. Leute wie Arnon hätten sich damals über ihn, Yoram, mokiert. (›So was Läppisches, ihr lebt in Europa auf dem Mond, Luxuspazifisten, bei euch hat doch keine Meinung eine Konsequenz.‹) Dabei war Yoram auch mit seinem Vorzugsposten nicht gerade glücklich. Jeden Morgen mit blankgeputzten Schuhen antreten, idiotische vaterländische Lieder singen, in die besetzten Gebiete fahren und Leute festnehmen, all das sei ihm zuwider gewesen. (Aus lauter Frust hab ich mich so vollgefressen, dass ich nach drei Monaten neue Uniformhosen brauchte.) Und wie oft habe er nach dem Dienst zur Strafe putzen müssen, Böden und Toiletten schrubben, weil seine Schuhe beim Morgenappell nicht genug glänzten.

Ja, mit Heldengeschichten kann ich nicht aufwarten, und auf mein ›Würdest du gern?‹ schob er die Unterlippe vor. In diesem Moment konnte ich mir vorstellen, wie er als kleiner Junge ausgesehen hat, und ich strich mit dem Handrücken unter seinem Kinn entlang. Da fiel ihm plötzlich ein, dass er mich von Frankfurt her kenne. Er habe all die Tage darüber nachgedacht, und jetzt sei er ganz sicher.

Dein Gesicht kommt mir ..., und ich kann mich bis heute an die Formulierung erinnern: Dein Gesicht kommt mir ›wie zu Hause‹ vor. Er fuhr mit dem Zeigefinger über meine Nase, bestimmt, er wisse es jetzt, genau das, das kenne er. Wir zählten einander unsere Frankfurter Freunde auf, aber ich wusste, hätte ich ihn schon einmal gesehen, ich hätte sein Gesicht nicht wieder vergessen. Und noch während er über die Einfallslosigkeit seiner Idee lachte, fielen wir uns endlich in die Arme, küssten uns und verbrachten die Nacht miteinander. Bei weit geöffneten Fenstern und begleitet vom Singsang einer Million Grillen.

Am nächsten Morgen während des Frühstücks im Diningroom trafen wir wieder Arnon. Er setzte sich zu uns, und indem er mit dem Kinn auf Yoram wies, der gerade aufgestanden war, um uns alle mit frischem Orangensaft zu versorgen, meinte er: Er gefällt dir, stimmt's?

Ich weiß nicht mehr, was ich antwortete, nur dass er mich herausfordernd anblickte: Ich warne dich, mein Freund ist nicht der arme hypothetische Modelljude, den du vielleicht suchst.

Diesmal war mir seine Attacke egal, ich war viel zu selig an diesem Morgen.

Zurück in Frankfurt, besuchte ich Aliza Schemesch, Yorams Mutter. Er hatte mir ein Päckchen für sie mitgegeben, Sachen, die er auf dem Hacarmelmarkt besorgt hatte, den man von der Idelsonstraße leicht zu Fuß erreicht. Bis heute macht Aliza, wenn einer von uns ›ins Land‹ fährt, lange Einkaufslisten. Vor allem wünscht sie sich immer Gewürzmischungen, die es nur an bestimmten Ständen gibt.

Als ich klingelte, dauerte es ungewöhnlich lange, bis reagiert wurde. Ich überlegte, ob ich mich ein zweites Mal bemerkbar machen solle, aber dann, indem ich hoch blickte, sah ich einen Kopf in einem Fenster des vierten Stocks. Es wurde etwas gerufen, was ich nicht verstand. Ich nannte meinen Namen.

Und was wollen Sie?

Yorams Päckchen bringen.

Erst dann wurde etwas herabgelassen, was an der Hauswand entlangpendelte und sich als ein an das Ende einer Schnur gebundenes Ledersäckchen herausstellte, dem ich einen Schlüssel entnahm, um damit die mehrfach verschlossene Haustür zu öffnen.

Am Ende der Treppe erwartete mich eine nicht sehr große Frau in einem langen dunklen Kleid. Ihr graues Haar war in der Mitte gescheitelt, in leichtem Bogen nach hinten gekämmt und zu einem Knoten zusammengefasst. Ich blickte in ein Gesicht, das Yoram auf verwirrende Weise ähnlich sah. Schmal und mit einer leicht vorstehenden Oberlippe. Sie trug kleine silberne Ohrringe, die immer in Bewegung waren und deren Blinkern ein Kontrast zu der gelassenen Aufmerksamkeit war, die sie ausstrahlte. Als ich sie so zum ersten Mal sah, kam sie mir vor wie aus der Zeit gefallen oder wie ich mir eine in die Jahre gekommene Clara Schumann vorstellte. Sie bat mich herein, und was mir zuerst auffiel, war, dass alle Türen offen standen. Die Zimmer gingen von dem quadratischen Flur aus, in dem ich jetzt stand, und so konnte ich trotz des Dämmerlichts meinen Blick durch die Räume schweifen lassen, eine Möglichkeit, von der ich neugierig Gebrauch machte. Sie waren im Stil der sechziger oder fünfziger Jahre eingerichtet, nüchterne, schnörkellose Nutzmöbel, niedrige Schränke, leichte Stühle und Sessel mit schmalen Holzlehnen.

Immer, wenn ich später hierherkam, aber vor allem während der Wintermonate, wenn so gut wie kein Strahl Sonne die Fenster berührt, wirkte die Wohnung bedrückend dunkel. Meist waren die Rollläden halb herabgelassen, als gelte es auch hier, in Frankfurt, sich vor der hellen Sonne zu schützen. Und die zum größten Teil mit schwarzroten Teppichen belegten Böden schluckten den letzten Rest Licht.

Auch an dem Tag, als ich Aliza zum ersten Mal besuchte, war es leicht abgedunkelt, sodass ich im ersten Moment Mühe hatte, mich zu orientieren. Die Wohnung schien angefüllt bis in die letzte Ecke. Wo kein Bücherregal und kein Schrank die Wände bedeckte, hingen Bilder. Und eines der großen Fenster war beklebt, und zwar mit Zetteln, einer Vielzahl kleiner und größerer Zettel, durch die das Licht schimmerte.

An einer Wand im Flur reihten sich von der Decke bis kurz über den Boden in unregelmäßiger Höhe Fotografien, die, wie ich später erfuhr, ein Freund Alizas aufgenommen hatte, der, wie sie auch, mit einer Jugendalija in einem Kibbuz gelandet war. Es sind schwarzweiße Bilder, die den Umriss einer Person in einer hellen leeren Landschaft zeigen oder auch Bäume oder Zweige, und zwar so reduziert, dass man sie kaum mehr erkennt und eher den Eindruck von etwas hat, was es in der Wirklichkeit gar nicht gibt. Später erfuhr ich, dass es Aufnahmen eines Dichters sind, dessen Texte Aliza bis heute auf Zetteln an verschiedenen Stellen ihrer Wohnung verteilt hat. Seine Eltern und seine Schwester hat er in der Shoa verloren. Einmal sagte sie zu mir, weißt du, er sagt in seinen Gedichten, was ich nicht sagen kann.

Von Yoram wusste ich, dass Aliza im Kibbuz Hazorea ein paar Jahre im Kinderhaus gearbeitet hatte, und das lieferte mir jetzt einen guten Vorwand, sie darum zu bitten, ihr ein paar Fragen stellen zu dürfen. Wir verabredeten einen Termin für die nächste Woche, und diesmal brachte ich ein Bandgerät mit. Während ich das Mikrofon auf dem Tisch platzierte und alles vorbereitete, öffnete sie die Vorhänge, zog die Rollläden hoch und grummelte: Wer soll sich denn für diese alten Geschichten interessieren, das sind doch ›olle Kamellen‹.

Bis heute hat sie ihren Berliner Akzent nicht abgelegt, der alles, was sie sagt, in beiläufige Ironie färbt. Ich versuchte zu erklären, was ich mit meiner Arbeit wolle und wie aktuell und wichtig die Erfahrungen im Kibbuz seien. Das Modell ›bürgerliche Kleinfamilie‹ funktioniere nicht mehr …

Soso, sagte sie, und an ihrem Lächeln merkte ich, dass meine Rede einmal wieder zu eifrig war. Irgendwie komme ihr das alles bekannt vor, meinte sie. Aber sie fürchte, ich mache mir eine ganz falsche Vorstellung vom Kibbuzleben. Auch wenn die Kinder im Kinderhaus aufwüchsen, ob bürgerlich oder nicht, sie blieben die Kinder ihrer Eltern. Das habe man inzwischen herausgefunden, so sei es nun einmal. Und sie erzählte, dass damals die Mütter oft heimlich nachts ins Kinderhaus gegangen seien, um zu lauschen, ob das eigene Kind weint, um es in den Arm zu nehmen, es zuzudecken, oder einfach nur, um neben ihm zu sitzen und zu hören, wie es atmet. Es sei den Frauen nicht leichtgefallen, die Kinder gleich nach der Geburt ins Kinderhaus zu geben. Sie glaube übrigens, das sei in vielen Kibbuzzim heute auch gar nicht mehr üblich. Und mit einer Stimme, deren Bitternis selbst auf dem Tonband unüberhörbar war: Das mit dem viel gerühmten neuen Menschen hat eben nicht geklappt ... man muss sich mit der bestehenden Version abfinden. Ein für alle Mal. Leider.

Sie erzählte vom Kibbuzleben in den allerersten Anfängen Hazoreas. Von den Gründern, die voller Idealismus gewesen seien, tagsüber schufteten und abends Tolstoi, Martin Buber und Stefan George lasen. Ja, auch Rilke. Bei Kerzenschein und gebannter Aufmerksamkeit. Sie hätten ja sonst nichts gehabt. Es gebe noch heute Leute dort, die könnten den Faust auswendig.

In Bretterverschlägen, Umzugscontainern und Zelten hatten sie am Anfang gelebt, aber Literatur hat sein müssen. Das Vademecum, das ihnen keiner nehmen konnte.

Einmal hat sich einer einen Spaß erlaubt, eine Kerze angezündet und mit erhabener Stimme einen weihevollen Text vorgetragen. Zuerst lauschten alle andächtig, weil sie dachten, es seien Gedichte von Stefan George. Aber nach einer Weile hat da und dort ein Kichern die heilige Stimmung gestört. Bis es zu viel wurde und alle in erlöstes Gelächter ausbrachen. Was sich anfänglich wie George anhörte, war eine Parodie auf ihn. Ab da legten sie die allzu erhabenen Dichter ›ad acta‹. Irgendwie passten sie nicht mehr zu dem neuen Leben. Aliza aber hatte nie aufgehört, Rilke zu lesen, das war für sie ›ein bisschen wie beten‹. Niemals hätte sie sich ihre Lektüre verbieten lassen. Und alle sehnten sich in dieser vertrockneten, karstigen, steinigen Landschaft so sehr nach grünen Blättern, dass sie beschlossen, jeder solle jeden Tag einen Baum pflanzen. Der Wald in der Nähe von Hazorea ist das Ergebnis davon.

Mehrmals in kurzer Folge besuchte ich Aliza damals, und immer wenn ich das Mikrofon aufgestellt hatte, kam sie mit einer Kanne frischem Orangensaft, stellte eine Schale mit getrockneten Feigen, Datteln, Mandeln und Rosinen auf den Tisch, und nach etwa anderthalb Stunden, wenn ich das Mikrofon wieder einpackte, holte sie die Sherryflasche aus dem Schrank und forderte mich auf, zuzulangen.

Nicht nur ich stellte Fragen an sie, sondern auch umgekehrt. Ihre Fragen waren von einer Direktheit, die mich zu Anfang immer erschreckte. Schroff und ohne Umweg ging sie auf ihr Ziel los. So wollte sie wissen, warum ich erst jetzt nach Israel gefahren sei und nicht schon früher. Und ob ich mich nur für Erziehung dort interessiere oder auch für anderes. Es ging etwas Strenges, Prüfendes von ihr aus, aber wenn ich ihr dann gegenübersaß, sagte ihr Blick, ich höre dir zu, sprich nur, sprich weiter, ich werde dir nicht verschweigen, was ich davon halte. Bis heute hat sie diese wachen Augen, diesen forschenden, auffordernden Blick, und wenn man sich darauf einlässt und sie guter Dinge ist, kann ein Gespräch mit ihr ein Lossprudeln von Gedanken und Ideen auslösen wie eh und je. Leitet sie ihre Antwort allerdings mit ›Du hast vollkommen recht‹ ein, weiß ich, sie ist nicht einverstanden. Dann kann sie auf eine Weise schonungslos sein, die mir noch am nächsten Morgen zu schaffen macht, und auch das ist bis heute so geblieben.

Vor meinem Rückflug nach Frankfurt hatten Yoram und ich den Abend in Tel Aviv verbracht. Er wollte unbedingt einen Film mit mir zusammen sehen, den er schon kannte und mir bis ins Detail erzählt hatte, nämlich Woody Allens ›Manhattan‹. Ich wusste bereits, dass es Isaac nicht gelingen würde, seinen Roman zu Ende zu schreiben, dessen Anfangssatz ›New York war seine Stadt und würde es immer bleiben‹ Yoram aus irgendeinem Grund besonders gefiel. Ich wollte wissen, ob es auch für ihn eine solche Stadt gebe, von der er das behaupten könne. Er hatte gelacht und mir die Frage zurückgegeben. Wir einigten uns auf ›jedenfalls Frankfurt nicht‹ und auf ›vielleicht Paris‹. Es stellte sich dabei heraus, dass wir beide noch nie in New York gewesen waren, dafür aber in Paris, und das zufällig fast zur gleichen Zeit. Und tatsächlich fuhren wir später am liebsten dorthin, wenn wir für uns sein wollten, auf Paris hatten wir immer Lust, zu jeder Jahreszeit, und das ist bis heute so geblieben.

In einem Kiosk am Dizengoffplatz holten wir Falafel und Carmelwein, verzogen uns ins Hotelzimmer und verabschiedeten uns in einer fast schweigsamen, trägen und unvergesslichen langen Stunde. Bis Yoram, den Blick auf die am Boden liegende Armbanduhr, aufsprang, hinter dem schäbigen Duschvorhang verschwand und so schnell angezogen war und die Tür hinter sich geschlossen hatte, dass ich ihn noch atmen hörte, als ich schon wieder allein war.

Ich wusste nicht, war ich amputiert oder waren mir, im Gegenteil, zusätzliche Arme, Hände, Lippen und Wangen gewachsen. Ich stand auf und betrachtete mich im Spiegel. Meine Augenschminke war zerlaufen, und plötzlich konnte ich mir vorstellen, wie Picasso auf seine seltsamen Frauengesichter gekommen war. Ja, ich war mir dessen jetzt ganz sicher. Picasso muss es genau so gegangen sein wie mir in diesem Moment. Es muss die Wahrnehmung infolge eines Liebesdeliriums gewesen sein, eines überbordenden Hervortreibens aller möglicher Stellen an Körper und Gesicht, mein Spiegelbild blickte mich an, ein Auge war nach oben gerutscht, die Wangen komisch gerötet, die Nase verdoppelt, der Mund übergroß und verzerrt, ein Anblick, der mich in übermütige Stimmung versetzte, high von der Gewissheit, geliebt zu sein. In dieser Nacht konnte ich nicht mehr einschlafen, jedenfalls war ich schon wach, als der Wecker gegen drei klingelte und ich aufsprang, um mich anzuziehn und nach unten zu laufen, wo das Taxi zum Flughafen schon auf mich wartete, das Yoram (fürsorglich) für mich bestellt hatte.

In Frankfurt kaufte ich zwei Kassetten von ›Rhapsody in Blue‹, der Filmmusik aus ›Manhattan‹. Die eine behielt ich für mich, die andere schickte ich Yoram in den Kibbuz, und da ich vergaß, ein Luftpostzeichen aufzukleben, kam sie erst Wochen später an, kurz vor Silvester. Mindestens drei Mal habe ich mir den Film noch angesehen, und in meinen vielen Briefen an Yoram, die ich ihm während der folgenden Wochen schickte, unterschrieb ich mit den Namen der Frauen aus dem Film, manchmal mit ›Mary‹, manchmal mit ›Jill‹. Unsere Briefe von damals liegen bis heute in einem Kästchen hinten im Kleiderschrank, und ich weiß nicht, was Vered einmal davon halten wird, wenn sie sie nach unserem Tod liest. Vielleicht wird sie auch nur lachen über die seltsame und vielleicht naive Art, wie ihre Eltern sich erotische Briefe geschrieben haben. Das Kästchen hatte mir Yoram vor Jahren von einer Reise mitgebracht, als er zum ersten Mal in New York war und ich nicht mitkommen konnte, weil Vered, die damals erst drei oder vier Jahre alt war, mit hohem Fieber im Bett lag. Ich glaube, sie hatte

Masern, und wir wollten sie nicht allein lassen, obwohl Aliza oder auch meine Mutter bereit gewesen wären, bei ihr zu bleiben.

Damals lebten wir von Briefen, und nie wieder habe ich eine solche Ungeduld beim Warten auf die Post erlebt. Immer wieder lief ich zum Fenster und hielt Ausschau nach der gelben Tasche des Briefträgers, die irgendwann unter den Blättern des Ahorns vor dem Haus aufblitzen musste. Die Unzuverlässigkeit und die nie zu erklärenden Verzögerungen auf dem Weg von Israel nach Frankfurt hatten zur Folge, dass ich mal zwei, ja sogar fünf oder sieben Tage warten musste, bis ein von Yoram telefonisch bereits angekündigter Brief endlich im Kasten lag. Es konnte auch vorkommen, dass ein später abgeschickter Brief eher ankam als einer, der drei Tage früher abgestempelt war.

Nichts anderes interessierte mich mehr, ich lebte von Brief zu Brief. In der Schule, im Lehrerzimmer, mitten im lautstarken Hin und Her, im Gelächter, beim Austausch von Ferienzielen und preiswerten Flügen, bei Schimpfereien und Klatsch saß ich jetzt teilnahmslos da, weit fort von all diesen, wie mir schien, langweiligen Trivialitäten. Wie auf einem fliegenden Teppich schwebte ich in leichtem Abstand über den Dingen, alles von oben sehend, und mit der Welt, die sich wie ein belebtes Tableau unter mir ausbreitete, hatte ich kaum noch etwas zu tun. Nur ein leichtes Dröhnen drang zu mir hoch, während ich mich auf meinem Teppich zu den synkopischen Rhythmen der Rhapsody in Blue meinen Gedanken an Yoram hingab. Meine Telefonrechnung wuchs, und mein Konto war lange vor Monatsende überzogen. Für den nächsten Flug zu Yoram versetzte ich das Geschenk, das meine Mutter mir zu meinem achtzehnten Geburtstag gemacht hatte, ein antikes Armband, auf dessen quadratischem Verschluss eine kleine Rosette aus Türkisen und Rubinen saß. Es hatte etwas abenteuerlich Existenzielles, als ich in der Frankfurter Schillerstraße in einem Leihhaus meinen Personalausweis unter einer Glasscheibe hindurchschob und das Armband, von dem ich dachte, es sei mindestens dreitausend Mark wert, in eine Klappe legte, um vier Hunderter dafür in Empfang zu nehmen.

Blättere ich heute in meinen sporadischen Aufzeichnungen von damals, ist es oft, als würde ich Enthüllungen über eine fremde Person lesen. Orte, an denen ich nie gewesen bin, Begebenheiten, von denen ich nie gehört habe. Oder ich wundere mich darüber, wie unterschiedlich das ist, was ich als Erinnerung mit mir herumtrage, und was ich beim Lesen meiner Notizen entdecke. Aber am meisten verblüfft mich, dass es Ereignisse gibt, die ich vollkommen vergessen habe. Wie die Geschichte mit dem Pessachfest. Dabei wäre unsere gerade erblühte Liebe um ein Haar daran zerbrochen.

In einem der kleinen Notizbücher, in denen ich festhielt, was mich bewegte, beschreibe ich sie ausführlich. Aus meiner Erinnerung aber war sie beinahe verschwunden oder nur als nebensächliche kleine Störung unserer verliebten Stimmung geblieben.

Es war meine zweite oder dritte Reise nach Israel, kurz vor Pessach. Wir saßen alle zusammen, Yoram, Chamutal, Arnon, ihre beiden Kinder und ich. Arnon hatte Yoram für den Sederabend zu seinen Eltern nach Hause eingeladen, und es war ausgemacht, dass auch ich mitkommen solle. Es war warm, wir saßen draußen, und mit dem weichen Wind zogen Wellen süßen Jasmindufts zu uns herüber. Auf dem Tisch Kuchenreste, Bücher und Legoteile, die ich für die Kinder mitgebracht hatte. Obwohl in meiner Gegenwart so gut wie immer Englisch gesprochen wurde, begann plötzlich eine erregte Debatte auf Hebräisch, und mir wurde bald klar, dass es um etwas ging, das mit mir zu tun hatte. Der Blick, den Yoram mir, die Schultern hochgezogen und hilflos die Handflächen nach oben gekehrt, zuwarf, drückte peinvolle Ratlosigkeit aus. Chamutal war es schließlich, die es mir erklärte: Ich spiele jetzt mal die Außenministerin ..., und ich erfuhr, dass Arnon es jetzt doch nicht wage, mich zu seinen Eltern mitzunehmen. Er habe es wirklich gewollt, ja, er hätte sich darauf gefreut gehabt, aber jetzt seien ihm plötzlich Bedenken gekommen. Vielleicht habe es auch mit der aufgewühlten Situation in seiner Familie durch den plötzlichen Tod einer Tante zu tun, meinte Chamutal. Arnon jedenfalls fürchte auf einmal die Reaktion seiner Eltern, wenn sie erfahren würden, woher ich komme. Das habe nichts mit meiner Person zu tun, nur damit, dass seine Eltern Überlebende seien. Alles Deutsche mache ihnen Angst, selbst wenn jede Logik dagegen spreche, erklärte Chamutal. Und, wie um den beklemmenden Ernst abzumildern, mischte sich jetzt Arnon ein. Das triviale Beispiel, sie würden eher dreißig Kilometer unter glühender Sonne zu Fuß laufen, als in einen Volkswagen zu steigen, sollte uns zum Lachen bringen. Aber keinem war zum Lachen zumute.

Noch bevor ich etwas dazu sagen konnte, ging ein Schlagabtausch auf Hebräisch zwischen Arnon und Chamutal los. Er zog den Kopf zwischen die Schultern und blickte abwehrend zu Boden, während Chamutal heftig auf ihn einredete. Dabei fiel immer wieder mein Name. Ich versuchte mehrmals vergeblich, etwas zu sagen, und als ich endlich zu Wort kam, beteuerte ich, es sei doch selbstverständlich, dass ich nicht mitkommen wolle. Ich könne nichts besser verstehen als die Gefühle von Arnons Eltern.

Aber damit war die Debatte nicht beendet. Yoram versuchte nun, es mir vorsichtig beizubringen. Ich merkte, wie schwer es ihm fiel. Bis er damit herausrückte, dass es nicht nur um mich gehe, sondern auch um ihn selbst. Die Frage sei, wo er den Sederabend verbringe, ob er mit zu Arnons Eltern fahren oder hier im Kibbuz bei mir bleiben solle.

Seit Wochen hatte ich mich darauf gefreut, mit Yoram zusammen dieses Fest zu feiern. Bis dahin war ich noch nie bei einer Pessachfeier gewesen, und es sollte so etwas wie eine Veröffentlichung unserer Liebe werden. So was wie ein Zeichen, dass Yoram mit mir zusammen bei der Familie seines besten Freundes Pessach feiern wollte. Arnons Eltern waren gute Freunde seiner Eltern, und für Yoram waren sie so etwas wie Ersatzeltern.

Yoram solle unbesorgt mit Arnon zu dessen Eltern gehen, erklärte ich, das sei überhaupt kein Problem für mich. Absolutely not, behauptete ich und versuchte zu bekräftigen, was ich gesagt hatte, indem ich mich mehrmals wiederholte. Chamutal jedoch fand immer noch, Arnon solle mich mitnehmen, schließlich könne er seinen Eltern endlich die Gelegenheit geben, eine Deutsche kennenzulernen, die kein Nazi ist, und sie äußerte ihre Meinung so entschieden, mit kieselharter Stimme, dass er bei jedem ihrer Worte zusammenzuckte. Wenn Arnon dazu der Mut fehle, dann solle Yoram wenigstens mit mir im Kibbuz bleiben und bei Arnons Eltern absagen.

Ich sah Yoram die Pein an, in der er sich wand. Die Arme um die angezogenen Beine, das Kinn auf den Knien, hockte er am Boden und schwieg, während Chamutal immer aufgeregter auf ihn einredete. Diesmal sprach sie Englisch, damit auch ich es verstand. Er sei ein coward, er solle endlich Stellung beziehen. Sie fände es unfair mir gegenüber, wo ich doch extra zu Pessach gekommen sei. Aber Yoram fuhr sich nervös durchs Haar und zuckte mit den Schultern, während ich ihn, jetzt Deutsch sprechend, davon zu überzeugen versuchte, dass es mir überhaupt nichts ausmache, ohne ihn im Kibbuz zu bleiben.

Dies alles hatte ich vollkommen vergessen. Erst da ich jetzt in meinen Notizen von damals blättere, fällt es mir wieder ein, und zwar in allen Details. Dass ich nämlich, nachdem Yoram mit Arnon zu dessen Eltern gefahren war, anfing, Whisky zu trinken. Ich trank diesen billigen, unverdünnten, warmen Whisky, den wir auch schon an den Tagen zuvor getrunken hatten, und als ich am Abend im Diningroom erschien, war ich betrunken. Wie einen fernen Traum erlebte ich den Gesang der Kinder, die in weißen Blusen den Auszug aus Ägypten spielten, die Stimme Yankerles, meines Tischnachbarn, der mir den Haggadahtext zu übersetzen versuchte, und die Lieder am Ende, die jetzt alle mitsangen, all dies drang wie aus weiter Ferne an mein Ohr. Die vier Gläschen Wein, die im Laufe der Zeremonie getrunken wurden, kippte ich herunter, als wären sie meine Rettung. Dabei war ich mir meines Zustands bewusst und spürte förmlich mein törichtes, um Verständnis werbendes Lächeln, von dem ich mich genauso wenig befreien konnte wie von dem Sog, der mich rettungslos in die Trunkenheit hinabzog.

Tags drauf wachte ich in einem Zustand auf, der mir alles, was am Abend zuvor gewesen war, in einem grellen, unwirklichen Licht vorführte, als hätte ich selbst nichts damit zu tun gehabt. Ein übergroßer Kopf saß auf meinem Hals, zum Bersten angefüllt mit einer Art Sprengstoff. Jeder schwache Lichtstrahl, der durch das verdunkelnde Fliegengitter drang, fuhr mir stechend ins Hirn. Unfähig, mich zu bewegen, dämmerte ich den Tag über vor mich hin, und als am Abend Yoram zurückkam, befiel mich eine unbeschreibliche Scham. Ich war nicht in der Lage, auch nur ein Wort der Erklärung von mir zu geben. Er dachte, ich habe Migräne, setzte sich zu mir und nahm meine Hand. Nach Jahren gestand er mir einmal, dass ihm damals zum ersten Mal Zweifel gekommen seien, ob es gehn könne mit uns beiden. Ich sei bei seiner Rückkehr vollkommen geistesabwesend gewesen, mein Zimmer habe ausgesehen, als sei ein Sturm hindurchgefegt, und meine Unfähigkeit, zu sprechen, habe ihn vollends verunsichert. Im Kibbuz gab es Gerede, und nur Yankerle, selbst einer von den trinkfesteren Kibbuzniks, soll gelacht und mich verteidigt haben. Aber manche hätten es mir übel genommen. Ausgerechnet eine Deutsche, betrunken beim Sederabend! Da habe er, Yoram, beschlossen, dass er nichts auf mich kommen lassen wolle, und habe mich verteidigt.

Am nächsten Tag fuhren wir in den Sinai ans Rote Meer, Yoram hatte die Pessachwoche über frei, und wir wollten uns ein paar schöne Tage machen.

Wir waren den ganzen Tag gefahren, hinter Jerusalem an festungsartigen großen Siedlungen vorbei, durch eine Gegend, wo Nomaden ihre Zelte aufgestellt hatten, durch Landschaften, wie ich sie noch nie gesehen hatte, an Beduinenzelten vorbei, am Toten Meer entlang, wo wir ausstiegen und barfuß über ein salzverkrustetes Ufer liefen, um die Füße in öliges, schweres Wasser zu tauchen, das sich petrolfarben und wellenlos ins Unendliche ausdehnte. Ich weiß nicht, wie viele Stunden es dauerte, bis wir in Eilat ankamen und dann weiterfuhren, am Roten Meer entlang, zu unserer Rechten das Sinaigebirge, eine bibelfarbene Karawane von Kamelen aus Stein, die sich im späten Licht räkelten.

Immer wieder sprachen wir über Arnons Eltern. Waren sie lange im Lager?, hatte ich gefragt, als käme es darauf an. Ich sagte ›Lager‹ und nicht ›Konzentrationslager‹ oder gar ›Auschwitz‹, ich vermied dieses Wort mit der unausweichlichen Bedeutung. Vielleicht um mich vor den Bildern zu schützen, die sofort dabei hereinstürzen würden. Dabei waren sie längst da, seit wir über Arnons Eltern sprachen, seit dem Sederabend waren sie in meinem Kopf. Und trotzdem diese Vermeidung. Noch heute geht es mir manchmal so. Denn was auch immer ich im logischen Bereich meiner Gedanken weiß, nämlich, dass ich selbst keine Schuld habe, so ist doch ein anderer Bereich noch da, ein diffuser, in dem während der vielen Jahre, die ich darüber nachdenke, trotz allen Wissens etwas geblieben ist, etwas Unklares, nicht fest Definierbares, das, will ich es ausdrücken, zu einem Wirbel angefangener und nicht zu Ende gebrachter Wörter wird, die sich augenblicklich in Myriaden von Stimmen, Augen, Blicken, Gesichtern, Gestalten und Bildern verwandeln.

Jedenfalls damals, während der Fahrt durch den Sinai, bei klarem Licht und betäubend schöner Landschaft, sprachen wir über Arnons Eltern. Der Vater hatte die Erschießung der Juden seines Dorfs in Polen überlebt, unter den Erschossenen liegend hatte er sich tot gestellt, auf riskanten Wegen war es ihm gelungen, zu fliehen und sich nach Palästina durchzuschlagen. Fast seine ganze Familie war getötet worden. Seine Verlobte war in Auschwitz gewesen und hat überlebt. Ihre Eltern und Geschwister wurden vergast. Nach dem Krieg hat es sie nach Zeilsheim verschlagen, einem Lager für ›displaced persons‹ in der Nähe von Frankfurt, wo sie nach Monaten erfuhr, dass sich ihr Verlobter nach Palästina retten konnte. Er holte sie noch vor der Staatsgründung ›ins Land‹, abermals über gefährliche Wege, denn die Briten hatten die Grenzen geschlossen. Dort kam sie vollkommen zerstört an, er erkannte sie nicht wieder.

Yorams Vater führte später einen ›Wiedergutmachungsprozess‹ für die beiden. Das Ergebnis langer Auseinandersetzungen und Schriftwechsel war eine einmalige Auszahlung von ein paar tausend Mark gewesen. Die deutsche Behörde hatte genau wissen wollen, was Arnons Mutter während der Jahre in Auschwitz gearbeitet habe. Das wurde dann mit einem bestimmten Tageslohn (5 Mark) berechnet, und danach bemaß sich die Auszahlung. Yoram erzählte, im Lager habe sich Arnons Mutter vollkommen verändert. Arnon könne sich nicht erinnern, dass sie ihn je gestreichelt oder geküsst habe. Jede Möglichkeit, zärtlich zu sein, sei ihr dort abhandengekommen. Wahrscheinlich habe sie nur so überleben können. Aber die Gefühle seien nicht wiedergekommen, auch nicht nach dem Krieg.

Vor Kurzem sei im israelischen Fernsehen eine Serie über Überlebende der Shoa gedreht worden, und dabei habe sich auch Arnons Familie bereit erklärt, vor der Kamera ein Gespräch zu führen. Chamutal sei es gewesen, die sie davon überzeugte, bei dem Film mitzumachen. Arnons Vater habe dann vor der Kamera etwas gesagt, was Yoram schockierend fand und von dem er annahm, dass er es möglicherweise gar nicht so habe ausdrücken wollen. Der Redakteur habe Arnons Eltern vor dem letzten Schnitt des Films noch gefragt, ob er wünsche, dass diese Stelle wieder herausgeschnitten werde. Aber sie hätten es so lassen wollen.

Wörtlich könne er es nicht wiederholen, aber Arnons Vater habe dem Sinn nach gesagt: Meine Frau beteuert mir immer, dass sie mich liebt, aber sie kann es mich nicht spüren lassen.

Er habe sie noch als junge Frau vor dem Lager gekannt, früher, vor dem Krieg, als sie sich verlobten. Da sei sie ganz anders gewesen, vital, unbefangen, eigensinnig. ›Danach‹ sei etwas wie eine Glasglocke über ihr gewesen. Sie funktioniere, aber sie lebe nicht wirklich. Wenn sie zu ihm von ihrer Liebe spreche, kämen ihre Worte akustisch an, aber er spüre es nicht da, und er klopfte mit der Hand auf die Stelle über dem Herzen.

Und was hat Arnons Mutter darauf gesagt?, fragte ich. Hatte sie nichts dagegen, dass dies alles in aller Öffentlichkeit ausgebreitet wurde?

Nein, sie hat gemeint, so ist es, und man soll wissen, wie es ist. Denn es gehe ja nicht nur ihr so. Von Auschwitz selbst habe sie übrigens nie gesprochen.

Als wir den Strand gefunden hatten, der Yoram vorschwebte, dämmerte es bereits. Wir stellten den Wagen ab und bauten das Zelt auf. Von Moment zu Moment kühlte sich die eindunkelnde Luft ab, aber die Hitze des Tags blieb in Nischen zurück, in einer Sandkuhle, einer Stelle im Zelt, auf einem zerfaserten Holzbrett, das wir jetzt als Tisch benutzten, und von dem immer noch Wärme hochströmte. Yoram hatte den Korkenzieher vergessen und versuchte nun, die Flasche Rotwein mit einem Schraubenzieher zu öffnen. Immer wieder stieß er in den Korken, der sich weder nach unten schieben noch aufbohren lassen wollte. Er sah aus wie ein Junge, der wütend ein Spielzeug traktiert.

Mach du dich nur lustig über mich!, ein kurzer Blick, und ich wunderte mich über die Farbe seiner Augen. Ich hatte gedacht, sie seien grau, aber jetzt schimmerten sie grün, petrol, schwarz. Er fluchte, riss die Wagentür auf und schlug den Flaschenhals mit aller Wucht gegen den seitlichen Metallrand. Seine Wut erschreckte mich, erregte mich, ich legte meinen Mund an seinen warmen, sehnigen Hals, und wir liebten uns.

Im Zelt liegend oder schwimmend und tauchend vertrödelten wir die Tage. Streiften Taucherbrillen über, schoben Schnorchel in den Mund und ließen uns treiben. Ich hatte immer gedacht, Fische von einer solchen Farbenpracht könne man nur in allertiefsten Schichten finden, aber hier zogen sie direkt unter der Oberfläche vorüber, in der Zone zwischen hell und dunkel, schwarz-weiße Zebrafische, neonblaue, gelbe und grüne, einzeln oder in Schwärmen, reale Einbildungen, denen wir folgten und die im nächsten Augenblick verschwunden waren. Yoram unter Wasser, überströmt von diffusem Licht, die Haut milchig, den Arm ausgestreckt auf etwas hinweisend, gesäumt von leuchtendem Flaum, seine unwirklich biegsamen Beine mit Flossen, oder sein Gesicht über Wasser, als die Taucherbrille seine Oberlippe hochzog und er selbst aussah wie ein Fisch. Mit einem Mal war alles, was uns bedrückte, verschwunden, die Gespräche im Wagen, mein beschämendes Besäufnis, die Schatten der letzten Tage. Ein Ausnahmezustand, ein vor lauter unmittelbarem Glück schon surrealer Ausnahmezustand, der aber ein jähes bedrückendes Ende fand.

In der letzten Nacht, irgendwann gegen drei oder vier, wurden wir durch etwas geweckt, was von außen gegen die Zeltwand stieß. Etwas Rundes, Festes, Zielstrebiges. Wir wagten nicht, uns zu bewegen, lagen starr nebeneinander, den Blick gebannt auf die von außen gegen den Stoff sich abzeichnenden Formen gerichtet. Bis Yoram plötzlich auflachte und den Reißverschluss hochzog. Draußen stand ein Kamel, ein nicht sehr großes, das jetzt, da wir es erschreckt hatten, davongaloppierte und in der mondhellen Ferne immer kleiner und unwirklicher wurde.

Wir wollten uns schon wieder hinlegen, da vernahmen wir ein seltsames Geräusch, ein schwaches Keuchen oder Ächzen. Als wir um das Zelt herumliefen, fanden wir nah an der hinteren Wand einen Mann. Er lag ausgestreckt da, den Kopf in der Kuhle seines angewinkelten Arms, und blickte uns stumm an. Was passiert sei, wollten wir wissen, aber er antwortete nicht. Erst bei genauerem Hinsehen entdeckten wir, dass sein Bein verletzt war, ja, dass sich der Sand um ihn herum mit Blut vollgesogen hatte. Aus seinem Oberschenkel stieß es pulsierend hervor. Als Yoram sich zu ihm herabbeugte und seine Schulter berührte, schloss er die Augen und stöhnte leise auf. Sein Mund war vertrocknet, die Lippen geschwollen und weiß verkrustet, und erst die Tropfen Wasser, die wir ihm auf die Zunge träufelten, bewirkten etwas in seinem Gesicht, das einem Lächeln gleichkam. Er trug ein Beduinengewand, dessen unterer Teil voller Blut war. Hastig zerrissen wir unser Laken in Streifen, und während wir sein Bein notdürftig verbanden und versuchten, die Ader abzubinden, wurden seine Atemzüge so schwach, dass wir fürchteten, er würde im nächsten Moment sterben. Vorsichtig hoben wir ihn auf den Rücksitz. Ich war erstaunt, wie leicht er war, ein schmaler, junger, dunkelhäutiger Mann. Sein Gesicht war ausgemergelt, seine Augenhöhlen tief und dunkel, und seinem leidenden Lächeln fehlte nur noch die Dornenkrone. Während wir ihn trugen, sanken seine schlanken Arme mit den schmalen Händen kraftlos herab, und mir fiel auf, wie groß und hell seine Fingernägel sich von der fast violetten Haut abhoben. Ich setzte mich zu ihm auf den Rücksitz und nahm seinen Kopf auf den Schoß.

Während ich meine Hand auf seiner Stirn liegen hatte, rasten wir über die holprige Straße nach Eilat. Dort brachten wir ihn ins Krankenhaus und warteten, bis er aufgenommen worden war. Der Arzt sagte, es sei ein Verkehrsunfall gewesen, und schob Yoram ein Formular hin, in dem er genau beschrieb, unter welchen Umständen wir den Mann gefunden hatten. Später sollte das Ganze noch ein Nachspiel haben, Anwälte wurden eingeschaltet, es fand eine Gerichtsverhandlung statt, und Yorams Wagen wurde untersucht.

In der Mittagshitze fuhren wir zum Strand zurück. Nicht mehr in der Stimmung, noch länger zu bleiben, packten wir unsere Sachen und machten uns auf die Heimfahrt zurück in den Kibbuz. Yoram sprach immer wieder von dem Blick des Mannes, der ihm nicht aus dem Sinn ging. Von seinen schrecklich traurigen Augen, die auf ihn gerichtet gewesen seien.

Ein paar Tage später, als er bei dem Arzt in Eilat anrief, erfuhren wir, dass der Mann gestorben war. Er habe es geahnt, sagte Yoram, er habe es gespürt. Bedrückt trennten wir uns diesmal, und erst später, einmal, als wir sehr glücklich waren, gestanden wir einander unsere unheimliche Verunsicherung von damals.

Yorams Entscheidung, Israel wieder zu verlassen und nach Frankfurt zurückzukehren, war das Ende einer langen Kette quälender Überlegungen. Israel ja, Israel nein, Europa ja, Europa nein. Und Arnon und Aliza machten es ihm nicht leichter. Beide versuchten, ihn davon zu überzeugen, in Israel zu bleiben. Der Anruf von Alexander Lavin, einem Architekten aus Frankfurt, kam dann wie eine Erlösung, und Yorams Zweifel waren mit einem Mal aufgelöst. Er kannte das Büro Lavin und Lehmann, nach seinem Studium hatte er ein Praktikum dort gemacht, und vor allem Lavin mochte er, von ihm versprach er sich, zu lernen, was er für den Beruf brauchte. Er sollte bei der Planung eines Büroturms in Hamburg mitarbeiten, etwas Besseres hätte er sich für den Anfang nicht wünschen können. Und als er in Frankfurt ankam, erwartete ich bereits Vered.

Es war Yorams Idee gewesen, die Neuigkeit für uns zu behalten, weder mit meiner Mutter noch mit Aliza wollten wir darüber sprechen. Nur ja keine fürsorgliche Attacke. Niemand sollte sich einmischen, weder mit Ratschlägen noch mit Spekulationen über Geschlecht und Namen. Yoram freute sich auf das Kind, und kurz vor seiner Geburt beobachteten wir, wie Fuß oder Hand von innen gegen die Bauchdecke stießen, warteten gespannt auf die Veränderungen der asymmetrischen Wölbungen, über die wir uns kindisch freuten: Hör zu, kleine Boxerin …

Die seltsamen Bilder mit den van-Gogh-ähnlichen Bewegungswirbeln, die das gerade erfundene Ultraschallgerät zeigten, regten Yoram zu Zeichnungen an, ›Augenstern‹, ›under cover‹, oder ›na'ará‹, was so viel heißt wie ›Mädchen‹. Einige davon legte ich später zu einem der Geburtstage Vereds nebeneinander auf ein großes Blatt, das ich dann rahmen ließ und das heute in unserer Berliner Wohnung hängt. Es sind mit dünner Feder in einer nicht absetzenden Linie zu Papier gebrachte Kritzeleien. Suchbilder, in denen irgendwo die Andeutung eines Wesens zu entdecken ist, das sich in labyrinthartigen Gängen mit flossenähnlichen Händchen und Füßchen bewegt oder auch nur als Teil eines Knies oder des Kopfs sichtbar ist. Yoram heftete sie damals ans Bücherregal, auf den Spiegel im Bad, an die Eisschranktür, und wenn er nach Hamburg reiste, um die Baustelle zu betreuen, kamen sie als Brief oder Postkarte bei uns an. Wir waren glücklich und beschlossen, zusammenzuziehen.

Es dauerte länger als wir dachten, bis wir eine Wohnung fanden, und es waren nicht nur Yorams kritische Architektenaugen, die die Suche schwierig machten. Wir hatten mehr als zwanzig Wohnungen besichtigt, ohne dass wir uns entscheiden konnten. Yorams Widerwille gegen Gerüche in alten Treppenhäusern konnte augenblicklich eine Allergie bei ihm auslösen, dann waren seine Wangen plötzlich übersät von rötlichen Flecken. Auch bestimmte Farben, beliebt als Sockelanstrich, senfgelb, tabakbraun oder ochsenblutrot, fand er: unerträglich, widerlich, zum Kotzen!

Es gab vieles, was ihm nicht passte und was er auf keinen Fall wollte, etwa lange schmale Flure, Jägerzäune, penibel abgezirkelte Vorgärten, Friedhofsbäume, falsche Grundrisse, Fenster, die sich horizontal über Heizkörper zogen und nur noch für schmal gequetschte Balkontüren Platz ließen, schlauchförmige Küchen und Bäder, und vor allem immer wieder falsche Himmelsrichtungen und Mangel an Licht. Einmal besichtigten wir eine Wohnung, die uns sofort gefiel, eine großzügige Altbauwohnung in einer Straße in der

Nähe der Alten Oper, hinter den Zwillingstürmen der Deutschen Bank, die damals gerade gebaut wurden. Der Vermieter wohnte selbst im Haus, ein alter Herr, dessen Freundlichkeit uns auch für die Wohnung einnahm. Wir hatten den Mietvertrag schon unterschrieben, da erfuhren wir, als wir beim Abendessen mit Freunden glücklich von unserem Fund erzählten, dass genau in diesem Haus das erste Büro der NSDAP gewesen war, womöglich vermietet von demselben Vermieter, der uns so für sich eingenommen hatte, vom Alter hätte es stimmen können.

Ein anderes Mal nahmen wir eine Wohnung nicht, obwohl sie den idealen Grundriss hatte, der Preis günstig war und wir sie auch hätten bekommen können, denn der Eigentümer war ein Mandant von Yorams Vater gewesen, ein Freund aus der jüdischen Gemeinde. Aber sie lag im Erdgeschoss. Die ganze Nacht konnte ich nicht schlafen bei der Vorstellung, in dieser Wohnung zu leben, denn es ist einer meiner stets wiederkehrenden Träume, dass mir eine Horde Männer auflauert, um mich zu töten. Sie lungern in der Dunkelheit vor meinem Fenster, hinter dem ich, verdeckt vom Vorhang, stehe und atemlos warte, dass sie sich verziehen. Eine Meute bedrohlicher Gestalten, sie stürzen mit Gewalt durchs Fenster, es klirrt, und schon sind sie in meinem Zimmer, wo ich an den Wänden entlanghaste, auf der Suche nach einem Ausgang. Immer dann wache ich auf, erlöst, weit oben in einem Haus zu wohnen.

Kurz vor Vereds Geburt fanden wir endlich, was wir suchten. Die Wohnung lag im Frankfurter Nordend, in der Lenaustraße unterm Dach, mit großen Gaubenfenstern bis zum Boden. Es schreckte uns auch nicht ab, dass man vier Stockwerke hochsteigen musste. Die Wohnung wurde als ›Bastlerobjekt‹ angeboten, voller Winkel und rustikaler Balken, mit schrägen Wänden und Dachgauben, die ich besonders behaglich fand. Yoram aber erinnerten sie an

Grimms Märchen, die er nie mochte. Als er noch ein Kind war, machten ihm die Märchen und Bilder von mittelalterlichen Häusern Angst, sie waren ihm unheimlich oder, wie er einmal sagte, ›unheimlich deutsch‹. Trotzdem griffen wir zu, weil man ›was draus machen‹ konnte, und das Unheimliche war bald daraus verschwunden. Der Vorteil war, dass uns der Vermieter erlaubte, zu renovieren, wie es uns gefiel. Wir durften eine Wand verschieben, eine andere herausreißen, das Bad nach unserem Geschmack fliesen, ein Fenster bis zum Boden öffnen und die Küche in den Wohnraum verlegen. Aber vor allem war es das Licht, das Yoram begeisterte. Die Fenster gingen nach Osten, Süden und Westen. Im Osten konnten wir über ein Häuserkarree blicken, eine wirr geordnete Ansammlung kleiner Dächer, die sich bis zu einem Hochhaus hinzogen. In dessen verglaster Westfassade spiegelte sich die Nachmittagssonne und wurde so reflektiert, dass sie zur gleichen Zeit von Osten als auch von Westen in den sich über das ganze Dachgeschoss hinziehenden Raum schien, der Wohnzimmer und Küche werden sollte. Ein Phänomen, über das wir in all den zwanzig Jahren, die wir dort wohnten, nicht aufhörten, zu staunen. Wenn die Sonnenstrahlen von zwei Seiten aufeinander zufluteten und sich das ganze Zimmer mit Lichtstrudeln füllte, sodass man einfach dasitzen und zusehen konnte. Kein Raum hätte Yoram mehr anregen können zu seinen Versuchen, Licht auch dahin zu holen, wo es normalerweise nicht hinkommt. Er experimentierte mit Lichtkanälen und Spiegelungen, mit unterschiedlichen Einfallwinkeln zu verschiedenen Zeiten, und Vered sah ihm begeistert dabei zu. Immer war er auf der Suche nach Methoden, auch noch den letzten Sonnenstrahl zu nutzen.

Bis heute drückt ihm der oft monatelang trübe Himmel im Winter aufs Gemüt, und immer kommt irgendwann die Zeit, wo er die schattenlosen Tage ohne Sonne nicht mehr erträgt. Bis heute ist ihm der fahle Himmel ein Gräuel, wenn die Sonne wie hinter grauem Milchglas hängt und sich die diffuse Unentschiedenheit ausbreitet, die Yoram so deprimiert und die Arnon, als er einmal für länger bei uns zu Besuch war, seither die ›Frankfurter Grauenheit‹ nennt. An solchen Tagen plagen Yoram Kopfschmerzen, Müdigkeit und Weltschmerz. Früher verzog er sich dann zu Lavin und Lehmann ins Büro und verkroch sich in seine Arbeit, sodass ich ihn kaum noch zu Gesicht bekam. Dass er jedes Jahr von Neuem darüber klagt, gilt in unserem Freundeskreis schon als Marotte, und einmal, als Benjamin und Barbara zum Essen kamen, spielten sie ihm sein alljährliches Jammern vor wie eine Kabarettnummer. Yoram nahm es mit Humor, und erst als wir wieder für uns waren, fragte er, ob er denn wirklich so penetrant ›den Blues‹ verbreite. Immer wieder trieb uns seine Lichtsucht, wie er es selbst nennt, in den Süden, und wir verbrachten seine kurzen Urlaube meist in Alizas Tel Aviver Wohnung oder bei Chamutal und Arnon im Kibbuz.

Der lange Tisch im Wohnzimmer zwischen der Küche und den Bücherregalen, die bald alle Wände füllten, war der Mittelpunkt unseres Lebens. An diesem Tisch wurde gefrühstückt, zu Mittag und zu Abend gegessen, gearbeitet, gespielt, und als Vered noch klein war, wurde er auch als Wickeltisch, als imaginäres Hausdach, als Bühne, Bäckerei, Verkaufstresen und manchmal als Zeichentisch benutzt. Vor allem später, als ich den Job wechselte und öfter verreisen musste, blieb Yoram in der Wohnung bei Vered und richtete sein Büro an diesem Tisch ein.

In den Jahren, als Vered noch klein war und wir abends zu Hause blieben, fanden an dem Tisch auch die vielen Essen mit Freunden statt, die unser Leben so vergnüglich und lebendig machten. Von manchen dieser Essen gibt es Fotografien, etwa von dem, als Vered all unsere Mützen und Hüte zusammensuchte und sie uns und den Gästen aufsetzte. Bilder, die jetzt, über zwanzig Jahre später, gescannt und auf Disketten gebrannt, zu runden Geburtstagen verschenkt werden, mit Aufschriften wie: Benjamin, Barbara, Arnon, Chamutal, Carla und Yoram, Pessach 1984. Eine dieser Fotografien zeigt uns auf unserem blau-rot gestreiften Sofa hinter dem Tisch, die Arme einander um die Schultern gelegt, mit glänzenden Gesichtern, vor uns eine Batterie geleerter Flaschen und dazwischen die Reste einer ausgeschlachteten Buttercremetorte. Die Torte, von der Yoram nie etwas übrig lassen kann und deren Reste er sich, wenn die Gäste gegangen sind, mit der Handbewegung eines kleinen Jungen in den Mund schiebt, eine Geste, die Aliza bis heute zu bissigen Bemerkungen anregt.

Davon, dass mein Vater als Lazarettarzt bei einer Sanitätsstaffel der Wehrmacht gewesen war, hatte ich Yoram gleich als wir uns kennenlernten erzählt. Die Frage danach hatte er nie gestellt, aber sie schwebte schon bei meinem ersten Besuch in Israel in der Luft. Es war gar nicht möglich, darüber nichts zu sagen. Auch Chamutal und Arnon sollten wissen, dass sie es nicht mit der Tochter eines Täters zu tun hatten. Ich weiß noch, wie ich mit Yoram über einen staubigen Waldweg in der Nähe der Schnellstraße nach Jerusalem hinter dem Kloster Latrun spazieren ging, als wir darüber sprachen. Ich wollte ihn wissen lassen, dass mein Vater jemand war, der diesen Krieg schrecklich fand.

Schon als Kind hatte ich ihm neugierige Fragen gestellt, denn Krieg war etwas Dunkles, Grausames, das mit ›Totschießen‹ zu tun hatte und womit ich meinen Vater einfach nicht in Verbindung bringen konnte. Er versuchte mir zu antworten, und seine Erzählungen gingen immer um Versuche, Verletzte zu retten und Hilfe zu leisten. Dennoch, das blutige Mysterium blieb, und es hatte nichts mit meinem Vater zu tun. Als ich älter war, wurde er konkreter und erzählte von Amputationen ohne Narkose, von den Leiden der Soldaten, wenn ihre Wunden faulten und sich in den Lazarettsälen der Gestank ausbreitete, von ihren Schreien und von dem, was sie ihm kurz vor ihrem Tod sagten und an Bräute, Mütter und Kinder ausrichten ließen. Ja, es gab Leute, die so dankbar waren, dass sie ihm noch jahrelang schrieben. Einmal sogar wollte ein Mann, dem er das Leben gerettet hatte, mir seine Erbschaft vermachen. Ich war damals zehn oder elf, und die Vorstellung entzückte mich, besonders da dem Brief als Vorgeschmack ein kleiner

Rubinring beigelegt war. Aber mein Vater wies das Geschenk wie auch das angekündigte Erbe zurück. So etwas anzunehmen bedeute Verpflichtung, und er wolle keine Verpflichtungen eingehn. Er habe genug Verpflichtungen am Hals.

Nachdem er aus der (kurzen) Gefangenschaft zurückgekommen war, machte er seine Facharztausbildung und wurde Chirurg. Zuerst arbeitete er in einem Krankenhaus, später in einer eigenen Praxis, über der wir auch wohnten. Er war der Beständige, Zuverlässige, Ehrliche, mir immer Zugewandte, im Gegensatz zu meiner Mutter, die ich als unberechenbar und launisch empfand und die auch, wenn ihr nichts anderes einfiel, (fromme) Lügen benutzte. Besonders glücklich war ich, wenn ich als Kind nachts bei Gewitter zu meinem Vater ins Bett kriechen durfte. Ich wusste, dass er ein guter Arzt war. Kinder hatten keine Angst vor ihm, denn er hatte die Fähigkeit, mit Geschichtchen und Witzen gute Laune zu verbreiten. Ich war überzeugt davon, dass Yoram ihn gemocht hätte, wahrscheinlich sogar Aliza. Ich stellte mir manchmal vor, wie er sie zu geistreicher Schlagfertigkeit anregen würde, eine von den idyllischen Familiensituationen, die ich mir gerne und ausführlich herbeifantasierte.

Es dauerte lange, bis ich mir unter Chirurgie etwas vorstellen konnte, zumal mein Vater auf meine kindlichen Fragen meist mit Scherzen antwortete.

Ich schneide den Leuten die Ohren ab und nähe ihnen stattdessen Würstchen an, war einer seiner Standardsprüche. Oder: Ich hole ihnen den Blinddarm aus dem Bauch und setze ihnen eine Maus dafür ein.

Er hatte eine Menge solcher Antworten parat, sodass bis heute meine Vorstellung eines operierten Blinddarms nie ganz von einer Maus zu trennen ist und sich beim Gedanken an Chirurgie der menschliche Körper überhaupt mit vielerlei ungewöhnlichen Beigaben belebt. Würde ich ein Bild davon malen, wäre es ein mit Würstchen, Bällen, Blumen, Löffeln und Katzenschwänzen ausgestattetes Geschöpf, in dessen sanft geöffnetes Innere sich Mäuse, Hamster, Welpen, Küken und kleine Vögel schmiegten wie in ein warmes Nest.

Ich war ungefähr zehn Jahre alt, da erfand mein Vater ein Spiel für mich. Er breitete die Arme weit aus und forderte mich auf, ihm auf den Bauch zu boxen. Das ist doch nichts für Mädchen, rief dann meine Mutter, aber mein Vater lachte und hielt sich weiter als Boxwand zur Verfügung, an der ich mich kichernd und kampfbereit ausließ. Bis er krank wurde, begrüßten wir uns so, und ich bewies ihm, dass er nicht darüber traurig zu sein brauchte, keinen Sohn zu haben.

Später, als Studentin, fing ich an, ihm die Fragen zu stellen, die auf dem fiktiven Fragebogen der frühen Studentenrevolte standen, als es noch darum ging, zu verstehen, wieso ›dies alles‹ passieren konnte. Du warst doch auch im Osten, hast du denn nichts gemerkt, gesehn, gehört … gar nichts? Darauf sagte er immer nur, Morde gehören zum Krieg. Krieg ist, dass man aufhört, sich über Morde zu wundern. Denn Krieg ist ja per se erlaubtes Morden.

Und die Juden?

Ich will dir mal was sagen. Ohne den Krieg wären auch sie nicht ermordet worden … das ist Teil des Kriegs gewesen. So war das eben.

Ich protestierte, aber er blieb dabei.

Er habe seine Lehre aus alledem gezogen und sei ganz und gar gegen jeden Krieg, egal welchen. Er war ein so überzeugter Pazifist, dass er sich sogar gegen die Wiederbewaffnung der Bundesrepublik engagierte. Noch heute höre ich seine Stimme in einem Ton zwischen Resignation und Empörung, und ich sehe die herzzerreißende Fotografie aus dem Vietnamkrieg, die über seinem Schreibtisch hing, ein nacktes, von Napalm verbranntes Mädchen, das hilflos weinend eine von Soldaten gesäumte Straße entlang flüchtet. Die Studentenrevolte fand er verständlich, vor allem, weil auch er gegen den Vietnamkrieg war. Niemals machte er mir Vorwürfe, eher war er wie ein Freund, mit dem man reden konnte.

Kurz vor seinem Tod sah ich ihn noch einmal im Krankenhaus, und in dem Moment, als er mit einem entsagenden Seufzer meine Hand ergriff und mich mit schwachen Augen anblickte, tat er mir unendlich leid. Vergeblich suchte ich nach einem Wort, das ausdrückte, was ich fühlte, und was ich dann in die kindische Liebesformel aus vier Wörtern packte, die ich schon als Dreijährige oft zu ihm sagte (und immer abends vor dem Einschlafen, wenn er mir einen Gutenachtkuss gab).

Er war damals zum letzten Mal an seinem von Krebs befallenen Magen operiert worden, und wir wussten alle, dass dieser Eingriff sein Ende bedeutete.

An meinem neunundzwanzigsten Geburtstag besuchte ich mit Yoram zusammen meine Mutter. Sie hatte die ungarische, mit bunten Blumen bestickte Decke aufgelegt, die, seit ich denken kann, die familiäre Geburtstagsdecke war. Ich hatte ihr angekündigt, dass ich meinen neuen Freund mitbringen wolle.

Den aus diesem Kibbuz?

Ja, wen sonst …

Und ist er … ich meine …?

Ja, ist er …

Ach, Kind …

Im Halbdunkel des schmalen Flurs ihrer Wiesbadener Wohnung trat sie Yoram dann scherzend entgegen, sie habe schon befürchtet, er wolle mich dazu verführen, Bäuerin oder Fabrikarbeiterin zu werden.

Carla hat ja so viel von diesem Kibbuz erzählt, sie war ja ganz begeistert, übertrieb sie augenzwinkernd, während ich staunend danebenstand. Yoram trug eines seiner karierten Hemden über der Hose, die er damals fast immer trug, und darüber einen Parka. Er war gar nicht auf die Idee gekommen, sich für den Besuch bei meiner Mutter etwas Besonderes anzuziehn. Eine Krawatte besaß er sowieso nicht. Eigentlich war er genau so gekleidet wie die, von denen meine Mutter als ›deine Freunde‹ sprach, und mit denen sie all jene meinte, die ihr irgendwie politisch verdächtig vorkamen. Aber es schien ihr nicht aufzufallen, oder sie ließ sich nichts anmerken, obwohl sie von einem Architekten bestimmt eine andere Vorstellung hatte. Vielleicht strengte sie sich auch nur an, um mir den Tag nicht zu verderben. Jedenfalls strahlte sie, als sie uns begrüßte und sich (im gleichen Atemzug) dafür entschuldigte, dass sie nicht dazu gekommen sei, richtig aufzuräumen. Dabei war es viel ordentlicher als sonst, und sogar auf ihrem Schreibtisch, auf dem sich gewöhnlich Briefe, Zettel, Bücher und andere Dinge wirr häuften, lag diesmal alles akkurat zurechtgeschoben. Sie hatte die in der Familie Tradition gewordene Geburtstagstorte aus Biskuit, Buttercreme und Brombeeren gebacken und liebevoll dekoriert, wie früher, als ich noch ein Kind war. Auch hatte sie sich ›schick gemacht‹, hellblaue Satinbluse und Perlenkette, und obwohl sie, während wir an dem feierlich mit Blumen geschmückten Tisch Platz nahmen, immerfort redete und selbstironische Bemerkungen machte wie: Wissen Sie, ich bin eine Weltmeisterin in Schusseligkeit …, spürte ich, dass sie unsicher war. Es war dieses Lächeln, das jemand anders gar nicht wahrnimmt und das in mir immer eine Mischung aus Mitleid und Widerstand bewirkt hat. Wäre ich seit Tagen beim

Gedanken an diesen Besuch nicht ohnehin schon nervös gewesen, hätte mich allein dieses Lächeln aus der Haut fahren lassen. Aber so hatte ich mich auf alles gefasst gemacht. Ja, ich fürchtete mich vor dieser Begegnung, besonders wenn ich an manche ihrer Redensarten dachte, Wendungen und Ausdrücke, die sie nie abgelegt hatte und die sie manchmal, wie mir schien, erst recht in meiner Gegenwart benutzte, in einer Art unterschwelligem Trotz gegen meine ›Mäkelei‹ an ihr. Etwa als wir einmal die Ferien in einem Hotel in Holland verbrachten. Am Nachbartisch saß eine französich sprechende Familie, von der meine Mutter annahm, sie seien Juden. Ich glaub, die sind versippt, sagte sie, machen aber doch einen ausgesprochen netten Eindruck. Versippt war für sie eine Umschreibung von jüdisch.

In meiner immer auf der Lauer liegenden Lust, ›ein Haar in ihrer Suppe zu entdecken‹ (so nannte sie es), regte ich mich sofort, reflexhaft, darüber auf. Und die Art und Weise, in der ich mich aufregte, war, von heute aus gesehen, nicht viel anders als die meines Vaters. (›Erstens, zweitens, drittens …‹)

Mama, erstens: Ich schäme mich, wenn du solche Ausdrücke benutzt.

Welche?

Na, versippt …

Aber wie soll ich denn sonst … und außerdem, ich hab doch ausdrücklich gesagt, dass ich die Leute nett …

Ja, aber mit einem ›Aber‹ dazwischen …

Ach Schätzchen …

Und drittens, woran willst du denn erkennen, dass sie jüdisch …

Also, das sieht man doch! Und überhaupt, ich solle endlich aufhören, ›jeden Piep‹ von ihr vor Gericht zu bringen.

Ich hatte Yoram von derartigen Streitigkeiten schon erzählt, worauf er nur meinte, ich dürfe eben keine falschen Erwartungen haben.

Ach, wie bewundernswert pragmatisch …

Na ja … such is life …

Und, wie um mich zu trösten, brachte er ein Beispiel aus seiner eigenen Familie, von einem Verwandten, der in den russischen Wäldern als Partisan überlebte, jetzt in New York wohne und dermaßen über Schwarze herziehe, dass einem schlecht werden könne.

Nun saß er also am Tisch bei meiner Mutter und sah in dieser Umgebung von Biedermeiermöbeln, gelben Plüschsesseln und gediegenen Perserteppichen aus wie ein gefangener Waldarbeiter. Auch er gab sich Mühe: Schön haben Sie's hier …

Neben dem Sofa hing eine Hochzeitsfotografie meiner Großeltern, und als Yoram wissen wollte, wer die beiden seien, ergriff meine Mutter die Gelegenheit und erzählte die Geschichte ihres saarländischen Vaters und von der Kündigung seiner Stelle als Lehrer, weil er in einem Formular der Nationalsozialisten als Staatsangehörigkeit ›sarrois‹ anstatt ›deutsch‹ angegeben hatte. Sie erzählte die Geschichte so, als sei mein Großvater dafür zu bewundern, obwohl sie wusste, dass es nicht Widerstand gegen das neue Regime der Nazis im Saarland war, sondern eine Gedankenlosigkeit. Hatte er doch selbst für den Anschluss des Saarlands an Nazideutschland gestimmt, weil er glaubte, sich damit die Bolschewisten vom Leib zu halten. Die Vorstellung, es würde ihm sein neu gebautes und mit Mühe finanziertes Haus weggenommen, wenn die ›Roten‹ an die Macht kämen, erschien ihm noch bedrohlicher als das, was die Nazis ankündigten, nämlich das ganze ›Affentheater von Kirche‹ in die Luft zu jagen. Er hatte als Hausbesitzer für die Nazis gestimmt und war als frommer Katholik zugleich gegen sie.

Bei der Wahl zwischen Pest und Cholera, wie meine Großmutter sagte, hätten sie sich für die Cholera entschieden. Opa hat sich nur verschrieben, lag mir auf der Zunge, aber ich schwieg. An diesem Tag wollte ich keinen Streit, und vor allem wollte ich auf keinen Fall ein prekäres Thema anschneiden, bei dem meiner Mutter leicht eine ihrer mir peinlichen Bemerkungen aus dem Mund rutschen könnte. Ich sagte nur so etwas wie ›Mama‹ in einem sanft drohenden Ton, worauf sie Yoram zuzwinkerte: Sie ist schon immer eine Mimose in bestimmten Dingen gewesen. Yoram belohnte sie dafür mit einem großen Lächeln. Ihm schmeckte die Torte, und er machte meiner Mutter Komplimente, die sich ehrlich anhörten (denn mit wenigem kann man ihn mehr korrumpieren, als mit gutem Kuchen und bestimmten Süßigkeiten). Sie stellte die Cognacflasche auf den Tisch: Danach können Sie besser weiternaschen …

Und so, entspannt beduselt, kam sie auf eine Schiffsreise mit einer Freundin durchs Mittelmeer zu sprechen, bei der sie auch einmal in Israel Halt machten. Es perlte nur so aus ihr heraus, eine Episode nach der anderen, und ihre Wangen glühten. Sie hätten in der Nähe das wunderschöne Akko besucht und auch einen Kibbuz, beides hochinteressant … Ich war erstaunt, denn mir hatte sie noch nie so ausführlich von dieser Reise erzählt, und mir blitzte der Gedanke durch den Kopf, ich könne sie womöglich ganz falsch einschätzen. Yoram hörte ihr zu, teils auf dem Sofa sitzend, teils im Zimmer herumwandernd und dies und das betrachtend … während sie nun den Sechstagekrieg kommentierte: Fantastisch, wie die das gemacht haben (und ich schon darauf drängte, zu gehen), stellte sie die silberne Schale mit Salzgebäck auf den Tisch und kam, ohne jede Hemmung, auf die Geschichte dieser Schale zu sprechen. Sie wollte Yoram mit meinem Vater imponieren, ihn wissen lassen, was für ein guter Reiter er gewesen war. Ja, sie erzählte nicht nur, dass die Schale der Gewinn für einen Sieg bei einem Springturnier war, sondern sie nahm auch noch das Gebäck und die weiße Serviette heraus, um Yoram die auf der Innenseite eingravierte Schrift zu zeigen: Sieg mit Morgenröte, 1942. Ich hatte mir nie Gedanken darüber gemacht, was das Datum auf der Schale bedeutete. Denn sie war immer im täglichen Gebrauch gewesen, wir benutzten sie zum Frühstück, um darin Brötchen aufzutischen, und zum Abendessen für das aufgeschnittene Schwarzbrot.

Mit dieser Schale bin ich aufgewachsen, und ich wusste, dass mein Vater sie einst als Preis für den Sieg bei einem Reitturnier gewonnen hatte. Erst nach meiner Israelreise hatte ich darüber nachgedacht, dass genau zu der Zeit, als er diese Schale gewann, all das stattfand, das, von später aus gesehen, dem Vergnügen meines Vaters jede Harmlosigkeit nimmt. Unbehaglicher hätte es nicht werden können. Aber Yoram stellte keine Fragen, er betrachtete sich alles genau, die Schale, eine Fotografie meiner Eltern mit mir als Kind und auch ein Bild, ein kleines Ölgemälde, das ein am Rand eines Sees lagerndes Paar beim Picknick zeigte und in kubistischer Weise gemalt war. Meine Mutter war so angeregt, wie ich sie schon lange nicht mehr erlebt hatte, ins Sofa gelehnt saß sie da und erzählte und erzählte. Etwa dass sie gerade die Autobiographie von Françoise Gilot lese. Voller Genugtuung sprach sie über ›die Gilot‹. Sie sei die erste Frau gewesen, die es gewagt habe, sich von Picasso zu trennen. Sonst habe immer er die Frauen verlassen. Sie funkelte Yoram an: Er soll tatsächlich geweint haben, hat sich dann aber schnell mit der Nächsten getröstet.

Es hörte sich an, als wollte sie ihn warnen: Behandeln Sie meine Tochter nur ja gut! Sie sprühte vor Charme, und ich merkte, dass Yoram ihr gefiel und auch umgekehrt.

Als wir, zurück in Frankfurt, in einer Kneipe saßen und er mein ›Wie findest du sie?‹ mit nichts als Lob beantwortete: Nett, und sie sieht dir unheimlich ähnlich, wirklich so was von ähnlich …, war ich unendlich erleichtert. Die Sache mit der silbernen Schale hatte ihn nicht schockiert, auch nicht die wirkliche Geschichte meines Großvaters, die ich ihm jetzt erzählte. Aber dann die Geschichte meiner Großmutter … ich musste sie loswerden, es war wie ein Zwang, und sie tat ihre Wirkung. Yoram wollte sie einfach nicht glauben: Das kann ich mir nicht vorstellen, wirklich? Ist das wirklich wahr?

Die Großmutter, die ich als Kind über alles geliebt habe und die später diesen Satz gesagt hat: Ach, die Juden, von denen gibt's immer noch zu viel …

Ich war damals schon Studentin und konnte es nicht fassen. Genau wie Yoram es jetzt nicht fassen konnte. Sie, die jede meiner Regungen, als ich noch klein war, gespürt hatte und darauf einging, bei der ich so gerne übernachtete oder gar die Ferien verbrachte, ausgerechnet sie gab eine solche Bemerkung von sich. Sie, meine über alles geliebte Großmutter, war also eine richtige Antisemitin. Aber es machte keinen Sinn mehr, ihr zu antworten oder weiter in sie zu dringen, um mehr über die Abgründe ihres mir bis dahin verborgenen Denkens in Erfahrung zu bringen, denn sie befand sich schon in einem Stadium fortgeschrittener Demenz. Sie konnte nichts mehr verstehen, ja, ich weiß nicht einmal, ob sie mich noch erkannte. Und ich dachte mir, vielleicht kommt am Ende des Lebens die geheime Substanz zum Vorschein wie ein schmutziger Bodensatz.

Yoram sollte all das wissen. Ich leerte drei Gläser Wein in schneller Folge und breitete es atemlos vor ihm aus.

Und, bist du geschockt?

Er schüttelte den Kopf, warum ich denn erwarte, dass meine Familie anders sei als andere. So sind sie eben, diese … diese … und er suchte vergeblich nach einem Wort. Das sei ihm schon immer klar gewesen. Mit Lavin übrigens spreche er öfter darüber, der habe dazu ein ziemlich ehrliches Verhältnis, zumal er selbst in seiner Jugend so ein Nazi, nämlich in der Hitlerjugend, gewesen sei, er könne einiges darüber erzählen.

Sehr viel später entdeckte ich dann, dass das Reitturnier, bei dem mein Vater die Silberschale gewann, nicht weit von Krakau stattgefunden hat und dass die Reiter vor allem deutsche Offiziere waren, Besatzer in Polen, Wehrmachtsangehörige und Gutsverwalter, die neuen Herren in den eroberten Gebieten, die die Höfe und Gestüte nach der Vertreibung ihrer Eigentümer in Besitz genommen hatten. Es waren genau die Jahre, die meine Mutter nicht nur einmal die glücklichste Zeit ihres Lebens nannte. (Wir waren verliebt, und dein Vater hat in seiner Uniform ›umwerfend‹ ausgesehen.) Ein paar Mal habe sie ihn in Polen besucht. Ich müsse mir das so vorstellen, es sei zwar Krieg gewesen, aber dennoch an vielen Orten friedlich. Nichts habe ihren Optimismus (wir waren schließlich jung) mindern können, auch nicht ›dieser bestialische Irrsinn‹. Und sie habe sogar Polnisch und Russisch gelernt, nicht nur weil sie, wie ich ja wisse, eine Liebhaberin der russischen Literatur sei, sondern weil sie und mein Vater sich ein Leben dort gut hätten vorstellen können. Wenn alles ›anders‹ verlaufen wäre.

Habt ihr euch gewünscht, dass sie siegen?

Nicht gewünscht, aber gedacht.

Also nicht verhindern wollen.

Jetzt willst du mir wieder was unterstellen. Wie sollten wir denn da was verhindern? Wir haben eben gedacht, was man damals dachte …

Und wie so oft gerieten wir in eine Art aggressiver Umarmung. Sie warf mir vor, ich gebärde mich wieder einmal unerträglich überheblich, und ich bohrte weiter, beharrlich, erfolglos, ungeschickt. In meinen Augen war sie besessen von schönen Kleidern, schönen Möbeln, schöner Kunst, und in meinen Trotz als Tochter floss die jedesmal von Neuem anschwellende Empörung über ihre hedonistische Gedankenlosigkeit. Einmal in ihrer Verzweiflung nannte sie mich eine ›Natter‹: So lieblos und gemein, wie du bist!

Dann wieder umarmten wir uns, und ich sog, den Kopf auf ihrer Schulter, den Duft von Frieden ein.

Ich habe mir seit damals, als ich Yoram kennenlernte, immer wieder überlegt, wann und wie ich zum ersten Mal vom Holocaust gehört habe. Ich weiß es nicht genau, aber es kommt mir vor, als sei, seit ich denken kann, eine Aura von etwas Schrecklichem dagewesen, von etwas Unbeschreiblichem, ein dunkles Wissen, das um einen war wie die Luft.

Ich war vierzehn, als ich Klavier spielen lernen wollte. Die Lehrerin, eine Patientin meines Vaters, war eine ältere Frau, oder besser, sie erschien mir nur ›älter‹, denn später erfuhr ich von meiner Mutter, dass sie erst vierzig war. Sie trug eine Binde um ihr Handgelenk, weil, so ihre Erklärung, sie so oft übte, dass sie eine Bandage zur Festigung des überanspruchten Gelenks brauchte. Sie war sehr geduldig, denn meine Talentlosigkeit muss quälend für sie gewesen sein. Immer wieder spielte sie mir Übungen aus der Schule der Geläufigkeit von Czerny vor, um dann mit gehobenen Brauen und einem undeutbaren, leichten Lächeln meine ungeschickten Versuche anzuhören. Ihre Ratschläge und Ermutigungen aber liefen ins Leere bei mir. Ich verstand einfach nicht, was ich falsch machte. Und dass ich nie üben wollte und aus diesem Grund auch nie über einen bestimmten Punkt hinauskam, sondern in meinem Lernen beharrlich stagnierte, machte für uns beide den Unterricht zu einer Qual. Bis sie eines Tages kündigte, weil sie einen amerikanischen Soldaten heiratete, mit dem sie in die USA ging.

Irgendwann später sprach ich einmal mit meiner Mutter über sie. Da erfuhr ich, dass sie die Binde trug, weil sie damit ihre Nummer aus dem Konzentrationslager verdeckte. Erst da wollte ich mehr darüber wissen, was unter der Nebelschicht vagen Wissens ausgebreitet lag.

Zwei oder drei Jahre später, während der Studentenbewegung, war das Thema plötzlich da, zumindest am Anfang, als wir uns fragten, wieso es ›dazu‹ kommen konnte. Der autoritäre Charakter war die Erklärung, die uns einleuchtete, und später schwirrte die Parole ›Kapitalismus führt zu Faschismus‹ herum, mit der man nun eine praktische Formel gefunden hatte, benutzbar ohne Gefahr für das eigene Vatermuttergefühl. Es war wie eine Wunderformel. Das war doch der reine Eskapismus, hat Yoram einmal gespottet, als wir mit Freunden darüber stritten, was die Studentenbewegung gebracht hat. Jedenfalls war die allgemeine träge Ohnmacht plötzlich weg, jetzt glaubten wir ja, den eigentlichen Grund gefunden zu haben. Später jedoch hab ich mich oft gefragt, wieso wir nicht alle auf Täterjagd gegangen sind, anstatt auf Theoriemehl herumzukauen.

Als Vered überraschend drei Wochen zu früh zur Welt kam, war Yoram in Hamburg. Ich konnte ihn den ganzen Tag lang nicht erreichen. Erst abends kam sein Anruf im St.-Marien-Krankenhaus an, da war Vered schon geboren. Tags drauf hielt er sie im Arm und schob den Mund an ihren Hals, sog ihren Duft ein und legte gerührt sein Ohr an ihren nackten kleinen Körper. Er wollte hören, wie ihr Herz schlägt. So weich hatte ich ihn noch nie gesehen. Vered sah ihm von Anfang an ähnlich. Der kurze Abstand zwischen Nase und Oberlippe und die weit auseinanderstehenden aufmerksamen Augen.

Einmal wachten wir morgens auf, weil Vered schrie. Eine sinnverwirrende Müdigkeit hatte uns befallen, seit Tagen hatten wir nicht durchgeschlafen, weil uns alle drei oder vier Stunden ihre Stimme weckte. Ich nahm sie aus dem Bett und legte das feuchte, warme, herzpochende Bündel vorsichtig zwischen uns.

Yoram beugte sich über sie, nahm ihre Hand und betrachtete sie verliebt. Ich schob ihr die Brust hin, sie stülpte zielstrebig die Lippen und begann, gierig zu saugen. Dabei hielt sie ihre Augen weit offen, und Yoram hörte nicht auf, sie zu beobachten. Bevor wir wieder einschliefen sagte er, früher sei er beim Aufwachen immer von wirren Gedanken überspült worden wie von einem Fluss voller Scherben und Splitter, die ihm ›das halbwegs einheitliche Bild‹ von sich selbst regelrecht zerstückelt hätten. Oft sei er ganz erschlagen gewesen von der Schwemme solcher Bilder. Dann habe ihn regelmäßig das Gefühl befallen, nicht nur den Überblick über die Dinge, sondern auch über sich selbst zu verlieren. Erst nach einer sehr heißen und langen Dusche und ein paar Tassen Kaffee, ja manchmal sogar erst wieder am Zeichentisch, beim Austüfteln einer schwierigen Aufgabe, seien die Dinge wieder ins Lot gekommen.

Das habe sich jetzt geändert, seit Vereds Geburt sei das ›elende Gedankengerümpel‹ verschwunden, jetzt denke er am Morgen unwillkürlich nur noch an sie. Und wenn er nachts wach werde, könne er gar nicht anders, als aufzustehen und einen Blick in ihr Gesicht zu werfen und zu hören, ob sie noch atmet, und ihren guten Duft einzuatmen.

In dieser Zeit schliefen wir jede Nacht eng beieinander, umschlungen, ein Knie in der Kniekehle des andern, mit den Zehen in leichter Bewegung, raue Sohle an zarter Haut, eine Hand über einem Fußspann, Yorams Gesicht so nah an meinem Hals, dass mich sein Atem kitzelte wie die Spitze einer Feder. Zwei oder drei unwillkürliche Seufzer und dann das regelmäßige Atmen, an dem ich hörte, dass er eingeschlafen war. Es ist seltsam, wie wenig mir aus dieser Zeit in Erinnerung ist, und ich muss an ›das Rauschen der Zeit‹ denken. Vielleicht, weil man Glück weniger erinnert als Unglück. Vielleicht, weil wir so viel zu tun hatten damals und das Besondere in dem Fluss nicht so wichtiger, alltäglicher Ereignisse untergegangen ist.

Aliza und meine Mutter sind einander nicht oft begegnet. Ihnen die ersten Fortschritte ihrer Enkelin vorzuführen, schien uns eine gute Gelegenheit, die beiden endlich einmal zusammen einzuladen. Als ich schwanger war, hatte meine Mutter zum ersten Mal mit wirklichem Interesse nach Yorams Familie gefragt.

Ist jemand von seinen Leuten zu Schaden gekommen? So drückte sie sich aus. Ich erzählte ihr von Yorams Großvater Samuel Sonnenschein, von seiner Confiserie in Berlin-Moabit und auch darüber, was ich über Aliza und ihre Familie wusste. Dass sie aus Berlin-Wilmersdorf kam und dass beide Familien zuerst in das Ghetto Litzmannstadt und später teils nach Auschwitz, teils nach Chełmno deportiert wurden. Und dass niemand von ihnen überlebte.

Ach, furchtbar, sagte meine Mutter, wirklich schrecklich. Dein Vater hat doch recht gehabt, so kommt es, wenn man Krieg anfängt. Und kam auf ihren Bruder zu sprechen, der in den letzten Kriegsmonaten in Griechenland umgekommen ist.

Stell dir vor, erst siebzehn war er, als er Soldat wurde, ein Kind noch! Großmutter und Großvater haben sich den Kopf zerbrochen, wo sie ihn verstecken könnten, aber am Ende mussten sie ihn lassen, denn er wollte es selbst, er hatte keine Angst, er wollte unbedingt … mein Gott, siebzehn, das musst du dir mal vorstellen! Er wollte es partout, aber er ahnte ja nicht, was das wirklich heißt, Krieg, er hatte so eine Vorstellung von Held!

Vielleicht wollte meine Mutter auf diese Weise irgendwie etwas Gemeinsames zwischen Yorams und meiner Familie herstellen. Als wäre der Tod ihres Bruders dasselbe wie der Tod von Yorams Großeltern. Ich konnte ihr das aber nicht klarmachen, erst recht nicht, da sie jetzt Tränen in den Augen hatte. Sie war nun ganz in der Erinnerung an ihren Bruder versunken und erzählte, wie sie ihm bei den Hausaufgaben geholfen hat, ihm, der immer nur draußen sein wollte, auf dem Bolzplatz, im Freien, im Wald, auf der Straße, mit seinen Freunden.

So ein kleiner Stromer, weißt du …

Viele Jahre später hat sie mir dann noch mehr erzählt. Wie er kurz vor seinem Tod noch einmal auf Fronturlaub nach Hause kam und davon sprach, dass seine Einheit dieselbe war, die das Warschauer Ghetto vernichtet hat. Die Soldaten hätten davon gesprochen wie von einer Heldentat, und er sei stolz gewesen, ›an der Seite dieser harten Kämpfer‹ sein zu dürfen.

Meine Mutter hatte inzwischen Bücher über den Holocaust gelesen, es war etwa zu der Zeit, als der Film ›Der Pianist‹ in die Kinos kam. Sie hatte ihn gesehen, und als wir darüber sprachen, fiel ihr das mit ihrem Bruder ein. Und auf meine Frage, was sie denn damals, als er ihr das erzählte, gedacht habe, antwortete sie: Natürlich dasselbe wie er … Man habe eben damals gedacht, die Juden seien an allem schuld, vor allem am Krieg. Und es habe lange gedauert, bis ihr ein Licht aufgegangen sei …

Und wann war das?, wollte ich wissen. Da gab sie die für mich unfassbare Antwort, nachdem sie lange überlegt hatte, sichtlich nach innen blickend, im Erinnerungsgewölk suchend, während ihre Hand auf dem Tisch lag wie eine Aufforderung zum Gestreicheltwerden: Wenn ich das nur wüsste … so nach und nach … aber wirklich eigentlich erst, als Vered da war.

Aliza und meine Mutter saßen nun einander gegenüber, Aliza mit hochgezogenen Schultern tief in einer Ecke des

Sofas, meine Mutter im Sessel gegenüber. Vered schlief noch, und Yoram erzählte in ironischen Übertreibungen, wie ›Klaftitschka‹, so nannte er Vered, uns nachts um den Schlaf brachte. Kaum habe er die Augen zu, schon fange sie wieder an, und er imitierte ihre fordernden Laute in einem Ton genervten Entzückens. Aber meine Mutter nahm nur das Genervte wahr, sie schüttelte den Kopf: Ach Kinder, macht's euch doch nicht so schwer. Vor allem du, mein Schatz ... (Sie warf mir einen zweifelnden Blick zu.) Kann es nicht sein, dass du dich im Wald der Theorien ... ich meine, wo man vor lauter Wald die Bäume nicht ...

Und an Aliza gerichtet: So hat man das doch zu unserer Zeit nicht ... das hat man doch gar nicht gekonnt früher, das ging doch gar nicht ... Wenn ich in der Praxis meines Mannes ... von morgens bis abends ...

Aber die Gemeinsamkeit, die sie anschlug, fand kein Echo. Aliza lächelte, ohne den Ball aufzunehmen, indes meine Mutter fortfuhr und von ihrer Großmutter, die sieben Kinder hatte, zu erzählen anfing, von ihrer eigenen Mutter mit den zweien und schließlich auch von mir: Sie konnte grad mal stehn, da hörte ich ein fürchterliches Geschrei, rannte hoch ... dachte Wunder, was passiert wäre ... und als ich in ihr Zimmer kam, stand sie da, die Fäuste um die Gitterstäbe geklammert und war augenblicklich still und lachte. Von einem Moment auf den andern. So ist das. Nichts hat ihr gefehlt, ich musste nur kommen.

Aliza nickte und lächelte und sagte manchmal etwas wie ›Ach ja, das kenn ich‹ oder ›Ich verstehe‹ oder ›Ja, so war das früher‹, nichtssagende Antworten, und immer dabei ihr seltsam fernes, hermetisches Lächeln. Ich spielte die emsige Hausfrau, sprang auf, um das Fenster zu öffnen, es wieder zu schließen, Plätzchen zu holen, Wasser aufzusetzen, und dies alles nur, um Bewegung in die vor Befangenheit stehende Luft zu bringen.

Erst als im Nebenzimmer ein leises Weinen anhob, das uns allesamt auflauschen ließ, und es dann gewiss wurde, dass Vered wach geworden war, und als Yoram mit ihr auf dem Arm den Raum betrat, kam Aliza aus der Reserve, stand auf und schmiegte sich an ihren Sohn, das Gesicht über dem Gesicht der Enkelin. Auch meine Mutter kam hinzu, streckte die Arme aus, und Yoram übergab ihr das Bündel ohne Zögern. Da öffnete sich Vereds kleiner Mund, und sie legte los, jäh und laut und mit zitternder Zunge (Yoram: Wie macht sie das nur, ohne Luft zu holen?). Sie beruhigte sich erst wieder, als sie an der Brust lag. Es war wie eine Befreiung, kein Gespräch musste mehr in Gang gesetzt werden.

Aliza und meine Mutter taten, als wären sie einzig mit dem Betrachten ihrer Enkelin beschäftigt und mit nichts sonst, und es war so still, dass man nur noch das Schnaufen und Schmatzen hörte. Als nach einer Weile das Gespräch über Ähnlichkeiten aufkam: Wem gleicht sie eigentlich, mh?, und Yoram sich auf den Boden kniete und sein Gesicht neben das der gierig trinkenden Vered hielt: Na, wem schon!, öffnete Aliza ihren Blick zu einem jetzt freudigen Lächeln und machte eine Bemerkung über die verblüffende Verdoppelung Yorams, die gewölbte Oberlippe und die weit auseinanderstehenden Augen … und fiel dabei in ihren weichen Berliner Jargon: Ach Mäuschen …, beugte sich vor und berührte vorsichtig Vereds Finger. In diesem Moment geschah etwas, was wir später noch oft zum Besten gaben, so oder so gedeutet. Meine Mutter, beim Versuch ein Taschentuch vom Boden aufzuheben, verlor das Gleichgewicht, der Sessel kippte, sie fiel mit der Stirn direkt auf die Ecke der gläsernen Tischplatte und blieb gekrümmt am Boden liegen, das Gesicht von Blut überströmt. Vered ließ sich nicht vom Trinken abhalten, Yoram und Aliza sprangen auf, um zu helfen. Aliza kniete sich neben meine Mutter, nahm ihre Hand, drückte eine Serviette auf die verletzte Stelle und versuchte sie zu beruhigen, während Yoram den Notarzt anrief.

Wir waren vollkommen erschöpft, als wir wieder für uns waren. Yoram hatte nicht meine Mutter, sondern Aliza nervös gemacht: Dass sie jedes Gespräch verweigert, das ist doch irgendwie ein Boykott …

Aber das Geschwätz von meiner …

Ach Gott, ist ja schon fast komisch, wie sie immer ins Leere rennt damit … aber sie hat sich ja dann was einfallen lassen …

Genüsslich hob er Vereds Gesicht an die Wange und schloss die Augen.

Kann uns das nicht alles egal sein? Voll-kom-men-und-so-was-von-egal!

Alizas Tel Aviver Wohnung in der Idelsonstraße ist in der Frühe von Licht durchflutet, wenn es aber dem Mittag zu geht, legt sich Schatten über die Fenster, ohne dass eine Jalousie geschlossen oder ein Vorhang zugezogen werden muss. Allein der Architektur ist es zu verdanken, dass der Schatten zur richtigen Zeit an die richtige Stelle gleitet. Yorams Eltern hatten die Wohnung ein paar Jahre bewohnt, und sie auch nicht aufgegeben, als sie nach Frankfurt zogen. Aliza war es wichtig, jederzeit wieder dorthin zurückkehren zu können. ›Von heut auf morgen, sofort.‹ Selbst bei den Überlegungen zur Rettung ihrer finanziellen Situation wäre Yoram niemals auf die Idee gekommen, die Wohnung in der Idelsonstraße aufzugeben. Obwohl Aliza schon lange nicht mehr fliegen will und es schon Jahre her ist, dass sie zum letzten Mal in Tel Aviv war, ist die Wohnung bis heute eine Zuflucht für den Ernstfall. Für den immer drohenden Ernstfall. Eine kleine Wohnung in einer inzwischen etwas heruntergekommenen Gegend, aber wen stört das. Nicht einmal Yoram mit seinem Architektenblick stört die vernachlässigte, von einem alten Ficus verdeckte Fassade. (Soll bleiben, wie's war, einfach so, wie früher …)

Wie oft haben wir die Ferien hier verbracht! Die Wohnung liegt so nah am Meer, dass man nur ein paar Minuten braucht bis zum Strand, und von diesem Vorteil machten wir reichlich Gebrauch, vor allem morgens, wenn es noch nicht so heiß war, oder am späten Nachmittag, wenn es sich allmählich wieder abkühlte. Auch am Hacarmelmarkt ist man schnell, wo wir immer für Aliza Gewürze kauften und oft von Stand zu Stand schlenderten und für kleine Dinge

Geld ausgaben, für billigen Schmuck, T-Shirts, bunte Schals oder orientalische Parfums. Vor allem konnten wir nie an den Ständen mit den aufgetürmten Blocks verschiedener Halvasorten vorübergehen, ohne uns einen Batzen einpacken zu lassen (Yoram: Oh Jesus, glückliche Kindheit!). Auch ist man von Alizas Wohnung aus in ein paar Minuten in der Dizengoffstraße, wo wir uns im Sommer oft mit Arnon und Chamutal in einem der vielen Straßencafés trafen und warmen Carmelwein oder frisch gepressten Orangensaft tranken.

Eine Szene damals am Strand: Yoram zieht Vered in einem gelben Plastikboot durchs Wasser hinter sich her. Ich sehe die beiden in dem über der hellgrauen Wasserfläche wirbelnden Licht kleiner und kleiner werden. Ein paar Mal blickt Vered zu mir zurück und winkt. Sie trägt die blaue Taucherbrille, die ihr Gesicht in eine Science-fiction-Figur mit schwarzen Fühlern verwandelt. Ein augenblicklicher Hauch Furcht, wenn ihnen jetzt was passiert. Während ich auf unsere Sachen aufpasse, ziehen sie bis zu den Felsen, wo Yoram Vered die Stelle zeigt, an der er als kleiner Junge mit seiner Freundin Chana gespielt hat, ich sehe sie kaum noch, so klein sind sie in der schimmernden Ferne.

Nur selten blieben wir im Sommer länger als bis elf, halb zwölf am Strand, dann war es vor Hitze nicht mehr auszuhalten. Auch nicht unter dem verblichenen, einst dunkelblauen Sonnenschirm, den Yoram behalten wollte, weil ihn das verrostete, verbogene Gestell an früher erinnerte, und auch das verblasste, in Grau und Lila verschossene Blau, die Farbe seiner Kindheit, wie die Vorhänge in der Tel Aviver Wohnung und die Arbeitskleidung in den Kibbuzzim.

Vor unserem zweiten oder dritten Urlaub in der Idelsonstraße, ganz zu Anfang unseres Zusammenlebens, Vered war schon geboren, hatte sich etwas ereignet, das mich verwirrt, verunsichert, verstört hat. Yoram war drei Tage lang nicht nach Hause gekommen. Morgens war er wie jeden Tag zu Lavin und Lehmann gegangen, und als ich nachmittags anrief, erfuhr ich, dass er wie immer gegen Mittag zum Essen gegangen, aber nicht zurückgekehrt sei. Wo er war, wusste niemand. Ich rief bei seinen Freunden an, bei Benjamin und Barbara, sogar bei Arnon in Israel, aber niemand konnte mir etwas sagen. Vered, die damals noch klein war, merkte meine Unruhe und wich mir nicht von der Seite. Wie eine Unheil witternde Katze strich sie mir um die Beine. Wenn ich auch nur kurz das Zimmer verlassen wollte, hielt sie mich fest, und als ich sie abends ins Bett brachte, beruhigte sie sich so lange nicht, bis ich ihr erlaubte, bei mir zu schlafen. Ich konnte kein Auge zu tun. Gegen Morgen dann Yorams Anruf: Pass auf, Carla, es-gibt-keinen-Grund-zur-Beunruhigung, es geht mir gut, und bitte, ich bitte dich sehr, lass mich in Ruhe. Ich bin bald zurück. Ich verspreche es dir. Nur tu mir den Gefallen, ruf nicht bei Aliza an. Und vor allem: Mach dir keine Sorgen.

Bevor ich antworten konnte, hatte er wieder aufgelegt.

Als er Tags drauf spätabends nach Hause kam, war er unfähig, auch nur ein Wort über sein Verschwinden zu sagen. Einmal in diesen Tagen, während des Frühstücks, das Gesicht hinter der aufgefalteten Zeitung, las er mir etwas vor:

›In unserer Hirnschale gibt es jede Menge Widersprüche, die friedlich nebeneinander hausen, und das ist der Grund dafür, warum keiner von uns nur ein Optimist oder nur ein Pessimist sein kann.‹

Soll von Einstein sein. Und nach einer Weile, in beiläufigem Ton: Ich fürchte, das trifft genau auf mich zu.

Ratlos, zornig, voller Argwohn rief ich Chamutal an. Durch die gestörte Leitung, die unsere Stimmen als Echo zurückwarf, redete sie beharrlich (gegen mich und gegen die Akustik) auf mich ein:

Hör zu, wenn du nicht alles, aber wirklich alles so nimmst, wie es ist, dann trenn dich besser gleich.

Das klingt hart.

Du kanntest ihn, erinner dich an den Sederabend …

Das war etwas anderes.

Seh ich nicht so.

Was soll ich nur …

Du wirst sehn, es geht. Nur anders, als du vielleicht im Moment denkst. Das Dumme dabei ist …

Ja?

… Es gibt kein Vorbild für gelungene Ehen, weil alle anders sind.

Vielleicht ist ja eine Frau …

Sie ließ mich gar nicht erst zu Ende reden: Und wenn, das ändert nichts. Stell dir vor, du schwimmst, lass dich von den Wellen tragen, mal hoch, mal tief, wie es kommt.

Ich lachte auf: Kann ich ja nicht mal im wirklichen Wasser …

Doch. Nur nicht dagegen schwimmen … du wirst sehn!

Wie abgeklärt!

Ach was, sie lachte … Believe me!

In meinen Aufzeichnungen von damals finde ich zornige Notizen, wie ›ich hasse dich‹, dann wieder chaotisches Liebesgekritzel, offenbar im Dunkeln aufgeschrieben, kaum lesbar.

Als Yoram zurückkam, sagte er nichts als: Entschuldige …, und bat mich, nein, flehte mich an, keine Fragen zu stellen. Und: Es hat nichts mit einer anderen Frau zu tun, glaub mir das.

Er sah übernächtigt aus, war unrasiert und so schlecht gelaunt, dass mir der Satz ›Mit dieser Laune wärst du besser da geblieben, wo du herkommst‹ von der Zunge rutschte.

Bis zu unserer Reise nach Tel Aviv war es, als bewegte ich mich auf einer von weicher Luft in der Schwebe gehaltenen Plane, jeder Schritt ein Einsinken. Erst im Flieger, während Vered unter ihrer blauen Decke im Kindersessel angeschnallt schlief, legte er zum ersten Mal wieder den Arm um mich und wanderte küssend von meinem Mundwinkel zu meinem Hals. Ich lehnte die Stirn gegen seine, und endlich: Ich bin so froh.

Ich auch.

Abends liefen wir zum Meer und sahen zu, wie sich das Licht von Sekunde zu Sekunde änderte, sämtliche Spektralfarben hatten sich in einer tiefdunklen Auflösung über den Himmel gezogen. Wir lagen auf die Ellbogen gestützt bäuchlings im Sand und sahen Vered zu, wie sie ihr Plastikboot mit Wasser füllte. Jedes Mal, wenn sie den Eimer ausgekippt hatte, lief sie von Neuem zum Wasser, füllte ihn und stapfte zurück. Es war anstrengend, denn der gefüllte Eimer war schwer für sie, und sie musste aufpassen, dass das Wasser nicht überschwappte. Wir staunten darüber, dass sie so schuftete: warum eigentlich, wo sie doch niemand dazu zwingt?

In dem Moment waren wir eine glückliche Familie.

Die ganze Zeit sahen wir ihr zu, wie sie sich mit ihren stämmigen, hellen, runden Beinen durch den Sand arbeitete, die Aufmerksamkeit ganz auf den Eimer gerichtet, vollkommen hingegeben an ihre Schufterei. Selbst als sie stolperte, hinfiel, das Wasser in den Sand floss, ließ sie sich nicht aus der Ruhe bringen. Ohne zu uns herüberzuschauen, stand sie auf, nahm den Eimer und lief zurück, um ihn wieder aufzufüllen.

Es gibt noch gar keinen Zweifel bei ihr, sagte Yoram, legte den Kopf auf meine Schulter, und ich spürte sein warmes Haar an meinem Hals. Wir sprachen darüber, um welche Zeit es damit anfangen würde, und wie es kommt, dass diese Versunkenheit aufhört und man anfängt, sich zu fragen, was mach ich da eigentlich? Wozu eigentlich?

Ich erinnere mich, dass Vered als Kind auf wundersame Weise in sich ruhte. Die Kindergärtnerin sagte mir einmal, sie habe beobachtet, dass sie ungewöhnlich gelassen reagiere, wie sie es selten bei einem Kind erlebt habe. Selbst als ein größerer Junge ihr von hinten ›eine wischte‹, habe sie nur kurz den Kopf umgedreht und ihm seelenruhig nachgeblickt. Sie lasse sich einfach nicht stören, Attacken nehme sie meist gar nicht wahr, und das sei etwas, sagte die Kindergärtnerin, was ihr immer wieder bei zufriedenen Kindern auffalle.

Als ich nachts aufwachte, fielen mir wieder die Widersprüche ein, von denen Yoram gesprochen hatte, und ich war so beunruhigt, dass ich ihn weckte.

Muss ich mir Sorgen machen?

Er rollte sich zu mir, schob sein Bein über meine Hüfte und sagte so etwas wie: Ach … das wüsst ich selbst gern, und schlief noch während er unverständlich weiter murmelte wieder ein.

In diesen Ferien trieben ihn seine Expeditionen mit der Kamera oft für Stunden fort. Ich verbrachte die Vormittage mit Vered am Strand, und er lief durch die Straßen und fotografierte. Meist Häuser im Bauhausstil, von denen er immer neue entdeckte, instand gesetzte, völlig verrottete, halb zerfallene, vom Abriss bedrohte. Er stöberte in den Biografien der berühmten Architekten, versuchte alles über Yehoshua Steinbock, Ze'ev Rechter, Schlomo Gepstein zu erfahren und vor allem über Philip Hütt, der in Czernowitz und in Weimar am Bauhaus studiert hatte und später nach Tel Aviv gegangen war. Als Vered größer war, zogen wir oft zu dritt morgens los, in die Ben-Jehuda-Straße, zum Rothschildboulevard, durch die Mapustraße, die Frischmannstraße und wie sie alle heißen, und Yoram zeigte uns die halbkreisförmigen Balkone, die ausgeklügelten Betondächer, die schmalen quer oder längs gezogenen Öffnungen, die Besonderheiten der Traufen, der Dächer und Dachterrassen, die eigentümlichen Einfälle der Architekten, die sich Dekoration verboten und dabei solche Schmuckstücke zustande gebracht hatten.

Ich begann, Häuser mit einem neuen Blick zu sehen, und bald fing auch ich an, nach abgerundeten Ecken Ausschau zu halten, nach Terrassen, die sich als Halbkreise um Ecken schmiegen, oder nach reizvollen Asymmetrien.

Am Abend auf unserem engen Balkon an dem wackligen Tisch, den Yoram immer wieder vergeblich mit einer zusammengefalteten Streichholzschachtel oder einem Bierdeckel oder einem Holzplättchen zu stabilisieren versuchte, sagte er einmal etwas auf Hebräisch, legte das Gesicht in meine Hand und gab mir ein Zeichen mit der Zunge. Ich hatte zwar nichts verstanden, wusste aber, was es bedeutete, musste lachen, und jetzt kam auch Vered, stürzte sich auf uns, und wir landeten zu dritt auf dem Boden. In diesen Tagen fing Yoram an, mit Vered hebräisch zu sprechen, und um nicht ausgeschlossen zu sein, kaufte ich mir einen Sprachkurs: Schritt für Schritt Ivrit, Ivrit.

Manchmal ging ich mit Vered ins Café Monica in der Ben-Jehuda-Straße. An einen dieser Cafébesuche erinnere ich mich besonders. Ich saß mit Orangensaft da, Vered auf dem Schoß, und versuchte, aus den vom Nebentisch herüberfliegenden jiddischen Satzfetzen etwas zu verstehen. Denn mir schien, als sprächen die drei alten Männer, die ich dort schon öfter gesehen hatte, vom Krieg. Aber mir war nicht klar, von welchem. Einmal dachte ich, es müsse sich um einen der Kriege in Israel handeln, denn wiederholt fiel das Wort ›Latrun‹, der Name eines Klosters unterhalb von Jerusalem, in dessen Umgebung neunzehnachtundvierzig blutige Kämpfe tobten. Arnon hatte einmal davon erzählt, ein Freund seiner Eltern war dort gefallen. Dann wieder dachte ich etwas zu hören, was mit dem Zweiten Weltkrieg zu tun hat, denn ich meinte Wörter wie ›SS‹, ›Schnell, schnell‹ und ›Transport‹ vernommen zu haben. Einer der Männer hatte eine KZ-Nummer auf seinem Unterarm, und ich muss so auffällig zu ihm hinübergeblickt haben, dass Vered die Hand unter mein Kinn schob und mich zwang, meinen Blick von dem Mann fort und auf sie zu lenken (wie immer, wenn sie sich nicht genügend beachtet fühlte).

Nicht nur in Israel sind mir in Bussen, in Cafés oder auch in Geschäften Überlebende begegnet, die die Auschwitznummer auf dem Arm trugen. Auch einmal in Frankfurt, ich war noch Studentin. An der Kasse der Lebensmittelabteilung des Kaufhofs stand vor mir eine schmale, blonde Frau von vielleicht sechzig Jahren, sie trug ein helles Sommerkleid, das fast die Farbe ihres Haars hatte, und als sie den Geldbeutel öffnete, sah ich plötzlich eine Nummer auf der Innenseite ihres Unterarms. Ich hatte die Gelegenheit, lange daraufzublicken, denn während sie wartete, dass sie an die Reihe kam, hielt sie den Arm mit dem geöffneten Geldbeutel so, dass mein Blick direkt darauf fiel. Sie hatte eine ganz helle, zarte Haut, und die eintätowierten Zahlen schienen darauf groß und in groben Linien, ganz anders als in einem Spielfilm, den ich einmal gesehen hatte, wo auf dem Arm der schönen Überlebenden die Nummer in kleinen, zierlichen, dünnen Ziffern stand. Bis dahin kannte ich die Tätowierung nur aus Abbildungen. Ich kann schwer beschreiben, was mit mir in diesem Moment geschah. Ich weiß nicht, ob ich es Erschrecken nennen kann, ob es ein Schuldgefühl war, das in mir aufjagte, und vielleicht Mitleid und Neugier zugleich. Am liebsten hätte ich die Frau angesprochen, aber was hätte ich ihr sagen sollen? Dass es mir leidtut, was ihr zugefügt worden ist? Dass ich froh bin, dass sie noch lebt? Dass ich hoffe, sie habe keine schlechten Träume? Alles, was mir einfiel, kam mir schrecklich falsch, bizarr untertrieben vor. Und unmittelbar stürzten die Bilder auf mich ein, diese Bilder von etwas, für das es kein Adjektiv gibt, das wirklich stimmt. Ich folgte der Frau in einem vorsichtigen Abstand, immer mit dem Gefühl, aufdringlich zu sein, hinter ihrem Rücken eine von ihr nicht gewollte Nähe herzustellen, wie unter Zwang, bis sie in ihren Wagen stieg und davonfuhr.

Am Abend sprach ich mit Yoram über den Mann aus dem Café, und er sagte, dass früher in der Gegend viele Überlebende gewohnt hätten, vor allem Leute aus Ungarn. Ihm gehe es so, dass ihn jedes Mal ein innerer Schlag treffe, wenn er jemandem mit der Auschwitz-Nummer begegne. Dann bitte er in Gedanken um Verzeihung für all die Gemeinheiten, die er und die anderen Kinder damals auf dem Felsen im Meer sich dazu ausgedacht hatten.

Du weißt doch, wir Kinder hatten einen speziellen Ausdruck für die Überlebenden aus den Lagern, wir nannten sie ›sabonim‹, was so viel heißt wie ›Seifen‹.

Und mir fiel wieder meine Klavierlehrerin ein, die sich so mit mir abgeplagt hat, für die ich wahrscheinlich ein verwöhntes, faules, unbegabtes Kind war, das sie immerzu mit merkwürdiger Neugier von der Seite her anstarrte. Und die vielleicht dachte: Wie viele begabte Kinder hätte ich unterrichten können ...

Ihr von grauem Haar (ja, deshalb kam sie mir so viel älter vor, als sie war) gerahmtes Gesicht schimmerte gegen das Licht, sie hatte den Kopf leicht über die Tasten gebeugt, ich sah ihre Silhouette, den Flaum auf ihrer Oberlippe und ihrem Kinn, und es entstand eine seltsame Nähe, in der ich immer passiver wurde. Ich überlegte mir einen Moment, ob ich versuchen sollte, meine frühere Klavierlehrerin zu finden, aber dann tat ich es doch nicht, und erst jetzt denke ich wieder, ich sollte nach ihr suchen, jetzt, da es viel zu spät ist und sie längst nicht mehr leben wird.

Die Hochzeit meiner Cousine Marianne war eines der wenigen Familienfeste, das Yoram und ich gemeinsam besuchten. Bis dahin hatte es sich immer so gefügt, dass er keine Zeit hatte, mitzukommen, entweder weil er mitten in einem der Wettbewerbe bei Lavin und Lehmann war, die ihn oft wochenlang gefangen hielten, bis er wieder auftauchte und in Opernstimme ›Es grüßt der Grottenolm‹ schmetternd die am Frühstückstisch sitzende Vered auf den Scheitel küsste. Oder andere Termine, von denen ich nicht weiß, ob sie Vorwand waren oder vielleicht eine Mischung von plausiblen Ausreden und Notwendigkeiten, die ihm möglicherweise gar nicht bewusst war. Jedenfalls ergab es sich selten, dass wir alle zusammen zu einem der Feste meiner Familie gingen.

Diesmal aber war es keine Frage, Mariannes Hochzeit wollte Yoram sich nicht entgehen lassen. Sie heiratete ihren Freund Peter, mit dem sie schon seit mehr als zehn Jahren zusammenlebte.

Marianne, etwas älter als ich, war immer meine mir liebste Cousine gewesen, meine Beschützerin, als ich klein war, mein großes Vorbild und später Freundin und Verbündete. Während der Ferien wurden wir oft zusammen in Kinderheime geschickt, meistens im Schwarzwald bei Königsfeld, wo wir den spröden Ton der evangelischen Schwestern fürchten lernten und das strenge Gebot, dass gegessen werden musste, was auf den Tisch kam. Das vereinte uns, und gemeinsam kamen wir auf fantasievolle Einfälle, wenn es darum ging, Blutwurst, Leberwurst, fettes Fleisch, Schmalzstullen oder den für die Dünnen, zu denen wir gehörten, obligatorischen Milchbrei unauffällig beiseitezuschaffen, ohne dass es die Schwestern merkten. Marianne und ich bildeten während unserer Teenagerzeit eine verschworene Gemeinschaft, nicht nur im Kinderheim, sondern auch bei Familienfesten. Vor allem, wenn es darum ging, gegen bestimmte Erwachsene Position zu beziehen.

Als Ende der sechziger Jahre die Studentenrevolte anfing, waren wir beide dabei. Marianne als junge Studentin, und ich noch als Schülerin.

Sie hat einen verheerenden Einfluss auf dich mit ihrem geballten linken Unsinn im Hirn, meine Mutter war verzweifelt.

Ohne Marianne wärst du nicht auf diesen Mumpitz gekommen, du dummes, beeinflussbares Geschöpf! Bis heute kann sie sich über Marianne empören.

Die Ferien in den verschiedenen Erholungsheimen mit Marianne zusammen sind mir in glücklicher Erinnerung. Wir traten wie Geschwister auf, und wann immer möglich, versuchten wir, uns von dem Pulk der anderen abzusetzen, um unsere eigenen Wege zu gehen und uns auszumalen, was später einmal aus uns werden würde. In den meist idyllisch zwischen Bergen und an Seen gelegenen Heimen herrschte eine moralisch unerbittliche Atmosphäre. Vor und nach den an gescheuerten Refektoriumstischen eingenommenen Mahlzeiten wurden kindische Gebete gesprochen und alberne Lieder gesungen. Wie etwa: ›Wer auch den Spatzeln gibt zu essen, hat seine Menschlein nicht vergessen.‹ Wir, die wir zu Hause bereits Elvis Presley hörten und bei heimlichen Kellerpartys Rock 'n' Roll tanzten, hatten nur Verachtung für solchen ›Kindskram‹ übrig.

Wir waren überzeugt, im Gegensatz zu den in unseren Augen ahnungslosen, ungeschminkten und vollkommen geschlechtslosen Schwestern das wirkliche Leben zu kennen, und aus dieser Gewissheit heraus blickten wir mit Hochmut auf sie herab.

Marianne brachte mir bei, wie man Schmetterlinge fängt, denn das war ihre eigentliche Leidenschaft. Sie hatte ein Schmetterlingsnetz und erklärte mir, wie die Farben auf den Flügeln und das rätselhafte blaue Schillern entstehen. Sie brachte mir Wörter wie ›Interferenzfarben‹ oder ›Macrolepidoptera‹ bei, die wir oft und genüsslich wiederholten, sie zeigte mir die verschiedenen Arten und woran man sie erkennt, und oft warteten wir gespannt darauf, dass ein auf einer Blume oder einem Halm sitzender Schmetterling seine ganz unspektakulär aussehenden Flügel aufschlug und uns seine überraschende Pracht offenbarte. Mit einer Lupe zeigte Marianne mir an toten Schmetterlingen, die sie in extra dafür gebauten Kästchen zu Hause verwahrte, wie Schillerschuppen und Glasflügel aussehen, sie wies mich auf die Raffinesse der Oberflächen hin, die Strukturen, die Pigmenteinlagerungen und die Lichtbrechungen. Wir kosteten den Klang von ›Nachtpfauenauge‹ oder ›Vanessa‹ aus, verhöhnten ›Admiral‹ und ›Stachelbeerspanner‹, erfanden neue Namen hinzu und prahlten vor den anderen Kindern, vor allem den Jungen, mit den Fremdwörtern, die wir dabei entdeckten.

Selbst später, als Marianne und ich uns bei politischen Veranstaltungen regelmäßig über den Weg liefen, als wir den Feminismus entdeckten, machten wir noch unsere Witze über ›Sexualdimorphismus‹, einer Vokabel aus der Schmetterlingsforschung, die wir noch lange als geheimen Code zur Beschwörung gemeinsamer Lachanfälle benutzten. Sogar auf der Beerdigung von Mariannes Vater, meinem Onkel Olaf, konnte sie es nicht lassen und prustete hinter vorgehaltener Hand ›Sexualdimorphismus‹, um mich gleich darauf zu fragen, ob ich sie dafür verachte, dass sie so pietätlos sei.

Nicht selten lasen wir dieselben Bücher und machten uns über dieselben Verwandten lustig. Wie über eine Tante mit hellseherischen Anwandlungen, die so gerne vom Leben nach dem Tod und von der unausweichlichen Vorbestimmung aller Ereignisse sprach. Für uns war dies alles der reine Irrationalismus, für den wir nur Hohn und Spott übrig hatten.

Yoram und ich verbrachten viele Abende mit Marianne und Peter. Zu viert konnten wir albern sein wie sonst selten. Jeder flirtete mit jedem, und Marianne verstand es, tränentreibende Witze zu erzählen. Wir nahmen einander nichts übel, nicht einmal Ausfälle in betrunkenem Zustand, über die man am nächsten Morgen lieber nicht mehr spricht. Marianne war mir vertraut wie eine große Schwester, die ich mir immer gewünscht hatte, und unser Hochzeitsgeschenk für sie und Peter sollte dieser Nähe ein Zeichen setzen. Es war eine mit Daunen gefüllte Bettdecke, die ich in einer besonderen Größe anfertigen ließ, zwei fünfzig mal zwei fünfzig. Marianne war die Einzige in der Familie, mit der ich mich in Yorams Gegenwart wirklich wohl fühlte und bei der, was immer sie auch sagte, mir nie etwas peinlich war.

Während des Festessens saßen Yoram und ich einander schräg gegenüber, und um uns herum waren die Verwandten des Bräutigams, die wir bis dahin noch nicht kannten, platziert. Das Gespräch kam schnell in Gang, man stellte einander vor, wollte Beruf und Wohnort wissen wie auch das Verhältnis, in dem man zum Brautpaar steht. Immer wieder unterbrachen Reden auf das Hochzeitspaar, das Flötenstück einer Nichte oder ein Lied die Unterhaltung, und irgendwann beim Blick auf die Uhr staunte ich, wie schnell die Zeit vorübergegangen war. Während der nächste Gang aufgetragen wurde und wir uns zum ich weiß nicht wievielten Mal zuprosteten, kam das Gespräch auf Familiengeschichten.

Jetzt wird's gemütlich, sagte mein Nachbar, ein sympathischer Biologe aus Köln. Und jemand rief in die Runde:

Wisst ihr noch, Großmutter erwischt Fritz mit Ulla auf'm Sofa, sagt kein Wort, knallt nur die Tür zu.

Wir lachten, und ich weiß noch, dass ich mich fragte, ob ich zuviel getrunken hätte und besser auf Mineralwasser umsteigen solle, und dass ich mir stattdessen ein weiteres Glas Wein einschenken ließ. Während eine meiner Nichten auf meinen Schoß stieg und ich an Vered dachte, die mit Halsschmerzen zu Hause lag, vernahm ich, wie rechts neben mir über etwas gesprochen wurde, das mich aufhorchen ließ. Ich überlegte noch, ob ich zuhören oder aufstehen und rausgehn solle, um ein bisschen frische Luft zu schnappen, aber die zu mir dringenden Satzfetzen machten mich plötzlich neugierig. Auch Yoram lehnte jetzt den Kopf in die Richtung, aus der die Stimme kam.

Es ging um einen Onkel Rudi. Er habe die schönste Frau von allen geheiratet. Dabei sei er doch so ein ›harmloser Schwanzträger‹ gewesen, niemand hätte ihm das zugetraut. Er habe sich an der Front die Syphilis geholt, die er dann in einem Lazarett für geschlechtskranke Wehrmachtssoldaten auskurierte. In dem Lazarett spielten zwei Fußballmannschaften gegeneinander, die eine mit Syphilis und die andere mit Tripper. Alles lachte. Die schöne Frau sei Norwegerin gewesen, Rudi habe sich in sie verliebt und ein Kind mit ihr gezeugt. Als sie aus ihrem Dorf vertrieben worden sei, weil sie sich mit dem Feind eingelassen hatte, habe er sie geheiratet. (Mein Nachbar: Anständig, muss man schon sagen.) Nach einer Kriegsverletzung wurde er von der Front abgezogen und als Richter in Polen eingesetzt. Die Norwegerin fühlte sich dort wohler als in Onkel Rudis Heimatstadt Mannheim, wo man auf sie herabsah und sie ›Flittchen‹ nannte.

Welcher Ort war es denn, wo Onkel Rudi Richter gewesen war?, wollte Yoram wissen, und jemand rief: Kattowitz … ja, genau, Kattowitz.

Und was ist aus dem Kind von Onkel Rudi und der Norwegerin geworden?

Man wies lachend auf einen Mann mit grauem Haar, der am anderen Ende der Tafel saß. Er merkte, dass von ihm die Rede war und prostete Yoram zu, der ebenfalls sein Glas erhob. Dann kam er mit seinem Stuhl, schob sich neben ihn, gab ihm die Hand und nannte seinen Namen: Fritz, freut mich.

Yoram.

Interessant, wirklich interessant ... Ja, das war 'ne Zeit ...

Onkel Erich habe dort ein Gestüt besessen, und in diesem Gestüt seien Pferde der Extraklasse gezüchtet worden. Trakehner, Springpferde, Pferde der Meisterklasse, seine Eltern seien von Kattowitz aus öfter dorthin gefahren und auch gelegentlich auf diesen edlen Tieren geritten. Von überall her seien die Leute zu den Pferdeschauen gekommen, den Reit- und Fahrturnieren, um sich die prächtigen Züchtungen anzusehen oder selber mitzureiten. Übrigens auch der Kommandant von Auschwitz, so einen guten Ruf habe das Gestüt gehabt. Das habe er später den Annalen des Gestüts entnommen, die der Sohn dieses Onkels zu Ehren des Vaters verfasst habe. Und ohne sich bei dieser Information länger aufzuhalten, ging es weiter, Episode reihte sich an Episode, bis ihn Yoram mit der Frage unterbrach: Und wie war er so gewesen, der Kommandant?

Fritz ignorierte den sarkastischen Ton in Yorams Stimme, und seine Antwort kam ganz im Ernst. Dass es einen Riesenauftrieb damals gab, viel Prominenz, auch der Generalgouverneur ...

Und warum erzählen Sie mir das alles ...? Yoram flüsterte fast.

Jetzt stutzte Fritz. Ein plötzliches Hin und Her erregter Satzfetzen, man siezte sich wieder.

Ach, wissen Sie, das waren andere Zeiten ...

Aber heute, was denken Sie denn, wenn Sie das so ...

Spielen Sie sich doch nicht so auf …

Nicht jetzt, bitte, ach Kinners (Marianne, die nicht wusste, worum es ging).

Ist doch auch schön gewesen …

Muss das sein?

Also, das muss ja mal gesagt werden. Es war einfach auch schön damals, soll man da lügen?

Stimmt, das wär dann auch wieder nicht …

Und ich, in der Betschwesterstimme, über die nicht nur meine Mutter sich mokiert hat, sondern die ich selbst verabscheue: Andere wurden von dem Kunden Ihres Onkels vergast …

Aber da kann doch der Onkel nichts dafür …

Ach Leute, das ist sechzig Jahre her …

Carla, tu mir den Gefallen – bitte nicht jetzt!

Da aber war die Lawine losgetreten und rollte herab. Yoram und ich flüchteten, ohne uns zu verabschieden, Marianne eilte noch ein paar Schritt hinter uns her, versuchte Yoram festzuhalten, der riss sich los, ich folgte ihm, stolpernd, die Mäntel überm Arm …

Danach saßen wir noch lange im Wagen. Es seien ihm nach einer Weile immerzu Parallelgeschichten in den Kopf gekommen, wie in einem Blitzlichtgewitter seien ihm Bilder ›von der anderen Seite‹ durch den Kopf gerast, er habe es einfach nicht mehr ausgehalten. Und: Soll man diesen Leuten etwa erklären, was an diesem Scheiß-A … an diesem Arsch der Welt … und was ein deutscher Richter um diese Zeit in Polen wohl zu tun gehabt hat? Selbst wenn der Onkel ein ›harmloser Schwanzträger‹ war … ihm werde schlecht bei der Vorstellung.

Am nächsten Tag rief Marianne an, sie sei untröstlich. Mache sich Vorwürfe, der Verwandtschaft vorher nicht gesagt zu haben, dass Yoram Jude ist.

Ich blöde Kuh, ich, hätt doch sagen können … der arme Yoram, hätt ich das gewusst.

Bist du verrückt?

Aber das meinst du doch?

Aber nein! Ist doch nicht Yorams Problem.

Wieso … w e r ist denn abgehauen von meinem Fest?

Aber – ist doch das Problem von diesem … (ich wollte sagen: ›Arschloch‹, verkniff es mir aber) … von Peters Onkel … du brauchst jedenfalls Yoram nicht zu bemitleiden, sein Problem ist das nicht …

Ach Carla …

Und ein paar Tage später rief sie noch einmal von Italien aus an. Sie habe beschlossen, grundsätzlich eine weniger ›einseitige‹ Sicht auf die Dinge einzunehmen, als bisher.

Will weg von dem Negativen. Macht einen doch krank, wenn man immer gleich das Schlimmste … Hier in der Sonne sieht das alles anders aus. Eure Reaktion auf die harmlosen Tischgespräche ist genau das, was ich für mich nicht mehr will. Und: Kommt doch lieber ein bisschen her über's Wochenende!

Und irgendwann später, nach einigen weiteren langen Telefongesprächen: Hör zu, Carla, ich hab nachgedacht. Was auch immer ich gesagt hätte oder auch nicht, es hätte nichts geändert. Es ist wie es ist. Da klaffen Welten, die kann man nicht zusammenbringen, nie …

Ich sagte etwas von ›blödem Pathos‹ und sie spottete von wegen ›Betroffenheitsschmus‹, wir schrien uns an, bis uns die Tränen kamen, und ich weiß nicht mehr, wer dann einfach den Hörer auflegte, sie oder ich.

Danach hörte ich lange Zeit nichts mehr von Marianne. Erst viele Jahre später, als meine Mutter starb, traf ich sie wieder, aber wir hatten uns nicht mehr viel zu sagen, und weder sie noch ich haben je einen Versuch gemacht, daran etwas zu ändern. Manchmal träume ich von ihr, und wir sind wieder die Freundinnen, die wir einst waren. Aber bis heute habe ich es nicht fertiggebracht, sie nach einem solchen Traum anzurufen, obwohl ich es mir jedes Mal vornehme.

Als ich einmal in alten Briefen, Fotoalben und Papieren wühlte, die lose in den Schubladen eines Sekretärs lagen, fiel mir nicht nur ein Kästchen mit Vereds Milchzähnen in die Hand, die ich ihr mit einem um die Türklinke gebundenen Zwirnfaden gezogen hatte, sondern auch eine mir ganz fremde Mappe. Ihre Oberfläche war von einer froschartig genoppten, dunkelgrünen Plastikhaut überzogen. Darin lagen verschiedene Dokumente und Briefwechsel.

Zuoberst ein Schreiben vom April 1933. Es kam von einem Oberlandesgerichtspräsidenten aus Berlin, wo Yorams Vater, Max Sonnenschein, damals als junger Rechtsanwalt zugelassen war. Über dem Brief stand: »An sämtliche Herren jüdische Rechtsanwälte des Oberlandesgerichtsbezirks«.

Darin wurde Max Sonnenschein aufgefordert, ›zugelassene Gründe‹ (Frontkämpfer im Weltkrieg oder Sohn im Weltkrieg verloren) anzugeben, die ihm als ›Person nichtarischer Abstammung‹ das Recht zubilligen könnten, weiterhin im Dienst zu bleiben. Max Sonnenschein antwortete der Behörde, dass er leider keine solchen Gründe vorweisen könne. Schließlich sei er 1905 geboren, und daraus ergebe sich, dass er zu jung sei, um im Weltkrieg gekämpft, und auch, um einen Sohn während dieses Kriegs verloren zu haben.

Daraufhin wurde ihm im Juli 1933 auf einem kleinen einfach gefalteten und zugeklebten DIN-A5-Wisch, der der Behörde nicht einmal ein Couvert wert war, mitgeteilt, dass er wegen seiner ›nichtarischen Herkunft‹ aus der Liste der zugelassenen Rechtsanwälte gelöscht worden sei. Darunter ein Stempel mit einem Adler, eingekreist von einem verblassten ›Preuss. Amtsgericht. Berlin-Charlottenburg‹. Der Adler hatte noch kein Hakenkreuz zwischen seinen Krallen. Hitler war erst seit ein paar Monaten an der Macht, und schon benutzte der Ministerialrat die Vokabel ›nichtarisch‹, als habe sie seit je zu seinem Wortschatz gehört.

Weiter blätternd fand ich einen Brief, den Yorams Vater viele Jahre später, in den frühen Fünfzigern, von einer hessischen Behörde bekommen hatte.

Ein Ministerialrat aus Wiesbaden begrüßte darin den »Entschluß jedes wiedergutmachungsberechtigten früheren Justizbediensteten, die durch die Verfolgung unterbrochene Tätigkeit wiederaufzunehmen«. Ein paar Zeilen weiter aber empfiehlt er Max Schemesch, auf die Zulassung als Rechtsanwalt in der Bundesrepublik doch besser zu verzichten. Denn wegen seines hohen Alters von fünfzig Jahren sei es nicht mehr ›zumutbar‹ für ihn, sich in das neue Recht des neuen deutschen Staates einzuarbeiten. Mit Rücksicht auf sich selbst solle er dies doch bedenken.

Was sich so fürsorglich anhörte, war aber nur ein Vorwand. Denn zwischen jeder Zeile dieses Briefs sprach heraus, was der Ministerialrat eigentlich wollte – nämlich verhindern, dass Yorams Vater wieder als Rechtsanwalt nach Deutschland zurückkam.

Ich blätterte immer wieder in der Mappe, und immer wieder fand ich Schriftstücke, in der die Verwaltung das Leid in skurrile Sprache verwandelte, amtsgerecht formulierte Hilferufe, und auf der deutschen Seite im (mit viel Aufwand begründeten) Bestreben, die Forderungen der Überlebenden abzuweisen oder zu schmälern. So fand ich die Belege eines aberwitzigen Rechtsstreits, den Yorams Vater für die in Israel lebende Witwe eines Mannes führte, der Auschwitz überlebte und sich später umbrachte, weil er die Erinnerungen nicht mehr ertrug. Die deutschen Behörden verlangten, die Frau solle beweisen, dass ihr Mann sich aus diesen Gründen und nicht aus anderen umgebracht habe. (Es gebe ja auch Leute, die Selbstmord begehen, ohne in einem Konzentrationslager gewesen zu sein.) Vor dem Lager, so die Frau, habe ihr Mann immer ruhig geschlafen, danach habe er jede Nacht geschrien (als würde er sich das Herz aus dem Leib schreien). Dafür forderte das Amt Beweise. Und so absurd ging es weiter.

Ich zeigte Yoram die Briefe und Unterlagen. Er selbst hatte die Mappe irgendwann in die Schublade geschoben, ohne sich um den Inhalt zu kümmern. Jetzt las er den ganzen Abend darin, und meinte schließlich: Siehst du, das war der Grund, weshalb mein Vater nicht wollte, dass ich Rechtsanwalt werde. Sie waren immer noch da, die Verbrecher, immer noch in Amt und Würden.

Es war Benjamin, Yorams alter Freund aus der zionistischen Jugendbewegung, der die Idee hatte, mit ein paar Freunden die Bibel zu lesen. Schnell fand sich eine Gruppe zusammen. Niemand von uns war wirklich gläubig, weder die Juden noch die Christen. Trotzdem fanden wir, man müsse zumindest einmal im Leben das berühmteste Buch der Welt gelesen haben. Yorams Version: Wir haben drei Religionen, jüdisch, christlich und soziologisch.

Vered war damals noch zu klein, um allein zu Hause gelassen zu werden, und so traf sich die Bibelgruppe jeden Mittwochabend in unserer Wohnung in der Lenaustraße.

Yoram und ich beeilten uns an diesen Abenden, Vered rechtzeitig ins Bett zu bringen. Mit Kakao und Vorlesen und einem ausgeklügelten Programm, das sonst immer funktionierte, aber mittwochs nie. Mittwochs stahlen wir uns, nachdem sie mit ihrer Puppe im Arm eingeschlafen war, auf Zehenspitzen aus ihrem Zimmer und schlossen die Tür mit noch größerer Behutsamkeit als sonst.

Wir hatten alles so arrangiert, dass niemand klingeln musste. Um das Haustürschloss hängten wir einen gepolsterten Lederbeutel, damit es nicht zuschnappen konnte. Die Wohnungstür ließen wir offen, die Türen zwischen Kinderzimmer und Eingang geschlossen, kein Laut sollte an Vereds Ohr dringen. Aber sobald die Runde am Tisch versammelt, der Tee eingeschenkt, die Bücher aufgeschlagen waren, und sobald Benjamin angefangen hatte zu lesen, meldete sich eine Stimme hinter der sich langsam aufschiebenden Tür, eine kleine, helle, lang gezogene, bettelnde Stimme, die nur das eine Wort von sich gab, Aba!, und die

Köpfe der um den Tisch Sitzenden wandten sich in einer Parallelbewegung den unter der Türklinke hervorlugenden Augen zu. Yoram sprang auf und holte Vered auf den Schoß. Er konnte ihr nicht widerstehen, wenn sie im Nachthemd auftauchte und anfing zu miauen.

Sie konnte ihn um den Finger wickeln, es war ihm nicht möglich, Theater von wirklichem Kummer bei ihr zu unterscheiden, und davon machte sie launisch Gebrauch. Ich weiß noch, wie sie unbedingt Kakao wollte, aber als sie ihn hatte, nichts davon trank, sondern durch den Strohhalm blubbernde sprudelnde Blasen fabrizierte und die nasse Halmspitze auf die aufgeschlagene Bibel tupfte. Und wie Yoram ihre klebrige Faust zur Seite schob, obwohl er wusste, dass sie gleich wieder über dem Buch landen würde. Dieses Hin und Her wiederholte sich oft so lange, bis die Tasse kippte. Es war jedesmal ein beabsichtigter Schubs, den nur Yoram als Zufall deutete. Die Schokolade ergoss sich über Bibel, Tisch und Hose, aber er hatte immer noch nicht die Geduld verloren. Liebevoll strich er ihr das nasse Haar aus der Stirn, packte sie zärtlich unter den Achseln, trug sie ins Bett und kehrte erst nach langer Zeit zurück, zerrauft und mit schläfrigen Augen. So lange war er damit beschäftigt gewesen, sie zum Einschlafen zu bringen und noch eine Weile zu warten, bevor er ihr Zimmer zu verlassen wagte.

Inzwischen hatte Benjamin längst das Pensum zu Ende gelesen, das wir uns für den Abend vorgenommen hatten. Er las immer mit einer gewissen Feierlichkeit, die uns in die Verliese des Texts geleitete, in seine labyrinthischen Gänge, seine unterirdischen Kammern und rätselhaften Schächte, vielleicht war es sogar ihm zu verdanken, dass wir so viele Jahre durchhielten mit dem Bibellesen, denn es war wie ein Ritual, vielleicht sogar ein Gebet oder eine Art alternativer Gottesdienst für Abtrünnige.

Nicht immer verstand ich, warum man sich über eine Deutung so streiten musste, wie es Uwe, der Theologe, und Benjamin, der Philosoph, taten, und oft hörte ich nur zu. Yoram ging es ähnlich, und wir gestanden einander ein, dass wir die Texte in großen Teilen wie Bilder auf uns wirken ließen, anstatt sie zu analysieren. Uwe meinte einmal, Leute wie wir seien im Grunde Mystiker, da uns Gottesbeweise ja gleichgültig seien, Mystiker, Romantiker, Schwärmer. Und um Yoram an besonders empfindlicher Stelle zu treffen: Ästhetiker, die alles bei äußeren Eindrücken belassen. Aber Yoram entwaffnete ihn: Wahrscheinlich hast du recht, ich bin für das Sichtbare zuständig – deswegen brauch ich ja dich, damit du mir erklärst, was dahintersteckt.

Einmal brachte Yoram Abbildungen von Davidleiern aus Israel mit, er hatte sie in Tel Aviv in einem kleinen Laden für gebrauchte Musikinstrumente gefunden und dazu eine Schallplatte mit dem Gesang Davids, so wie ein israelischer Komponist ihn sich vorstellte. Es waren die Gesänge, mit denen David seinen König aufzuheitern versuchte, nachdem das Volk Israel sich wieder einmal versündigt hatte. Es hatte nämlich die Opfertiere, die eigentlich für den Allmächtigen bestimmt waren, selbst verspeist.

Wir diskutierten über alles, was uns in den Sinn kam damals, was uns die Bibel nahelegte oder was uns die politischen Ereignisse aufdrängten. So stellten wir einen ganzen Abend lang Mutmaßungen über die Bedeutung der Zahl vierzig an. Warum standen die Heere der Israeliten und der Philister vierzig Tage lang einander gegenüber, bevor David König Saul anbot, den Riesen zu bekämpfen? Warum dauerte die Sintflut vierzig Tage und Nächte? Hatte vierzig etwas mit Buße, Strafe, Reue zu tun? Und warum hat Moses vierzig Tage und Nächte auf dem Berg Sinai verbracht? Was hat es zu bedeuten, dass ›Mem‹ das hebräische Zeichen für vierzig ist und zugleich dieselbe Form hat wie die Hieroglyphe, die ›Wasser‹ bedeutet? Vierzig gleich Wasser gleich fließen gleich Leben?

Und jetzt, vierzig Jahre nach dem Krieg, öffneten sich die Schleusen und die Verlage druckten Bücher über den Holocaust, die schon lange zuvor geschrieben worden waren. Raul Hilberg zum Beispiel, der zwanzig Jahre lang vergeblich nach einem deutschen Verlag gesucht hatte und dessen Buch heute als Standardwerk gilt. Und Claude Lanzmann brachte seinen Film ›Shoa‹ heraus (nach dem wir die ganze Nacht nicht schlafen konnten). Ist das Zufall oder hat es womöglich doch mit dem biblischen Vierzig zu tun?

Wir stritten darüber, ob Goliath überhaupt ein Riese gewesen und nicht erst mit den Jahrtausenden dazu gemacht worden war. Rachel bissig: Die Philister waren ein klein gewachsenes Volk, das weiß man, und dass man Goliath zum Riesen gemacht hat, dient nur der Vergrößerung Davids jüdischer Heldenhaftigkeit.

Und überhaupt – war David vielleicht nur ein reiner Tor? Ein kluges Kind? Hat es denn das berühmte Duell überhaupt gegeben?

Was gibt's da zu bezweifeln?

Na ja, die Heroisierung ...

Und wir versuchten, uns vorzustellen, wie sie gelebt haben, die alten Israeliten, und wie sie auf die vielen Verbote kamen.

Die Bibelgruppe brachte mich Yorams alten Freunden nah, vor allem Benjamin und Barbara, Rachel und Uwe. Sie waren es, mit denen wir nach Bitburg fuhren, um gegen Kanzler Kohl zu demonstrieren, als er Präsident Reagan vierzig Jahre nach Kriegsende an die Gräber der Waffen-SS führte. Mit Yoram, Barbara und Benjamin verbrachten wir die Nacht am Frankfurter Börneplatz, als man beim Aushub für einen städtischen Neubau die Reste der alten Judengasse entdeckte. Wir forderten, die Stadt solle auf den Neubau verzichten und stattdessen die Fundamente weiter ausgraben, um das Ghetto wieder sichtbar zu machen. Die Leute sollten sich schließlich vorstellen können, wie es damals war. Yoram zeichnete die Ghettostraße mit den Häusern, die immer wieder aufgestockt worden waren, so realistisch, dass man sich tatsächlich ein Bild davon machen konnte. Vor allem von der Enge und Dunkelheit dort.

In der Bibelgruppe kam vieles zur Sprache, was uns damals bewegte, und beim ersten Golfkrieg sind wir so aneinandergeraten, dass es fast eine Prügelei gegeben hätte. Uwe hielt leidenschaftliche Reden gegen den Krieg und hatte sogar die Idee, sich einer Gruppe gläubiger Protestanten anzuschließen, die während der Bombardierungen im Irak blieb, um Zeugnis von der ›Unmenschlichkeit der Amerikaner‹ abzulegen. Während wir, das mit braunem Klebeband um Fensterritzen und Türrahmen abgedichtete Zimmer bei Arnon und Chamutal im Kibbuz vor Augen, nicht verstanden, wie man etwas gegen diesen Krieg haben konnte.

Schließlich hatte Saddam Hussein angekündigt, er werde die Israelis mit Gasbomben vernichten. Uwe beschwor uns, es endlich einzusehen: Das einzige Problem sei die mangelnde Gesprächsbereitschaft. Man müsse mit Saddam verhandeln, nur so werde Frieden möglich. Am Ende standen wir vor der Frankfurter Alten Oper einander gegenüber, als wir alle für und Uwe gegen den Krieg demonstrierten. Ich sehe ihn noch, groß, schlaksig, wie immer in etwas zu kurzen Hosen und einem abgetragenen Jackett, erregt auf Passanten einreden.

Wir feierten Pessach, Ostern und manchmal Weihnachten zusammen, und wenn Benjamin dabei war, war er es, der die Haggadah oder die Weihnachtsgeschichte vorlas.

Einmal kam eine Schriftstellerin zu uns, die auf dem Weg von Ostberlin nach Frankreich war, um dort zu bleiben, weil sie sich darauf besonnen hatte, dass sie Jüdin sei und in der Straßburger Gemeinde ein neues Leben anfangen wollte. Sie hatte ihren Kopf mit einer Baskenmütze bedeckt, die immer rutschte. Yoram gefiel es, wie sie auftrat, selbstbewusst, unternehmungslustig, frei, sie gefiel ihm mit ihrem rot geschminkten Mund und ihrer dunklen Stimme, und ich erstickte meine plötzlich aufflammende Eifersucht in übertriebener Freundlichkeit.

Ein anderes Mal kam ein israelischer Schriftsteller in die Bibelgruppe, er hatte eine Freundin in Frankfurt, die er besuchte. Sein Deutsch war gebrochen, und wir erfuhren, dass er bis zu seinem sechsten Lebensjahr als Jude unerkannt in der Nähe von Berlin gelebt hatte, dann von seiner Mutter alleine nach Israel geschickt wurde, wo er nur noch Hebräisch sprechen durfte, obwohl er die Sprache zuvor noch nie gehört hatte. Er erzählte auch, wie er als Achtjähriger ohne Erklärung in ein Krankenhaus eingeliefert wurde und am nächsten Morgen mit einem Verband um den Penis aufwachte, seine peinlichen Schmerzen aber niemandem einzugestehen wagte, weil er dachte, sie seien die Strafe für das, was er mit seiner sechsjährigen Freundin Nacht für Nacht verbrochen hatte. Und wie der Rabbiner dann kam und ihm erklärte, warum er jetzt erst ein richtiger Jude sei.

Und dann dieses Weihnachtsfest. Ich weiß noch, ich strengte mich an mit dem Kochen, es gab Ente und Klöße.

Schmeckt, rief Yoram und küsste in meine Richtung über die Länge der Tafel hinweg, du musst bei meiner Hochzeit kochen, und darauf Vered: Ihr seid doch schon verheiratet!

Gut, dass niemand Wert auf koschere Küche legte, so konnte ich alles mit allem mischen und auch Sahne in die Bratensauce gießen. Nachdem Benjamin die Weihnachtsgeschichte vorgelesen hatte, mit leicht pathetischer Anhebung der Stimme, und die Weihnachtslieder gesungen waren, setzten wir uns zu Tisch, und plötzlich, noch während der Pilzsuppe, brach es aus Uwe hervor. Er meine einen gewissen Unterschied vernommen zu haben (seine Stimme war von laserfeiner Schärfe) ... einen Unterschied zwischen der Art, wie Benjamin die Weihnachtsgeschichte vorgelesen habe, und wie er sonst die Bibeltexte lese.

Wieso Unterschied?

Ja, genau, Unterschied. Es sei ihm nämlich der Schuss Ironie in der Stimme nicht entgangen. Uwes Stimme bebte. Beim Alten Testament bist du nie ironisch!

Das ist doch Unsinn, was soll das?

Ich füllte Uwe von Neuem den Teller mit Suppe, als wäre er ein Kind, das man mit Füttern beruhigen kann, aber jetzt hatten alle Feuer gefangen. Jetzt ging es erst richtig los, pro und contra Uwe.

Stimmt doch gar nicht, dass Benjamin sonst ohne Ironie liest, nur war es dir immer egal. Und überhaupt, was hast du denn plötzlich? Ist uns doch nie etwas heilig gewesen, wieso jetzt dieser Aufstand, Uwe?

Und in der Küche Rachel: Was ist denn plötzlich in ihn gefahren? Vered sprang hin und her zwischen ihren Weihnachtsgeschenken und ihrem Extrateller mit Spaghetti, verwirrt von dem plötzlichen Gewitter unter den Erwachsenen. Nie entging ihr ein Stimmungswechsel, die mimische Ankündigung eines Angriffs, die leiseste Veränderung einer Laune, und so ging sie zu Uwe, zupfte ihn am Ärmel und bat ihn, ihr die Kinderkamera zu erklären, die Aliza ihr geschenkt hatte. Aber er fingerte nur zerstreut daran herum, und sie zog enttäuscht wieder ab.

Er wurde immer erregter, und seine Stimme schnappte fast über. Es sei ihm auch aufgefallen, dass Benjamin die Texte aus der Luther-Übersetzung immer, und er wiederholte: immer, weniger feierlich gelesen hätte als die von Buber und Rosenzweig.

Aber das ist doch ganz klar, verteidigte sich Benjamin, das legt doch schon die Sprache nahe. Er sprang auf und suchte in unserem Bücherregal nach den Bibeln, während Uwe etwas von ›trotzdem‹ hervorstieß und von ›antichristlich‹.

Das also meinst du: antichristlich? So wie antijüdisch?

Ja, genau das: antichristlich!

Und als Benjamin schließlich die Bibeln aufgeschlagen hatte und las: »Die Erde war Irrsal und Wirrsal. Finsternis über Urwirbels Antlitz«, und dann: »Und die Erde war wüst und leer und es war finster auf der Tiefe«, dies Letztere mit betont sachlicher Stimme, behauptete Uwe, jetzt vermeide Benjamin natürlich das, was er sonst nicht vermeide.

Der Streit ging weiter bis die Ente gegessen war, und wir versuchten, Uwe zu beruhigen. Aber es war zu spät. Rachel machte boshafte Bemerkungen und Barbara fing mit Kinderstimme an, Weihnachtslieder zu parodieren, während Benjamin textlos die Melodie dazu schmetterte, als Uwe aufstand und den Raum mit einem bitteren ›Ihr nehmt nichts ernst‹ verließ.

Während wir Rachels Crème brûlée aßen, deren Oberfläche sie, begleitet von Vereds Freudenjuchzern, mit einer Art Bunsenbrenner karamellisiert hatte, zogen wir über Uwe her und machten Witze. Das kommt davon, wenn Juden Weihnachten feiern, bemerkte Benjamin trocken, und die Runde brach in Gelächter aus. Ich glaube, er ist gläubig geworden, flachste Barbara, und Tage später erfuhren wir, dass er Krebs hatte. Er hatte niemandem etwas davon gesagt. Aber mit dem Ausbruch der Krankheit war er wirklich gläubig geworden. Er konnte unsere blasphemischen Diskussionen nicht mehr ertragen. Nach seinem Tod fiel die Bibelgruppe auseinander, aber wir blieben Freunde.

Ich hab ein wildes Kind, eine wilde Frau, und ich bin der Wilddieb …

So Yoram, wenn ihn jemand fragte, ob wir verheiratet wären. Es gefiel uns, in ›wilder Ehe‹ zu leben, der Ausdruck traf genau auf uns zu. Es war genau das, was zu uns passte. Wir fühlten uns den Hippies und Achtundsechzigern näher als den Gatten und Gattinnen; uns in einer deutschen Amtsstube mit den Sprüchen einer Beamtin auf Treue bis zum Tod einschwören zu lassen und unseren Status als Liebende bürokratisch zu bekunden kam uns so lächerlich vor, dass wir darüber nur spotteten. Vor allem nachdem wir die Rituale auf dem Standesamt nie ohne mühsam unterdrücktes Lachen bei Freunden miterlebt hatten.

Das haben wir doch nicht nötig, sagte Yoram, und darin waren wir uns einig. Schon das Wort ›Eheschließung‹ fanden wir so abstoßend, dass wir nur darüber witzelten, legt es doch etwas nahe, das man freiwillig nicht wollen kann, nämlich eingeschlossen zu werden wie in ein Gefängnis. Auch Arnon und Chamutal haben nie geheiratet, bis heute nicht. Ihre Kinder tragen Chamutals Namen, und damit sind sie zufrieden. Es ging uns gut so, unser Leben war wie eine eingespielte Balance auf einem gut eingetanzten, immer leicht schwankenden Seil.

Von heute aus besehen fürchteten wir vielleicht auch, dass jede Veränderung uns in Absturzgefahr bringen könnte. Die gelegentlichen Tiefs unseres Liebeslebens schoben wir äußeren Ereignissen zu, wie der winterlichen Sonnenlosigkeit, Yorams ›Absencen‹, den vielen durchgearbeiteten Wochenenden, den Grippeattacken im Herbst, meiner regelmäßig auftauchenden Migräne oder Vereds schwierigen

Phasen, als sie nicht einschlafen konnte und uns nächtelang wach hielt. Während unsere Streitereien um bestimmte Dinge, die von außen vielleicht wie Ehekrach aussahen, in Wirklichkeit aber die gewisse Würze waren, vor allem wenn wir uns danach wieder versöhnten, und zwar ›wie es sich gehört‹ (O-Ton Yoram).

Etwa wenn es um Kunst ging. Was Yoram begeisterte, fand ich oft nichtssagend, formal, langweilig, und was mir gefiel, fand er oft von vorgestern, verspielt, gefällig. Irgendwann fingen wir an, darüber zu streiten, und je länger wir zusammen waren, desto allergischer reagierten wir in diesen Dingen aufeinander. Ich erinnere mich an einen Morgen in der Lenaustraße, als wir beim Zeitunglesen über die Abbildung einer Zeichnung so in Streit gerieten, dass ich in Tränen ausbrach und Yoram wütend die Wohnung verließ. Es ging um ein Bild von Chagall aus den zwanziger Jahren, ein Geiger und eine Kuh, die über Dächern schweben. Ich hielt es ihm über den Frühstückstisch hin: Ist das nicht schön?

Er zuckte mit den Schultern, murmelte etwas von ›abgeschmackt‹ und dann, auf meinen erstaunten Blick: Du mit deinem sentimentalen …

Sentimentalen Was?

Deinem sentimentalen Hang zu jüdischer Folklore.

Was soll denn daran Folklore sein?

Dein deutscher Hang zu jüdischer Folklore.

Das kannst du nicht im Ernst meinen!

Doch …

Wenn etwas abgeschmackt ist, dann deine Beleidigung!

So ging es weiter, bis Yoram die Wohnung verließ und Vered auf meinen Schoß stieg.

Was ist denn, Mama?

Ach, nichts …

Die Nacht darauf werde ich nie vergessen. Wir wachten von einem merkwürdigen Geräusch auf, beide zur gleichen

Zeit und ohne etwas zu sagen. Das Fenster stand offen, und mir war nicht klar, ob ich träumte oder schon wach war, ich glitt wahrscheinlich gerade von dem einen Zustand in den anderen hinüber. Draußen regnete es, ein flächiges Rauschen, das sich von Moment zu Moment veränderte. Schweigend lagen wir unter der dünnen Sommerdecke und lauschten. Es war, als strömte es durch unsere Köpfe, von dem einen in den anderen und zurück, ohne Unterlass. Wir lagen nebeneinander und berührten uns fast nicht, die Geräusche draußen, das Prasseln und Gluckern, lösten etwas aus, das sich allmählich wie eine flächige Strömung über uns breitete, eine Idee über dem Körper, ganz leicht zwischen Gehör und Haut, ein Tuch aus akustischem Material, das sich über uns wölbte, und dazu der Rhythmus der laut platzenden Tropfen. Dann wieder Regenfäden, fein, gleichmäßig, nervös. Ausgestreckt lagen wir nebeneinander und hörten, wie das Geräusch in Brausen überging, in Trommeln, bis es langsam aufhörte und still wurde. Und plötzlich ein lauter Schwapp von der Jalousie herab, Wasser, das sich dort gesammelt hatte. Jetzt umarmten wir uns, rannten raus auf den Balkon, der übersät war von Blättern und Blüten, und liebten uns auf dem regennassen Holzboden.

Eines Tages stellte sich die Heiratsfrage doch. Vered wollte wissen, warum sie einen anderen Namen habe als ihr Vater. Ich weiß noch, wie sie an einem Sonntagmorgen zu uns ins Bett kroch. Es war noch früh, sie musste uns aus einer Art seliger Narkose geweckt haben. Yoram hatte sich ein paar Tage zuvor das Haar so kurz schneiden lassen, dass er mich, wenn ich ihm über den Kopf strich, an ein Plüschtier meiner Kindheit erinnerte, einen Igel. Das Gefühl von nachgiebigem Widerstand hochstehender Fellspitzen auf der Handfläche. Jetzt strichen Vered und ich immer wieder über seinen Kopf. Ich sah ihn von der Seite an und wunderte mich über die Schmalheit seines Nackens, ja, ich war ganz betört davon. An diesem Morgen, mitten im Herumtoben, fiel es Vered plötzlich ein, zu fragen, warum es bei uns denn anders sei als bei anderen Familien.

Wir können doch auch so gut zusammenleben.

Ich will aber, dass ihr verheiratet seid, und sie schleuderte ein Kopfkissen nach mir.

Alle heißen wie ihre Eltern, nur ich nicht.

Du heißt wie Mama.

Aber nicht wie Aba.

Sie brach in Tränen aus und war nicht wieder zu beruhigen. Da beschlossen wir, doch zu heiraten. Und spielten alle Möglichkeiten durch.

Wenn du konvertieren würdest und wir vor einem Rabbiner heiraten würden, hätte Vered es noch leichter, dann wäre sie Jüdin, überlegte Yoram.

Auch in der Bibelgruppe sprachen wir darüber. Es war ein heißer Sommertag, immer wieder gossen wir kalten Wein nach, als Barbara, die auch nicht Jüdin ist und damals schon viel länger mit Benjamin zusammenlebte als Yoram und ich, sagte: Du kannst dich drehen und wenden wie du willst, auch damit bist du nicht auf der besseren Seite der Menschheit.

Was soll denn das heißen? Yorams Stimme schraubte sich kurz und scharf hoch, und Barbara darauf: Konvertieren hat doch immer was von Camouflage … Ich weiß nicht mehr, was noch alles ins Feld geführt wurde an diesem Abend, aber ein Satz klingt mir bis jetzt im Ohr: Du kannst dich auf die Seite der Opfer schlagen, aber das ändert nichts daran, von welcher Seite du kommst. Und Benjamin zu Yoram: Ausgerechnet du, du warst in fünf Jahren kein einziges Mal in der Synagoge, warum soll deine Frau Jüdin werden?

Erst später erfuhr ich, was ich lange nicht wusste. Als ich nämlich dachte, Yoram wäre in Hamburg, war er in Wirklichkeit in Tel Aviv. Es war kurz vor unserer Hochzeit. Erst viel später konnte er darüber sprechen. Er sei verzweifelt gewesen bei der plötzlichen Vorstellung, für immer das Falsche zu entscheiden. Er war nach Tel Aviv geflogen, entschlossen, die Hochzeit wieder abzusagen, in die Idelsonstraße zu ziehen und sich in einem israelischen Architekturbüro zu bewerben. Er hatte bereits Kontakt zu einem Architekten aufgenommen, dessen Vater er vom Kibbuz Hazorea her kannte. Eine ganze Nacht lang hatte er mit Arnon darüber gesprochen.

Eine Entscheidung ist nie ganz richtig und nie ganz falsch, soll der gesagt haben, aber denk auch an Vered.

Ausgerechnet Arnon, der Yoram immer als herzl., das heißt herzlos, weil ›Verräter am heiligen Herzl‹, beschimpft und nie aufgehört hat, ihm sein Leben in Deutschland übel zu nehmen. Ausgerechnet er hat Yoram dazu geraten, zu Vered und mir zurückzukehren. Vor allem, indem er ihm ausgemalt hat, was mit Vered wird, wenn er sich von uns trennt. (Noch eins von den vielen unglücklichen Scheidungskindern.)

So kam er zurück nach Frankfurt, aber noch am Flughafen, als er in dem tristen und jede Willkommensfreude vernichtenden Licht des Abschnitts C die Gänge entlanglief, überfielen ihn von Neuem Zweifel, und er überlegte, gar nicht erst in die Stadt hineinzufahren, sondern den Abflug der nächsten Maschine nach Tel Aviv abzuwarten und auf der Stelle wieder zurückzufliegen. In seiner Not hat er noch einmal vom Flughafen aus ein langes Telefongespräch mit Arnon geführt, aber erst ein Anruf bei uns zu Hause brachte ihn zur Besinnung. Nämlich Vereds freudiger Ausruf ›Bist du wieder da, Aba?‹. Da beschloss er, zu bleiben und mich zu heiraten.

Spätabends kam er an, und ich ahnte nicht, was für eine Odyssee er hinter sich hatte. Er sah erschöpft aus, und seine Bartstoppeln waren so lang, dass Vered ihren Kopf zurückzog, als er sie küsste.

So hat er es mir später erzählt. Wir heirateten auf dem Standesamt in Frankfurt, Arnon und Chamutal waren unsere Trauzeugen, Vered jubelte, das Hochzeitsfest wurde in unserer Wohnung gefeiert, wir tanzten bis in den Morgen, und Alexander Lavin spendierte den Champagner. Seit diesem Tag heiße ich Carla Schemesch.

Einmal verbrachten wir ein Wochenende in Paris. Vered, die damals vier oder fünf war, hatten wir zu Aliza gegeben, sodass wir ganz für uns sein konnten. Die Reise war eine Idee, als wir eines Tages feststellten, dass wir seit Wochen keinen Sex mehr gehabt hatten.

Paris ist die Stadt, nach der es uns immer wieder hinzog. Vielleicht weil sich dort nichts zu verändern schien, weder die Häuser, noch die Möblierung der Cafés, noch die Inneneinrichtung der Hotelzimmer mit den Schabracken, den alten Möbeln und den farbigen Tapeten, nicht einmal die Metrotickets.

Wir kamen abends an, brachten unser Gepäck ins Hotel in der rue du dragon und machten uns auf den Weg zu dem kleinen Restaurant in der Nähe, das Yoram von früher her kannte, und wo ›es die beste tarte tatin von ganz Paris gibt‹. Während der Fahrt schon hatte er sich ihren Geschmack herbeifantasiert. Die dicken, speckigen, glasigen, von karamellisiertem Zucker durchtränkten Apfelstücke, der dünne, von geschmolzener Butter durchzogene Boden, süß und mit einem hintergründigen Salzgeschmack.

Mit Opernstimme blödelten wir, aufgedreht wie sonst nur in Vereds Gegenwart: je suis la pomme, tu es le sucre …

Aber das Restaurant gab es nicht mehr, an seiner Stelle war ein Steakhaus eröffnet worden. Es war der Abend vor dem 14. Juli, und die Feiern zum Nationalfeiertag waren bereits überall im Gange. In den Straßen drängten sich die Menschen, und die Restaurants waren überfüllt. Erst nach längerer Suche fanden wir zwei Plätze in einem kleinen Lokal in der rue Jacob, wo uns der Patron auf einer Schiefertafel das Menü präsentierte, in weißer Kreide aufgeschrieben.

Während wir auf das Essen warteten, das als Revolutionsmenü angepriesen wurde, kamen wir, ich weiß nicht mehr, wie, auf die Geschichten von damals zu sprechen, als Yoram zu einem feierlich inszenierten Schabbatessen bei seiner Mutter eingeladen war. Der Tisch, den der Patron uns zugewiesen hatte, glich einer Art Katzentisch, er stand zwischen einer schmalen Treppe, die zur Toilette führte, und dem Kücheneingang mit einer ständig auf und zu klappenden Tür. Das akustische Gemisch, die Küchengeräusche von links, die Toilettenspülung von oben, und die unentwegt und viel zu laut aus einem Lautsprecher direkt über uns schallenden Chansons waren nach kurzer Zeit kaum noch zu ertragen. Ausgerechnet in diesem Chaos kam Yoram auf die Idee, mir zu erzählen, was seine Mutter damals, nachdem er aus dem Kibbuz nach Frankfurt zurückgekehrt war, beim Schabbatessen zu ihm gesagt hatte.

Es ist alles nicht so einfach, wie du vielleicht denkst, sagte er.

Wieso? Wieso denke ich, alles ist einfach?

Er machte eine Drehung mit dem Kopf wie jemand, der mit der Stirn Hindernisse aus der Luft wischt, und erst als ich weiter fragte, erfuhr ich, dass Aliza ihm damals nahegelegt hat, sich nicht für immer an mich zu binden. Sie hatte gehofft, dass er in Israel eine Frau kennenlernen und dort bleiben würde.

Ich hörte ihm zu, erschrocken, dass er mir ausgerechnet jetzt, da wir uns ein schönes Wochenende machen wollten, dies alles ausbreitete, und zugleich war ich begierig, mehr zu erfahren. Denn plötzlich hatte ich das Gefühl, er wolle mich loswerden. Als seien seine Mitteilungen in Wirklichkeit die Vorbereitung auf etwas, was er noch nicht deutlicher zu sagen wagte. Wie ein Stich kam mir, während ich mich zu ihm hinüberlehnte, um ihn in dem Lärm besser zu verstehen, die Idee, er habe eine andere Frau.

Aliza habe ihm keinen Vorwurf gemacht, sagte er, sondern alles sehr vorsichtig formuliert, als Frage, als leichten Hinwurf, den es zu bedenken gelte. Wie kleine Federn habe sie ihm ihre Gedanken ausgebreitet. Er jedoch habe genau gewusst, was er wollte, nämlich ein Leben mit mir.

Und heute?

Er schwieg, Sekunden, Minuten, beharrlich, in sich versunken, auf eine so bedrückende Weise, dass auch ich verstummte. Ich fixierte einen Punkt auf dem Tisch und stocherte in der Quiche Lorraine, die mir überhaupt nicht schmeckte. Bis er leise, fast flüsternd sagte, er wisse im Moment so vieles nicht, was ihm noch vor Kurzem gewiss erschien. Wenn er hier in Europa sei, sehne er sich nach Israel. Aber er wisse auch, wenn er in Israel sei, würde er sich genauso nach dem Nebel im Herbst sehnen, nach dem Grüneburgpark, den gefrorenen Blättern, und nach dem Winter. Nie sagte er ›Deutschland‹, sondern immer ›Europa‹ oder ›Frankfurt‹.

Er bedaure nichts, nein ... er wisse, dass er sich in Israel zu sehr eingesperrt fühlen würde, dass er hier immer noch ... er hob die Schultern und ließ sie ratlos wieder fallen ... dass er hier immer noch eine Wahl habe, oder besser ... und er wiederholte seine hilflose Geste. Aber dort, schon allein, dass jeder jeden kenne, mache ihm Angst. Es sei alles zu klein, zu eng, zu nah, zu ... Dann sagte er wieder lange nichts, und ich wartete.

Ich kannte das schon, es ist eine Eigenschaft von ihm, mitten im Satz zu verstummen und den Zuhörer ohne es zu wollen in Spannung zu versetzen, bis er nach mehrmaligem Ansetzen weiterredet. Manchmal ist es dann, als käme er von weit her oder sei gerade aufgewacht. Aber diesmal war es nicht so, diesmal schloss er die Augen und verharrte, ich weiß nicht, wie lange, in dieser vollkommenen Verschlossenheit. Es war heiß in dem Lokal, der Sauerstoff war dem

Nullpegel zu gesunken, der Lärm schien sich ständig zu steigern, das Lachen der Gäste klang immer haltloser, der Wirt rief seine Kommandos an die Bedienung mit immer dröhnenderer Stimme, wir saßen eng beieinander an unserem Zweiertisch und Yoram liefen plötzlich Tränen über die Wangen. Ihm, den ich noch nie hatte weinen sehen! Ausgerechnet jetzt, in dieser Hölle aus Enge, Lärm und Küchengerüchen verstummte er, verschloss sein Gesicht und fing hemmungslos zu schluchzen an, reagierte weder auf meine über seinen Rücken streichende Hand noch auf die Worte, mit denen ich ihn, den Mund direkt an seinem Ohr, aus dem Schacht, in den er plötzlich gestürzt zu sein schien, herauszuholen versuchte.

Von all dem habe er mir nichts gesagt, erfuhr ich an diesem Abend, weil er es als seine Sache angesehen habe, oder besser, als eine zwischen ihm und Aliza, und auch weil er gedacht habe, es würde mich verletzen. Er gestand mir auch, dass er damals nicht nur einmal überlegte, ob er bei mir bleiben oder mich verlassen solle. Ein paar Mal habe er mit Arnon darüber gesprochen, der ihm geduldig zugehört habe.

Wir verließen das Lokal und liefen ziellos durch die Gegend. Irgendwo blies ein Jazztrompeter eine Melodie von Miles Davis, wir blieben stehen und hörten zu. Ist das nicht ›Fahrstuhl zum Schafott‹? Es war eine warme Julinacht, alles um uns herum schien zu tanzen und zu feiern. Irgendwann landeten wir in einem Straßencafé in der Nähe unseres Hotels, nicht weit von St. Germain, und ich stellte endlich die Frage, die mir seit Stunden auf der Zunge lag.

Mit Vered hat sich alles verändert, sagte er darauf, seit sie zur Welt gekommen sei, sei alles anders geworden, und er habe sich keine Gedanken mehr darüber gemacht. Vered sei unsere Retterin. Er wisse nicht, was sonst wäre.

Aber es gibt ja noch jemand, sagte ich und hörte dabei meine Stimme einen erstickten Ton annehmen, während plötzlicher Zorn in mir aufstieg. Was bin eigentlich ich für dich?, hörte ich mich plötzlich schreien, soll ich die gute Deutsche spielen? Damit du dich wohler fühlst bei den Teutonen? Ich liebe dich doch, sagte er und nahm mich in den Arm. Und ich weiß nicht, welcher Impuls es war, der mich in diesem Moment beherrschte, jedenfalls riss ich mich los, sprang auf, nahm meine Handtasche, eilte aus dem Lokal und rannte davon, noch Yorams Stimme im Ohr: Was soll denn das! Carla!

Ich rannte und rannte, zwischen Leuten hindurch, die mir nachblickten, rannte immer weiter, an Tanzenden vorbei, an erleuchteten Cafés entlang, bis ich nicht mehr konnte und kurz Luft holte, um dann weiterzulaufen, ich weiß nicht, wie lange. ›Jetzt drauf ankommen lassen, drauf ankommen lassen‹, der Satz drehte sich in meinem Kopf, und: ist mir egal, alles egal …! Wie getrieben rannte ich weiter, überquerte die Seine, beugte mich über das Geländer und stellte mir kurz vor, was wäre, wenn ich mich fallen ließe. Ich weiß nicht, wie spät es war, als ich im Hotel ankam. Yoram schlief oder tat, als schliefe er. Ich legte mich so neben ihn, dass ich ihn nicht berührte, aber irgendwann umarmten wir uns.

Am nächsten Morgen nahm er seinen Fotoapparat und fotografierte (während wir im Bett lagen) unsere aneinandergeschmiegten Gesichter mit ausgestrecktem Arm. Dann die Lichtstreifen, die auf die blaue Tapete fielen und so schnell davonwanderten, und während sich das Bild auf der Wand von Minute zu Minute änderte, hielt er das Objektiv in meine Richtung und wartete, bis das Sonnengesprenkel mein Gesicht erreichte. Weißt du was, sagte er und fotografierte weiter, weißt du was, hob er von Neuem an, nachdem er sich unterbrochen hatte, um in geschwinder Folge auf den Auslöser zu drücken, bei halb geöffnetem Mund und hochgezogener Stirn: Weißt du was ... im Grunde gibt's doch nichts, was so einfach ist, wie das zwischen uns ... zwischen Vered und uns beiden. Ich ließ die Süße dieser Lüge in mich sickern, kostete aus, wie sie sich in meinen Nerven ausbreitete, es war genau die Droge, die wir jetzt brauchten. Wir liebten uns, begleitet von den Geräuschen unten in der rue du dragon, dem Verkehrslärm, Hupen, Rufen, Türenklappen, und Yoram murmelte: Ani ohev otach, ani ohev ... und ich antwortete ihm.

Meine Neugier auf Yorams Leben, bevor wir uns kennenlernten. Ich konnte nicht genug davon hören. Etwa die Geschichte vom Schwimmbad. Als er sieben oder acht war, kurz nach dem Umzug von Tel Aviv nach Frankfurt. Am liebsten lag er Heftchen lesend auf dem Sofa. Manchmal hat Aliza ihn überredet, mit ins Hallenbad zu kommen.

Los, Faulpelz du!

Wenn er aber im Wasser war, wollte er nicht mehr heraus. Aliza ist immer an den Warmbade-Tagen schwimmen gegangen, wegen ihrer ›Adidis‹, wie Yoram als Kind nannte, worunter sie litt. Wie oft hat er mir diese Geschichte erzählt! Wie er mit Aliza in die Frauenumkleide ging, sie auf Zehenspitzen, um ihre schmerzenden arthritischen Gelenke zu entlasten, wie sie den Badeanzug anzog, bemüht, sich dabei nicht zu entblößen, und wie er, während sie im Wasser ihre Runden zog, im Kinderbecken mit seiner gelben Taucherbrille nach Schätzen suchte. Nach dem Wrack der versunkenen Titanic, den Juwelen der ermordeten Zarenfamilie, den Goldstücken von Onkel Dagobert und den Kisten der schwarzen Piraten. Die türkisfarbenen Fliesen des Kinderbeckens verwandelten sich in funkelnde Edelsteine, und die bleichen Beine der anderen sich im Becken tummelnden Kinder wuchsen zu Fangarmen baumgroßer Tintenfische und zu Krallen riesenhafter Unterwassermonster an. Von seinen abenteuerlichen Funden konnten andere nur träumen, wie dem lange vergeblich gesuchten goldenen Revolver von Bubi Stinker, dem reichsten Mann aller Zeiten, noch reicher als Aga Khan oder Onkel Dagobert. Mit der gelben Taucherbrille konnte er alles sehen, was andere nicht sehen konnten. Das Glück unter Wasser hat immer so lange gedauert, bis irgendwann Aliza auftauchte, ihn packte und gnadenlos aus dem Becken zog. Dann folgte er ihren Badeschlappen-Schritten Richtung Dusche, beschämt und wütend wegen des unwürdigen Übergriffs. Sogleich aber, schon wieder vorausrennend, von Neuem Kampfgeist gepackt, ging es darum, eine der wenigen Einzelduschen zu ergattern. War eine frei, stellte er sich mit ausgebreiteten Armen zwischen die Kabinenwände, um bis zum Eintreffen Alizas dem Ansturm der Riesinnen zu trotzen. Er strengte sich dabei an, so furchterregend zu blicken, dass keine es wagte, ihn zur Seite zu schieben. Wenn eine Riesin so etwas wie ›Na du Stromer?‹ oder ›Was haben wir denn da für einen kleinen Polizisten?‹ oder ähnliche Bemerkungen von sich gaben, hoffte er inständig, seine Mutter würde endlich um die Ecke biegen und ihn erlösen, was auch immer geschah.

Nur einmal, als er wilden Blicks Minuten und Minuten ausgeharrt und gewartet und gewartet hat, kam sie nicht. Die Riesinnen liefen an ihm vorüber, stülpten ihre Stielaugen aus, bis eine von ihnen, eine besonders große, ihn am Arm packte und wegzerrte. Was darauf folgte, war die Hölle. Er tappte in dem dampfenden Raum hilflos herum, verzweifelt und so laut er konnte nach Aliza rufend: Ima! Ima! Wo bist duuuu! Ima! Ima! IIIIImaaaaa! IIIIIIIIIIIII-maaaaaaa! In der heißen, nassen Hölle, wo es zischte und prasselte und wo sich die Riesinnen um ihn drängten, nach ihm griffen und sich an ihm festkrallten. Sie rochen grauenhaft und langten mit ihren schrecklichen Händen nach ihm. Vor seinen Augen hüpften wilde buschige Tiere auf und ab, von allen Seiten sprangen sie auf ihn zu. Das sind die Nazis, dachte er und schrie sich die Kehle aus dem Hals. So sehen sie aus. Je näher sie rückten, desto lauter brüllte er, während er versuchte, auf dem glitschigen Boden krauchend zwischen ihren bleichen Beinen zu entkommen. Er war sicher, sie hätten Aliza in einen Kessel mit kochendem Wasser gesteckt. Er hörte nicht auf zu schreien, bis ihn jemand packte und zu Aliza brachte. Sie saß mit einem verbundenen Fuß auf einer Liege. Danach hat sie ihn nie wieder ins Bad locken können.

Das Bild, das ich mit unseren Jahren in Frankfurt verbinde: ein heller großer Raum am Nachmittag, Licht, das gleichzeitig von Osten und Westen durch geöffnete Fenster scheint und sich um die Dinge legt, Spielzeug auf dem Boden, Bücherstapel, leuchtende Konturen, darin Vered, die mir in ihrem Purimkostüm als Königin Esther entgegenspringt, Yoram im Sessel und Vered auf dem Schoß, Vered mit übers Gesicht fallendem Haar im Gegenlicht. Es waren glückliche Jahre.

Wir hatten viel zu tun, ich wechselte den Job, verließ die Schule und ging zum Hessischen Rundfunk, wo ich die Sendung »Lieber Lernen« betreute, während Yoram bei Lavin und Lehmann seine Erfahrungen als Architekt machte. Oft blieb er bis spät in die Nacht im Büro.

Lavin, achtzehn Jahre älter als Yoram und allein lebend, kam oft zu uns zum Abendessen, dann war die Architektur Gesprächsthema. Yoram mochte Lavin, er lernte viel bei ihm, nicht nur wie man plant, sondern auch wie man ein Büro organisiert und Aufträge an Land zieht. Lavin verkehrte in einflussreichen Kreisen, war im Kronberger Golfclub, bei den Rotariern, ja, er wurde nicht nur zu Stehpartys eingeladen, sondern auch zu den Diners der ›inner circles‹. Er hatte ein Gespür dafür, was hinter den Kulissen vor sich ging und wofür das Herz der Zeit schlug.

Bei kapitalmächtigen Entscheidungen spielt Gefühl eine größere Rolle, als man meint, sagte er einmal, die große Welt, das ist doch alles Sandkasten, Kindergarten. Ohne Naivität geht gar nichts, glauben Sie mir das, Schemesch.

Es reizte ihn, bei jeder Gelegenheit Debatten über Architektur anzuzetteln, und Yoram wurde sein Mitstreiter.

Vor allem wenn es gegen hausbackene, kleingeistige, nach rückwärts gewandte Planungen in der Stadt ging. Wollten die beiden etwas durchsetzen, riefen sie die Redakteure der Frankfurter Zeitungen an und versuchten, sie für ihre Idee zu begeistern. Dabei setzte Lavin den gleichen hemmungslosen Charme ein wie Frauen gegenüber, und damit hatte er meist Erfolg. Selbstironisch weihte er Yoram in seine Strategien ein: Zur Begrüßung einen guten Witz, hab ich von meinem alten jüdischen Bauherrn. Von dem hat er viel erzählt, abends, wenn er zu uns zum Essen kam und gesprächig wurde …

Episoden aus der Frankfurter Baugeschichte wie die von Blok, der in den Siebzigern ein Baugrundstück im Westend kaufte. Wie Lavin mit den Plänen zur Stadt ging, um den Bauantrag zu stellen, wie die Leute vom Bauamt sagten, überlegen Sie doch mal, das ist doch viel zu klein, darunter passt doch keine Tiefgarage, und für Parkplätze müssen Sie heutzutage sorgen, sonst ist nichts mit der Genehmigung … können Sie nicht noch das Grundstück nebenan kaufen? Und Blok überlegte sich das und fand einen Partner, der sich beteiligte und das Grundstück daneben erwarb, und als Lavin dafür einen Bauantrag stellte, sagten die vom Bauamt, also wenn Sie schon zwei Grundstücke haben, warum erwerben Sie nicht noch das dahinter, dann hätten Sie ein schönes, langes, tiefes Grundstück mit einer großzügigen Tiefgarage, und Blok und sein Partner suchten sich einen weiteren Mitkäufer, fanden ihn und gingen wieder zur Stadt, erhielten eine Baugenehmigung, und Lavin entwarf ein achtstöckiges Haus, von dem Blok enttäuscht war. Wenn ich schon so viel riskiere, dann muss das Haus aber mehr bringen, wir müssen höher bauen. Aber um dafür eine Genehmigung zu bekommen, mussten sie das Einverständnis der Eigentümer auf der anderen Straßenseite haben. Diese beiden aber waren dazu nicht zu bewegen, und erst als Blok dem einen von ihnen ein ganzes Haus schenkte, gab er seine Unterschrift. Als der andere davon hörte, wollte er auch ein Haus, nein, nicht nur eins, sondern zwei. Da platzte Blok der Kragen, und er und seine Miteigentümer verkauften alles zusammen an eine Bank. Später kam raus, dass der, der so anmaßende Forderungen gestellt hatte, ein alter Nazi war und sein Haus früher Juden gehörte. Solche Geschichten kann Lavin erzählen, und es fallen ihm immer wieder neue ein.

Von Lavin hab ich mehr als an der Uni gelernt, sagt Yoram immer. Sogar Ordnung.

Kam Lavin in Yorams Büro und sah das Chaos dort, sagte er kein Wort. Aber Yoram spürte, wie sehr der Anblick wirr übereinandergetürmter Akten, verstreuter Papiere und auf dem Boden liegender, zerknitterter und von Schuhspuren beschmutzter Baupläne ihm gegen den Strich ging. In der ersten Zeit war Yoram froh über seine Nachsicht. Dann wünschte er sich, Lavin wäre strenger. (So wie mein Vater damals, wenn er mit mir schimpfte, als ich ein fauler Junge war.) Aber Lavin machte nur ironische Bemerkungen. Irgendwann begriff Yoram das System, nach dem er funktionierte. ›Einfach‹ war das Stichwort.

Machen Sie alles so einfach wie möglich – nur nicht einfacher! Allmählich veränderte sich auch Yorams Schreibtisch, und wenn heute Pläne oder Notizen verloren gehn, und er Zeit mit Suchen verliert, kann er außer sich geraten.

Das Einzige, was ihn bei Lavin störte, war ein Zug, den er als Pedanterie empfand. Wenn Lavin seine Entwürfe mit ihm besprach, stellte er ihm (verdammt penetrante!) Fragen. Haben Sie alles durchdacht? Bis ins letzte Detail? Mit allen Konsequenzen? Was haben Sie mit dieser Vermaßung bezweckt? Was wollen Sie mit dieser Trennung? Haben Sie daran gedacht, wie breit das in Wirklichkeit ist?

Und Yoram musste, wollte er in dem Büro bleiben, sich Lavins Denkweise anpassen. Irgendwann war sie auch für ihn selbstverständlich geworden, und er gab sein Wissen mit denselben ironischen Floskeln, die Lavin benutzte, an die jüngeren Mitarbeiter weiter.

Die Konflikte aber flackerten auf, als Anfang der neunziger Jahre die Zeichencomputer angeschafft wurden, die Yoram als Einziger im Büro schnell beherrschte. Jetzt war Lavin auf Yoram angewiesen, denn die Statiker, Elektriker, Klimaingenieure und Sanitärfachleute arbeiteten mehr und mehr mit dem Computer und mit gemailten Plänen, an denen sie weiterzeichnen konnten. Lavin aber, der noch von der alten Schule war, zeichnete auch weiterhin mit der Hand. Wenn Yoram dann seine Vorgaben in den Computer übertrug, konnte er es Lavin nie recht machen. Die wichtigen Zusammenhänge fehlen, Schemesch, was soll das? Der Computer ist eine Maschine, er kann nicht denken! Nur Sie können denken, Schemesch! Die schönen Ausdrucke, die Yoram ihm vorlegte, fand Lavin ›Täuschung, nichts als Blendwerk!‹. Stellen Sie sich den Bauleiter auf der Baustelle vor, was soll er damit?

Später, als Yoram sich in Berlin selbstständig machte, sah er, wie nützlich Lavins Prinzipien waren. Doch wenn die beiden in Clinch miteinander gerieten und wenn Yoram abends davon erzählte, zitterte ihm vor Nervosität das linke untere Augenlid.

Irgendwann wollte Yoram sich von seinem ›Übervater‹ befreien. Seit Langem schwirrten ihm ein paar Ideen im Kopf herum, die er endlich ausprobieren wollte. Sie hatten etwas mit dem Mangel an Sonne zu tun. Die Häuser, die ihm vorschwebten, sollten so auf das Sonnenlicht ausgerichtet sein, dass man an der Wanderung der Schatten im Lauf des Tages genau die Zeit erkennen kann. Es sollte so viel natürliches Licht eingefangen werden wie möglich. Aber Yoram fand keinen Bauherren, der derart ausgefallene Vorhaben finanzieren wollte, und so befasste er sich auf andere Weise damit. Er suchte Literatur dazu, las viel und recherchierte. Seine Sammlung von Zitaten und Artikeln berühmter Architekten zum Thema ›Architektur und Sonnenlicht‹ ergänzte er mit Zeichnungen und Berechnungen des Lichteinfalls zu verschiedenen Jahres- und Tageszeiten.

Überall, wohin er reiste, machte er Skizzen und Versuche mit kleinen, präzise zugeschnittenen weißen Modellen. Es sei eher Spielerei als was Ernsthaftes, nichts als Unfertiges, Fragment, Hingeworfenes, Provisorisches. Umso überraschter war er, als Lavin, der uns nach längerer Zeit wieder einmal besuchte, so begeistert davon war, dass er es einem Redakteur einer Frankfurter Tageszeitung erzählte. Der kam zu Yoram, sah sich alles aufmerksam an, stellte ein paar Fragen, und bald darauf erschien ein ganzseitiger Artikel im Feuilleton der Wochenendausgabe.

Obwohl Yoram diese Versuche noch längst zu unausgegoren fand, ließ er sich zu einer Ausstellung in einer Berliner Architekturgalerie überreden. Es waren Skulpturen für sich, feine, glatte Objekte, fugenlos ineinandergefügte, seltsame Formen. Wir kamen alle zur Ausstellungseröffnung, es war eine Galerie im S-Bahnbogen, Vered strahlte vor Stolz, und am nächsten Tag standen in fast allen Feuilletons Artikel, die wir uns während des Frühstücks vorlasen. Von da an ging es auch wieder in Yorams Büro aufwärts, und wie durch ein Wunder gewann er zwei große Wettbewerbe, einen in Holland und einen in Frankreich.

Seine Überlegungen zu den Ereignissen im Moment des Aufpralls von Sonnenlicht auf bestimmte Flächen und die

Verwandlung durch verschieden geformte Öffnungen regten ihn zu immer neuen Spielereien an. Er reiste nach Dänemark und England, um Studien zu Material, Struktur und Licht in sonnenarmen Gegenden zu machen. Studierte die Wirkung der Farben, flog nach Mexiko, besichtigte die Bauten des Architekten Barragán und versuchte, was er dort gesehen hatte, auf hier zu übertragen.

Bis heute macht er Versuche mit Farben, und in unserer Berliner Wohnung werden ständig die Wände neu gestrichen, denn er will ausprobieren, wie es ist, in Rot, Blau, Violett, Türkis oder Gelb zu leben. Eine Zeit lang experimentierte er mit einer Palette zwischen Rosa und Ocker, um das Licht aufzuwärmen und zu intensivieren. Über seinem Schreibtisch hängt ein Plakat mit dem Satz: »Die Sonne wusste nicht, wie schön sie ist, bevor sie die Seite eines Gebäudes getroffen hatte.« Es ist ein Zitat des Architekten Louis Kahn. Yoram redete so oft von ihm und las uns seine Aussprüche vor, dass Vered ihren Vater morgens zum Frühstück mit: Na, was macht Freund Louis heute?, begrüßte. Yorams Ungeduld, seine Ideen in die Tat umzusetzen, brachte beständig Unruhe, Aufregung und Abwechslung in unser Leben. Er war öfter auf Reisen als zu Hause, und ich hatte mir bald abgewöhnt, auf ihn zu warten.

Dein notorischer Leichtsinn (Yoram durchs Telefon), warum hast du mich nicht gefragt?

Du warst nicht da, ich kann dich seit Tagen nicht erreichen, das weißt du doch!

Es war vor etwa zehn Jahren, Aliza hatte die plötzliche Idee, nach Davos zu fahren, und fragte mich, ob ich sie begleiten wolle. Ich hatte Zeit, unsere Urlaubsreise war ins Wasser gefallen, weil Yoram nicht von Berlin wegkam, wo er seit Wochen mit einer nervenaufreibenden und sich ständig verlängernden Bauleitung beschäftigt war. Vered war mit ihrer Freundin in England, um einen Sprachkurs zu machen, also kam mir Alizas Vorschlag gerade recht. Und jetzt Yorams vorwurfsvolle Stimme.

Sie ist kein Kind, sagte ich, und er: Du weißt doch, was passieren kann, wenn sie ihre plötzlichen Einfälle hat! Du hättest wenigstens versuchen können, sie dazu zu überreden, die Reise um ein paar Tage zu verschieben.

Als Aliza und ich abends in der Dunkelheit am Bahnhof Davos Dorf ankamen und in ein Taxi stiegen, das uns zu dem hoch über dem Ort liegenden Hotel bringen sollte, bat sie mich, in einer Pension unten im Dorf zu bleiben.

Sei nicht böse, ich muss allein sein.

Ich dachte an Yoram und seine Sorge, aber ich hatte keine Möglichkeit, mich gegen ihren Wunsch zur Wehr zu setzen, schon gar nicht, als sie nach einer kurzen Strecke den Taxifahrer bat, vor einem Hotel anzuhalten und mich dort herauszulassen, ein Zimmer für mich sei schon bestellt. Ich war überrumpelt, und als ich Yoram anrief, um ihm zu beichten, was ich zugelassen hatte, war er außer sich. Genau so fange es immer an, genau das habe er verhindern wollen, und: Dass du überhaupt keine Vorstellung davon hast, was mit ihr ist!

Nachdem er jedoch mit ihr telefoniert hatte und sie ganz gelassen fand, weder nervös noch alarmierend ruhig, rief er wieder bei mir an und entschuldigte sich für seine Panikmache. Am nächsten Morgen klingelte schon um sechs Uhr das Telefon, und er war in höchster Aufregung. Aliza habe ihn geweckt und hektisch auf ihn eingeredet. Immer wieder habe sie von einem Sausen gesprochen, das sie in ihrem Kopf höre. Ja, er habe es gewusst, es sei nichts für sie, an diesen Ort zu fahren, wo sie all die Jahre mit ihrem Mann die Ferien verbracht hatte.

Sie kann das nicht verkraften, und er bat mich, so schnell wie möglich zu ihrem Hotel hochzufahren und nach ihr zu sehen. Ob ich mich bei ihr ankündigen solle. Auf keinen Fall, sie wird dich nur abwimmeln. Und wir überlegten, was das Klügste sei.

Ich kann sie doch nicht behandeln, als wäre sie unzurechnungsfähig.

Sie ist es, wenn es ihr so geht. Du hast das noch nicht erlebt. Ich weiß, wovon ich spreche.

Also machte ich mich auf den Weg. Von Yoram wusste ich, wie sehr sein Vater die Berge liebte. Wenn er es sich leisten konnte, wenn die Kanzlei gut ging und nicht zu viele Forderungen ausstanden, wohnten seine Eltern im Hotel Schatzalp, das für sie der ›eigentliche Zauberberg‹ war. Sie liebten den Roman, und jedes Mal, wenn sie in Davos waren, lasen sie von Neuem darin, und zwar gleichzeitig, jeder für sich in seinem eigenen Exemplar. So hat es Yoram immer wieder erzählt. Max im Sessel und Aliza im Bett mit Kissen im Rücken. (Yoram: Eine Erinnerung, die mich irgendwie tröstet, weiß nicht, warum). Er selbst hatte nie Lust gehabt, Thomas Mann zu lesen, trotz aller Versuche

Alizas, ihn auf den Geschmack zu bringen. Bis heute ist ihm die Sprache zu ausholend, zu malerisch, zu ›altdeutsch‹. Und um dies zu belegen, zitiert er gerne bestimmte Formulierungen wie ›in der Blüte seines Hauptes‹ oder ›dass sie alle Süßigkeit ihres Weibtums aufbot‹. Da sei ihm Döblin doch lieber.

Beim ersten Mal wurde Yoram zu einem Skikurs angemeldet, aber es machte ihm keinen Spaß, in der Eiseskälte am Lift zu hängen und den Kommandos eines Skilehrers zu folgen. Außerdem schämte er sich, weil er immer als Letzter hinter einer Schlange von Kindern herrutschte, mit laufender Nase und mit nassen Hosen. Da waren ihm die Wanderungen mit seinem Vater lieber. Während Aliza in Wolldecken gehüllt im Liegestuhl auf dem Balkon oder unten auf der Sonnenterrasse blieb und las, erkundeten Yoram und sein Vater die Seitentäler. Nahmen den Weg zum Restaurant Teufi, um dort Gerstensuppe zu essen, oder wanderten über Frauenkirch an der Holzhütte Ernst Ludwig Kirchners vorbei bis nach Sertig Dörfli, wo's das gute Bündnerfleisch gab, das Yoram so liebt.

Von diesen Wanderungen mit seinem Vater, der sonst so wenig Zeit für ihn hatte, hat Yoram oft gesprochen, ja geschwärmt. Was er über die Geschichte seiner Familie weiß, hat er bei diesen Wanderungen und der ungestörten Zuwendung durch seinen Vater dabei erfahren. Von den Anfängen der Firma Sonnenschein, von den Rezepten für Bonbons und Pralinen, von der schwarzen Schokolade und von den quadratischen feinen Plättchen in dunkel lackierten chinesischen Kästchen. Auf Bestellung stellte die Firma Sonnenschein auch Ausgefallenes wie kandierte Veilchen und eingezuckerte Rosenblätter her, die vor allem bei Hochzeiten, Taufen oder Bar Mitzwen beliebt waren. Und der einzige Ort, wo es heute noch so gute Confiserie gebe, sei das Café Schneider in Davos, soll Yorams Vater immer gesagt haben. Bei jüdischen Kunden war es sowieso beliebt, weil die alte Frau Schneider keinen uniformierten Deutschen in ihr Café ließ. In dem Punkt war sie ganz rigoros, es trieben sich nämlich nicht wenige von ihnen in Davos herum, seit es dort auch ein Sanatorium für die NS-Führungsschicht gab.

Wenn Yoram und sein Vater von ihren Wanderungen zurückkehrten, trafen sie Aliza eben in diesem Café, sie saßen dann immer an demselben Tisch, dem mit der runden Polsterbank in der Ecke am Fenster. Zur Belohnung für die Anstrengung des Wanderns erlaubten Yorams Eltern ihm, zu bestellen, was ihm schmeckte. Und jedes Mal hat er sich sein Lieblingseis bestellt, eine cremige, mit zartem Moccageschmack durchzogene Eismasse, von der er am liebsten gleich zwei Portionen hintereinander verschlang. Und wenn sein Vater ihm am Beispiel der verschiedenen Pralinen erklärte, wie man diese oder jene Sorte nennt und welche Zutaten man dazu braucht, hatte Yoram das Gefühl, er habe seinen Großvater Samuel Sonnenschein tatsächlich noch kennengelernt. Bei dieser Gelegenheit stellte sein Vater auch die Geschmacksbegabung seines Sohns auf die Probe, indem er ihn aufforderte, einen Bissen von dieser oder jener Praline zu nehmen und dann zu sagen, was er schmecke. Ob zum Beispiel eine Spur Salz darin sei oder Butter oder Ingwer. Auf diese Weise ist sein Vater jedes Mal wieder in seine eigene Kindheit zurückgewandert, und es hat sich eine wohlige Atmosphäre ausgebreitet, beinahe so, als wäre die Geschichte der Firma Sonnenschein mit ihren kulinarischen Produkten friedlich von einer Generation zur nächsten hinübergewachsen. Jedenfalls so weiß ich es von Yoram.

Ich beeilte mich also, zu Aliza zu kommen. Der Weg führte mich durch den sich lang hinziehenden Ort, vorbei an

Hotels, am Kirchner-Museum, einer Art Eis-Architektur, vorbei an dem berühmten Café Schneider. An der Schatzalp-Station brauchte ich nicht lange zu warten, bis mich die Bahn, für meine Ungeduld viel zu langsam, gleitend nach oben brachte. Es ging in unglaublicher Steigung hinauf, Regen hatte eingesetzt, und ich beobachtete, wie die Rinnsale auf dem schrägen Glasdach zitternd auseinandertrieben.

Der Weg zum Hoteleingang war überdacht, und hinter einer schmiedeeisernen Tür lag plötzlich die ganze Pracht, die für Yorams Vater der ›eigentliche Zauberberg‹ war. Ich trat in einen Gang, dessen offene Seite von schlanken Säulen gesäumt war. Davor wuchsen Mohn, Lilien und Pfingstrosen, ein unglaublich malerisches Durcheinander.

In dem Moment konnte ich Alizas Wunsch, hierher zu fahren, gut verstehen. Sie saß im Frühstücksraum, einem hohen, weiß lackierten Saal, der vor Helligkeit und Reinheit glänzte. Wandgemälde von Landschaften im Art-déco-Stil waren der einzige Schmuck. Das Ganze wirkte unwirklich, und dass nur vereinzelte Gäste an den vielen weiß gedeckten Tischen saßen, verstärkte diesen Eindruck. Alles schien irreal.

Als Aliza mich sah, sprang sie auf und begrüßte mich so freudig, als habe sie mich schon erwartet. Es sei doch herrlich hier, ich solle mich zu ihr setzen und ihr Gesellschaft leisten, vielleicht habe ich ja Lust auf ein zweites Frühstück. Sie könne es mir nur empfehlen. Nirgends sei das Brot besser als hier, ich müsse es unbedingt probieren. Sie sprach von einer unruhigen Nacht und davon, dass sie am Morgen mit schrecklichen Kopfschmerzen und einem Sausen in den Ohren aufgewacht sei. Symptome, die sie schon kenne und auf das Reizklima zurückführe. Die aber nach ein paar Pillen und einer Tasse Kaffee verschwunden seien. Jetzt fühle sie sich unerwartet gut, und sie bestand auf einem Rundgang durch das Hotel.

Sie wollte mir alles zeigen, die Bar, die Terrasse (›Hier hat sie gelegen, die Madame Chauchat.‹), das Hallenbad, den Garten und schließlich auch ihr Zimmer. Es war, wie sie stolz bemerkte, seit fast hundert Jahren nichts darin verändert worden. Auch jetzt lag der ›Zauberberg‹ neben einem Stoß anderer Bücher auf dem Tisch.

Aliza wirkte ganz wie sonst, das Einzige, was mich beunruhigte, war, dass sie kaum Pausen machte beim Reden, manche Wörter verschluckte, und vor allem, dass sie mich überhaupt nicht zu Wort kommen ließ, oder besser, nicht hörte, was ich sagte, wenn ich es mal versuchte. Sie beschwerte sich über Yoram.

Er behandelt mich wie ein Kind, dabei weiß er doch, dass mir hier im Hotel nichts passieren kann.

Die, wobei sie nicht durchblicken ließ, wen sie damit meinte, d i e seien doch hier nicht. Dafür habe sie eindeutige Beweise. Hier fühle sie sich fast so sicher wie in der Idelsonstraße in Tel Aviv.

Unvermittelt schlug sie vor, einen Spaziergang hinunter ins Dorf zu machen. Es sei ein Weg, der nur bergab führe, ganz leicht zu gehen. Während sie ihren Mantel und feste Schuhe anzog und ich auf dem Balkon in die mächtige Berglandschaft blickte, um die sich in mittlerer Höhe eine Manschette aus luftigem Dunst gelegt hatte, sann ich darüber nach, wen sie mit ›die‹ gemeint haben könnte. Meinen fragenden Blick hatte sie mit einem vieldeutigen Handfächeln hinterm Ohr abgewehrt, als handele es sich um eine Angelegenheit, die nur Eingeweihte etwas angehe.

Ein bequemer Weg schlängelte sich den Hang hinab. Aliza sprach unablässig, diesmal ging es um die Zeit, als sie Yorams Vater kennenlernte. Kurz nach der Gründung des israelischen Staates, während eines Aufenthalts in dem Städtchen Kiriat Motzkin, wo sie ihre Freundin Ursula besuchte, die ebenfalls aus Berlin kam. Max lebte damals noch in Naharia, einer von ehemaligen Deutschen bewohnten Siedlung im Norden des Landes, nicht weit von der libanesischen Grenze. Er betrieb dort mit einem ehemaligen Juraprofessor zusammen eine Hühnerfarm.

Als ihm 1933 seine Zulassung als Anwalt entzogen wurde, war ihm sofort klar, dass er Deutschland verlassen musste, zumal sich die Zeichen der Bedrohung jetzt schon häuften. Zum Beispiel wurde die Confiserie Sonnenschein plötzlich von manchen alten Kunden gemieden. Noch im selben Jahr wanderte also Max Sonnenschein nach Palästina aus, seine Eltern aber konnte er nicht dazu überreden. Er fuhr nach Marseille, dort erst bekam er die britische Einreiseerlaubnis. Während er darauf wartete, wohnte er bei einem Geschäftsfreund seines Vaters. Der alte Monsieur, auch Jude, meinte, die Juden in Deutschland sollten sich nicht so schnell in die Flucht schlagen lassen. Die Deutschen seien schon immer ›ein bißchen paranoid‹ gewesen, ob Juden oder nicht Juden. Ein paar Jahre später wurde er selber deportiert und umgebracht, wie sein Geschäftsfreund Sonnenschein.

Aliza lebte im Kibbuz Hazorea und war bereits verheiratet. Auch Max war nicht alleine. Aber, so drückte sie sich aus, die Liebe hat schon immer über den Anstand gesiegt … ›Anstand‹ ist eins ihrer Lieblingswörter, und sie benutzt es immer in einer Mischung aus Ernst und Ironie und mit einem bestimmten Lächeln.

Aliza verließ den Kibbuz und Max die Siedlung Naharia. In Tel Aviv wollten sie sich eine neue Existenz gründen. Sie zogen in die Wohnung, die Aliza noch heute gehört, und Max arbeitete sich in das Rechtssystem des neuen israelischen Staates ein. Bis in die Nacht saß er oft am Schreibtisch. Aliza betreute in einem Heim Waisenkinder, die den Holocaust irgendwo in den Wäldern oder im Versteck bei fremden Leuten überlebt hatten. Einige von ihnen sind später Kampfflieger bei der israelischen Luftwaffe geworden. Die Arbeit hatte den Vorteil, dass sie Yoram bei sich behalten konnte. Woran sie sich jetzt besonders erinnerte, war ihre Müdigkeit damals.

Du kannst dir nicht vorstellen, wie müde ich immer war. Wenn Yoram nachts wach wurde, musste mein Mann aufstehn, ich schaffte es nicht, ich war wie mit Blei ausgegossen. Wir hatten es gut, wir waren gerettet, wir wollten uns etwas aufbauen, wir hatten einen Sohn, wir hatten Glück gehabt, aber ich war immer müde. Wie in einer großen weißen Hülle hing ich in dieser Müdigkeit. Ich konnte mich nicht einmal über Yoram freuen. Der Lärm und das Geschrei der Kinder haben mich fast wahnsinnig gemacht. Ich ging zu allen möglichen Ärzten, aber keiner von ihnen fand heraus, was es war.

Das erzählte Aliza, während wir bergab liefen, immer den Blick auf den von Wurzeln und Steinen unebenen Weg. Sie sprach und sprach, als habe sich eine Schleuse geöffnet. Im Ort angekommen, gingen wir ins Café Schneider, und sie sprach weiter. Etwa von Yorams Hang zum Stolpern.

Keine Gelegenheit hat er ausgelassen, hinzufallen. Jedes Mal hat er sich die Stirn aufgeschlagen. Nie ist er ohne Schorf über den Augen gewesen. Wie ein Böckchen hat er ausgesehn, als hätte man ihm die Hörner gestutzt. Der kleine Kerl mit seinen kurzen Hosen und seinen ungeschickten X-Beinen. Irgendwann kam mir die Idee, ein gepolstertes Stirnband zu nähen. Natürlich hat er es nicht tragen wollen. Erst mit dem Schwimmen ist es besser geworden, erst da begannen seine Bewegungen sich zu koordinieren. Erst da ist aus dem Tolpatsch der geschickte Junge geworden, der das Tauchen und Klettern für sich entdeckte.

Und sie erzählte, wie er sich während der ersten Zeit in Frankfurt weigerte, in die Schule zu gehen, und sie das

Gefühl hatte, sie müsse beständig einen Felsen vor sich herschieben.

Die Lehrer machten ihm Angst, und seine blühende Fantasie machte alles noch schlimmer … Das ging so weit, dass er einen von ihnen bei Gericht anzeigen wollte. Mehrere Briefe hat er in seiner Kinderschrift verfasst, in denen er Beweise über ihn zusammentrug. Sein Vater sollte sie dem Richter bringen. Nachts ist er fiebernd aufgewacht. Er solle Sport treiben, sagte der Arzt. Ab da ging Aliza regelmäßig mit ihm ins Stadtbad – bis zu jenem Tag, nach dem er sich weigerte, auch nur wieder einen Fuß in die Badehalle zu setzen.

Es sei etwas passiert, das ihrer Ansicht nach gar nicht so schlimm gewesen war, meinte Aliza. Und sie erzählte die Geschichte, die ich schon von Yoram kannte. Sie habe ihn für ein paar Minuten aus den Augen verloren, weil sie sich den Fuß verstaucht hatte. Das habe schon ausgereicht, ihn in Panik zu versetzen. Wie ein Häufchen Elend sei er in der Damendusche auf dem Boden gefunden worden. Aber so sei er immer gewesen, immer habe er empfindlicher reagiert als andere.

Aliza hörte nicht auf zu reden. Nie habe ich mehr über Yorams Kindheit erfahren, als in dieser kurzen Zeit. Ich bestellte mir Yorams Eiscafé, und während die nach Vanille und Mocca schmeckende Creme auf meiner Zunge zerging, versuchte ich ihr zu folgen. Jetzt sprang sie von diesem zu jenem Thema, erzählte mal von ihrer Zeit in Hazorea, von den Anfeindungen dort, weil sie den Kibbuz verließ, von der jüdischen Gemeinde in Frankfurt, und immer wieder von Yoram, der am liebsten auf dem Sofa lag und Comicheftchen las. Und ohne Übergang sprach sie plötzlich von ihrer Mutter. Wie sie sie zum letzten Mal gesehen hatte. Im Mai 1938 war sie nach Haifa gekommen, um die Auswanderung für sich, den Vater und Alizas Bruder vorzubereiten. Viele Wohnungen hatte die Mutter sich angesehen, aber sie fand alle trostlos.

Sie, Aliza, mache sich bis heute Vorwürfe, dass sie sich damals nicht mehr um sie gekümmert habe. Mit allem Möglichen sei sie beschäftigt gewesen, anstatt sich um ihre Mutter zu kümmern. Und sie hätten sich so sinnlos gestritten, vor allem darüber, welche Möbel mitzubringen seien. Ja, sie habe ihrer Mutter kaltschnäuzig vorgeworfen, sie lebe in einem Traum. Die Wohnungen seien nicht gemacht für deutsche Eichenmöbel und siebzigteiliges Silberbesteck. Und auch das Herrenzimmer und der große Schreibtisch seien hier fehl am Platz. So habe sie auf ihre Mutter eingeredet, die wie abwesend dagesessen sei, wie in Trance. Während sie, Aliza, immer alles auf den Punkt habe bringen wollen. Schnell, zielstrebig, barsch.

Einmal sei die Mutter auch nach Hazorea gekommen, wo sie es schrecklich gefunden habe. Und sie habe sich empört darüber, dass die Tochter ihren Geburtsnamen ›Elisabeth‹ durch ›Aliza‹ ersetzt hatte. Alle Kibbuzmitglieder hätten ihre deutschen Namen abgelegt und hebräische angenommen. Ihre Mutter aber habe das wie eine Ablehnung ihrer selbst empfunden: Das Kind, das ich am 14. Juli 1921 in den Armen gehalten, gefüttert und gewickelt habe, heißt Elisabeth. Elisabeth und nicht Aliza!

Unversöhnt sei ihre arme Mutter nach Berlin zurück gefahren. Wahrscheinlich sei sie tief depressiv gewesen. Sie habe das damals als Siebzehnjährige gar nicht begriffen.

Auch als wir das Café Schneider verließen und während wir die Straße überquerten und in der Schatzalp-Station auf die Bahn warteten, hörte Aliza nicht auf zu reden. Jetzt immer unverständlicher, wirrer und zusammenhangloser. Namen, Wörter, Halbsätze, Seufzer, und so laut, dass die Mitfahrenden sich neugierig zu uns umdrehten.

In ihrem Zimmer angekommen, forderte sie mich auf, die Fenster fest zu schließen und die Vorhänge zuzuziehen. Niemand dürfe sie beobachten, vor allem nicht d i e, die uns bestimmt jetzt doch gefolgt seien. Sie legte sich aufs Bett und schloss die Augen, ohne dass sie aufhörte, vor sich hin zu murmeln.

Von der Rezeption aus rief ich einen Arzt an und wartete, bis er da war. Als ich mit ihm in Alizas Zimmer kam, war sie verschwunden. Nach langer Suche fanden wir sie in einem Raum des Hochparterres, einer Art Möbellager, das bis zur Decke mit Gerümpel angefüllt war. Sie saß unter einen Tisch geduckt und senkte, als sie uns erblickte, die Stirn, schützend den Unterarm vor die Augen hebend, als erwarte sie einen Angriff. Der Arzt zog sie vorsichtig hoch, und sie ließ es sich gefallen. Mich schien sie nicht mehr zu erkennen. Dann wurde sie mit einem Krankenwagen in die Klinik gebracht.

Als wir Vered, die damals fünzehn war, davon erzählten, beschloss sie, sofort zu ihrer Großmutter zu fahren. Sie war empört: Was würdest du denn sagen, wenn ich dich ins Irrenhaus bringen ließe?, schrie sie mich an, und: Ihr seid beide so was von herzlos!

Als Vered während ihres Studiums einmal zu Besuch nach Hause kam, fand ich auf ihrem Tisch ein kleines schwarzes Notizbuch. Es war aufgeschlagen und wirkte so auffordernd, dass es mir nicht gelang, keinen Blick hineinzuwerfen. Es war ihr Tagebuch. Auf der linken Seite sah ich eine kleine Fotografie, die eine Art gehäutetes und mit dem Kopf nach unten hängendes hautfarbenes Tier zeigte, das einem Hasen ähnlich sah, aber kein wirklicher Hase, sondern eine verfremdete Missbildung davon war. Darunter las ich in winziger Schrift:

»Wonach ich suche? Vielleicht nach meinem inneren Gesetz. Aber immer dieser Vorhang, durch den alles unklar wird. Ganz selten sehe ich mehr als die Umrisse. Kaum habe ich mir die Augen gerieben und mich auf den zweiten Blick vorbereitet, ist der Vorhang schon wieder davor, und es schleicht sich dieses grässliche ›Irgendwie‹ ein.«

Obwohl der Text weiterging, klappte ich das Buch zu und verließ so eilig das Zimmer, dass ich vor der Tür stolperte, hinfiel und mir auf dem Kokosläufer das Knie aufschürfte. Ich hatte ein schlechtes Gewissen, und es fiel mir sofort etwas ein, was ich vor Kurzem gelesen hatte. Während ich jetzt auf dem Bett saß und die Strumpfhosen wechselte, musste ich daran denken. Es ging um die Bedeutung aufgeschlagener Tagebücher. Sie seien nichts anderes als die Aufforderung, darin zu lesen. In dem Moment hörte ich, wie die Wohnungstür geöffnet wurde und Vered zurückkam. Die Verteidigerin des Tagebuchlesens war Susan Sontag, daran erinnerte ich mich jetzt. Ja, ganz eindeutig war sie es, die für alle, die heimlich auf Tischen liegen gelassene Tagebücher lesen, in die Bresche gesprungen ist.

Ich sehe Vered, als sie zehn oder elf war, wie sie aus der Schule kommt, die Tasche in die Flurecke schleudert, in ihr Zimmer geht und ohne zu merken, dass ich sie durch die offen stehende Tür beobachte, Musik anstellt und sich dazu bewegt. Ich sehe sie von hinten, sehe ihre sich wiegenden Hüften und ihre wippenden Schultern, sehe die im Gegenlicht leuchtenden Umrisse ihres schmalen Körpers im Rhythmus der Musik.

Es sah aus, als würde sie dies immer so tun, wie ein Ritual, und plötzlich merkte ich, dass sie anfing, mir zu entgleiten. Eine Vorstellung, beängstigend und zugleich so vage, dass ich sie, nachdem ich sie in mein Notizbuch geschrieben hatte, wieder vergaß. Der Blick durch die Tür damals war so ähnlich wie der Blick in ihr Tagebuch, als sie zweiundzwanzig war und in Maastricht lebte, eine junge Frau, der ich vorsichtigere Fragen stellte als einer Fremden.

Dass jetzt seit Vereds Geburt mehr als fünfundzwanzig Jahre vergangen sein sollen! Ich weiß noch, wie sie zum ersten Mal für länger von uns fort war. Drei oder vier Wochen lang als Austauschschülerin bei einer Enkelin von Alizas Bostoner Freundin. Yoram rief sie so oft an, dass Vered ihn eines Tages bat, damit aufzuhören.

Yoram, sagte sie zu ihm, stop it! So laut, dass ich es an der anderen Seite des Tischs hören konnte. Und er dann: Mein Augenstern, mein Baby, sie liebt mich nicht mehr!

Er lachte dabei, aber ich sah ihm an, wie er litt.

Als sie dann mit der Freundin zusammen nach Frankfurt kam und ich die beiden in einem breiten Amerikanisch sprechen hörte, von dem ich kein Wort verstand, war ich stolz auf sie und fragte mich zugleich, ob ich jetzt zum alten Eisen gehöre.

Und auch das weiß ich noch wie heute: Plötzlich war sie fort. Achtzehn Jahre lang war ich nie länger als fünf Wochen von ihr getrennt gewesen, und plötzlich war sie seit drei Monaten fort. Sie hatte Abitur gemacht und es nicht einmal eine Woche zu Hause ausgehalten. Sofort war sie nach Tel Aviv geflogen. Und ihre Stimme am Telefon klang immer so, als habe sie es eilig. Ja, geht gut, alles in Ordnung, mach dir keine Sorgen.

Aber ich machte mir Sorgen und hatte schon einen Flug gebucht, um sie zu besuchen, den ich gottseidank, in einem Anfall plötzlicher Selbsterkenntnis, kurz darauf wieder stornierte.

In dieser Zeit fiel mir ein Interview mit ihr in die Hand. In einer Anthologie über junge Juden in Deutschland war es abgedruckt, ein ausführliches, langes Interview. Ich las es, staunend. Ist das unsere Tochter? Solche Gedanken trägt sie mit sich herum?

Ja, ich habe mich immer jüdisch gefühlt, war da zu lesen. Das war überhaupt nie eine Frage für mich, trotz Weihnachtsbaum, Ostereiern und Bachkantaten. Aber Pessach, Yom Kippur und Chanukka, das waren meine Feste. Das war was Besonderes, etwas besonders Feierliches.

Vor allem nachdem sie dieses seltsame Erlebnis gehabt habe, sie, als ungetauftes Kind, habe so schrecklich gern Kirchenmusik gehört. Wie vom Himmel hätten sich die Bachchöre in der Katharinenkirche für sie angehört. Aber als sie einmal an einem Karfreitag genauer hingehört habe, was da gesungen wurde, sei es ihr wie Schuppen von den Augen gefallen, da gehörst du nicht hin. Diese blutrünstige Lust. (O Haupt voll Blut und Wunden!)

Nein, eigentlich habe sie nie daran gezweifelt, jüdisch zu sein, auch nicht als Kind, als sie noch gar nicht darüber nachgedacht habe. Es sei einfach ganz klar gewesen, so selbstverständlich wie die Purimfeste in der jüdischen Gemeinde in der Savignystraße.

Ich wusste nicht, dass sie sich schon als Dreizehnjährige mit ihren Freundinnen zusammen die Frage stellte, ob sie in Deutschland bleiben solle oder nicht. Sie hätten damals in der Fantasie das Leben in allen möglichen Ländern durchgespielt. Eigentlich aber hätten alle nach Amerika gewollt, nach New York. Dort sei das jüdische Leben am selbstverständlichsten. Israel sei zu unsicher, man wisse ja nie, was daraus werde. Sie habe eine furchtbare Angst vor Krieg, eigentlich sei sie Pazifistin, sie wolle auch nicht zum Militär. Und ich erfuhr, dass sie schon als Sechzehnjährige plante, zu konvertieren, und dass sie mit neun, als sie Art Spiegelmans ›Maus‹ las, zum ersten Mal erfahren habe, was Auschwitz ist.

Ihre Freundin Rhina habe das Heft mit den Comics mitgebracht, auch sie hätte damals zum ersten Mal vom Holocaust gehört. Danach seien sie durch die Frankfurter Straßen gegangen und hätten sich die alten Leute angesehen und entschieden, wer Nazi gewesen sei und wer nicht. Bei manchen seien sie sich ganz sicher gewesen, für die hätten sie blutige Rachepläne ausgedacht. Einen alten Nachbarn aus dem Haus nebenan, einer mit einem unangenehmen, harten Gesicht, hätten sie und ihre Freundinnen immer geärgert, weil sie fest davon überzeugt gewesen seien, er wäre einer von den ganz Schlimmen damals gewesen. Abends vor dem Einschlafen habe sie sich ausgedacht, wie sie ihn an einen Baumstamm im Grüneburgweg fesseln und ihm langsam den Leib von oben bis unten aufschlitzen würde. Später habe sie erfahren, dass er Jude war und selber ein Überlebender.

All das wusste ich nicht. Ich las, sie bedaure es, nicht konsequenter zweisprachig erzogen worden zu sein; und dass Aliza ihr näher sei als meine Mutter. Sie habe zu meiner Mutter nie richtig Kontakt gefunden. Ich las, dass sie trotz allem jetzt darüber nachdenke, ob sie nicht doch in Israel bleiben solle. Und dass sie, wenn sie unter nichtjüdischen Deutschen sei, oft Themen meide und gar nicht erst anschneiden wolle, weil immer nur Missverständnisse dabei aufkämen. Zum Beispiel Israel. Denen, die nichts mit Israel zu tun hätten, könne sie oft überhaupt nicht klarmachen, was sie meine.

Und ich las Sätze, die sich erschreckend erwachsen anhörten. Ihre Großmutter habe am Küchenschrank einen Zettel mit einem Spruch, der für sie eine Art Lebensmotto geworden sei. ›Wer auf dem Kopf geht, der hat den Himmel als Abgrund unter sich.‹ Das gefalle ihr. Sie habe gelernt, die Dinge einfach umzudrehen, wenn sie glaube, nicht mehr weiterzukommen. Ja, sie habe begriffen, dass nur das paradoxe Denken einen weiterbringt. Sie habe es immer wieder mit Erfolg ausprobiert.

Ich las, sie brauche Abstand von der Familie, besonders von ihrer Mutter. Ihre Mutter sei eine Frau, die ihr immer ihre Wünsche von den Augen abgelesen habe, und das sei manchmal ›richtig lähmend‹ gewesen. Schon früh habe sie aufgehört, sich ihrer Mutter anzuvertrauen. Eine Familie wie unsere sei einfach zu eng. Nicht nur, weil sie keine Geschwister habe, sondern auch wegen der besonderen Bedingungen. Ihre Mutter sei das Eine und ihr Vater das Andere, und das gehe oft nicht zusammen, das sei wie Fisch und Vogel.

Ich, so las ich, sei der Fisch, und Yoram der Vogel. Wir hätten uns oft so schrecklich gestritten, und sie glaube, dass das zum Teil an diesem Unterschied gelegen habe. Manchmal hätte sie sogar gedacht, es wäre besser gewesen, ihre Eltern hätten sich scheiden lassen.

Und auf die Frage, zu wem sie dann gegangen wäre, antwortete sie, sie wisse es nicht, möglicherweise zu ihrem Vater. Sie wisse nur, dass sie, wenn sie selbst einmal Kinder habe, nicht so viel streiten wolle.

Ich rief Yoram an: Hast du das Interview gelesen?

Und ich las ihm einige Passagen daraus vor.

Was willst du, was erwartest du? Stell dir nur ganz einfach dich selbst in diesem Alter vor!

Und irgendwann in dieser Zeit rief Chamutal aus Israel an: Weißt du, wen ich getroffen habe? Zufällig nach dem Kino abends am Dizengoffplatz? Eure Tochter! Eure nicht wiederzuerkennende Tochter! Grüße meine Mutter, wenn du mit ihr telefonierst, habe sie gesagt.

So fing ich an, mich daran zu gewöhnen, dass Vered mir durch andere Grüße ausrichten ließ.

Ich wachte damals oft nachts auf und sah sie in lebensbedrohlichen Situationen. Einmal träumte ich, ich erblicke sie in einem wilden Meer, in der Nordsee, im Sturm, in zu viel Wasser, in einer schrecklich hohen Welle, in einem von Wasser überströmten Tal. Sie war im Begriff, fortgeschwemmt zu werden, mit einem reißenden Strom davonzutreiben. Dann war sie plötzlich irgendwo mitten in einer Wüste, in einem tiefen Wasserloch in einer Art Gebirge, dann in einem dampfenden, undurchsichtigen, schrecklichen Bad, und im nächsten Moment im tosenden Meer, zwischen angeschwemmten Baumstämmen, Müll und Unrat.

Im Traum dachte ich, wie so oft, dass ich träume, und musste an das Lied von der Hanna Cash denken, das Vered, als sie klein war, immer wieder vorgesungen haben wollte. ›Zwischen Leichen in die schwarzen Kanäle‹ kommt darin vor. Vielleicht sollte man Kinder von solchen Texten verschonen. Als ich aufwachte, taten mir die Handflächen weh, als hätte mich jemand daraufgeschlagen. Ich rief sofort Yoram an, der mir gestand, auch er habe ähnliche Träume. Neulich zum Beispiel, da sei er Vered in zugekifftem Zustand begegnet, und als er aufgewacht sei, habe er vor Erleichterung und Sorge sofort mit ihr telefoniert.

Kurz bevor sie aus Israel zurückkam, rief sie an. Mama, ich hab's geschafft, ich bin jetzt eine richtige Jüdin!

Bis dahin hatte sie alles für sich behalten und niemandem etwas gesagt.

Das ganze Jahr über habe sie dafür gelernt, nicht nur den Ulpan, den hebräischen Sprachkurs, habe sie besucht, sondern jede Woche sei sie zu einem Religionslehrer gegangen, der sie vorbereitet habe. Kein Rabbiner, sondern ein frommer Mann, der damit sein Geld verdiente. Sie wisse jetzt Bescheid, besser als Yoram, besser als Aliza, und als ich sowieso. Die Psalmen, die Sprüche, die Rituale, die Festtage, alles habe sie gelernt, und sie habe bei der Prüfung alle Fragen, die das Rabbinatsgericht stellte, beantworten können. Es sei gar kein Problem für sie gewesen. Nur eine Frage habe sie ins Schlingern gebracht. Nämlich ob sie wisse, dass sie nicht Jüdin werden könne, wenn sie vorhabe, vielleicht wieder zum Christentum zurückzukehren. Und als sie geantwortet habe, ja, sie wisse das, sei die nächste Frage gekommen. Was sie tun würde, wenn man sie vor die Wahl stellte, entweder sterben zu müssen oder wieder Christin zu werden. Da habe sie nicht lange überlegt. Das könne sie nicht sagen. Sie wisse nicht, wie sie sich in Lebensgefahr verhalten würde. Und außerdem sei sie nicht getauft worden, also nie eine richtige Christin gewesen. Die drei Rabbiner hätten daraufhin genickt, obwohl sie glaube, sie hätten lieber eine andere Antwort gehört.

Ein paar Tage später sei sie in die Mikwe gestiegen. Es sei ein nicht sehr großer, heller, warmer Raum gewesen. Das Becken ähnlich groß wie das Becken in der Sauna, und eine Frau habe sie vorbereitet. Nichts durfte zwischen ihrer Haut und dem Wasser sein, so sei das Gesetz, sagte sie stolz. Nicht einmal Nagellack oder Make up. Gar nichts eben. Sie sei im Bademantel herunter zu dem Becken gestiegen und dann nackt eingetaucht. Während die drei Rabbiner oben standen, gottseidank ohne zu ihr hinzusehen. Wie vorgeschrieben sei sie drei Mal untergetaucht. Sie habe etwas geplätschert dabei, damit die Rabbiner es hören konnten. Drei Mal den Kopf unter Wasser, das übrigens wunderbar warm gewesen sei. Es sei kein Widerstand in ihr aufgekommen, keine Überwindung sei nötig gewesen. Sie habe überhaupt nicht gefroren. Alles sei wie für empfindliche Haut gemacht, und als sie ihren Bademantel wieder angezogen habe und nach oben zurückgekehrt sei, seien die Rabbiner schon verschwunden gewesen. Und jetzt habe sie auch die Urkunde, die ihr bescheinige, dass sie eine richtige Jüdin sei.

Trotz meiner Überraschung war ich nicht wirklich erstaunt. Ich hatte es erwartet gehabt. Außer ihrer Begeisterung für ein paar Kirchenlieder (Geh aus mein Herz und suche Freud) und für den festlich geschmückten, glitzernden Weihnachtsbaum, den wir immer noch aufstellen, hatte alles darauf hingedeutet. Ich sagte ihr, wie sehr ich mich freue für sie, und mir kam spontan die Idee, ein Fest für sie auszurichten, mit allem Drum und Dran ... ich war schon dabei, es mir auszumalen, da stöhnte sie auf am anderen Ende: Mama, du nimmst schon wieder alles in die Hand ...

Sie sei versorgt mit Festen, und ich solle nur ja nicht nach Israel kommen, sie sei ja bald zurück in Frankfurt.

Im Jahr 2001 änderte sich unser Leben vollkommen, nicht nur mit Vereds Abitur, sondern auch dadurch, dass Yoram nach Berlin zog. Er wollte endlich seine eigenen Ideen realisieren (›Letzte Chance, fast zwanzig Jahre bei Lavin und Lehmann sind genug‹). Der Schritt in die Freiheit war plötzlich unaufschiebbar. Lavin hatte Verständnis dafür, obwohl Yorams Schritt auch eine Befreiung von ihm war. Abnabelung, Luft zum Atmen, Befreiungsschlag, Erwachsenwerden, Yoram sammelte Argumente, vor allem um sich selbst Mut zu machen. Ein eigenes Büro war ein Risiko, überall machten Architekturbüros zu, weil sie keine Aufträge mehr hatten. Die neue Situation war nicht nur ein Aufbruch, sie machte auch Angst. Yoram besuchte in Berlin einen Analytiker. (Yoram: Focustherapie, dreißig Stunden, gezielt auf mein Problem hin.) Unsere täglichen Telefongespräche, abends vor dem Einschlafen und auch mehrmals, oft sieben Mal tagsüber, Rituale, die uns das Leben so weit voneinander leichter machten, reduzierten sich jetzt auf das Nötigste, denn der Analytiker fand es ›bemerkenswert‹, dass Yoram jeden Morgen mit seiner Mutter und dann auch noch (›übertrieben oft‹) mit seiner Frau telefonierte. Aus diesem Grund hatte Yoram sich eine ›Telefondiät‹ auferlegt. Ich spottete darüber: sich von jemand X-Beliebigem vorschreiben lassen, wie oft man mit seiner Familie telefoniert …

Ich war beleidigt, und zugleich ahnte ich, dass der Analytiker vielleicht nicht ganz unrecht haben könnte. Immer wieder ertappte ich mich, wie ich mit dem Mobilteil in der Hand durch die Wohnung wanderte und Yorams Nummer murmelte! Kam ich dann am Wochenende nach Berlin, konnte es sein wie früher, als wir es gar nicht abwarten konnten, uns endlich wieder in den Armen zu liegen. So oft wie möglich fuhr ich zu ihm, freitags gegen sechs mit dem Sprinter, der zwischen Frankfurt und Berlin ohne Halt durchfährt. Oder er kam nach Frankfurt, worüber sich Aliza freute.

Einmal nach wochenlanger Trennung war ich in Spandau ausgestiegen und hatte die S-Bahn bis zum Savignyplatz genommen. Wir hatten uns bei Franz Diener verabredet, um etwas zu essen, bevor wir in die Sybelstraße fuhren. Aber als ich neben ihm saß, erkannte ich ihn kaum wieder. Es war verrückt, abwechselnd sah ich in den Bierschaum und zu ihm hin, ich sah sein Profil, die in der Mitte etwas überstehende Oberlippe, den kurzen Abstand zur Nase, den schmalen Nacken, und ich musste dauernd denken: Ist er das? Oder ist er das nicht? Wie eine bizarre Spirale ging es durch meinen Kopf. Erst als er mir über den Rücken strich, mich zu sich heranzog und ich seinen warmen Geruch wahrnahm, war ich wieder ganz bei mir und auch bei ihm.

Und noch etwas. Kurz nach seinem Umzug nach Berlin hatte er mir einen Brief geschrieben. Dem Brief war etwas vorausgegangen, das ich bis heute nicht ganz begreife. Eines Tages rief ein Mann bei mir an und meinte, wir seien uns näher, als ich glaube. Zuerst dachte ich, es mit einem Psychopathen zu tun zu haben. Dann aber stellte sich heraus, dass er der Ehemann von Yorams Mitarbeiterin war, einer Architektin, die während seiner ersten Zeit in Berlin mit ihm zusammen ein Wohnhaus am Prenzlauer Berg instand gesetzt hatte. Oftmals, wenn ich in Berlin war, gingen wir zusammen mit dieser Frau essen, meist noch mit anderen, die im Büro arbeiteten. Ganz unbefangen erzählte sie mir von ihren Kindern und von ihrem Mann, und sie hörte auch interessiert zu, wenn ich ihr von mir erzählte. Ein paar Mal hatte ich mich sogar mir ihr allein getroffen. Einmal nahm sie mich zu einer Schneiderin mit, die für wenig Geld nach Maß nähte und bei der ich ein Kleid bestellte. Nie hatte ich das Gefühl, die Frau sei eine Bedrohung für mich.

Und jetzt behauptete ihr Mann, sie sei Yorams Geliebte. Ja, so drückte er sich aus, ›Geliebte‹. Der Mann war außer sich vor Erregung, er stotterte, immer wieder blieb ihm die Luft weg, es hatte ihm regelrecht die Sprache verschlagen. Er wisse auch, dass die beiden, womit er seine Frau und Yoram meinte, das letzte Wochenende miteinander in Prag verbracht hätten. Er habe eindeutige Beweise. Er nannte sogar den Namen des Hotels. Zwei Nächte hätten sie dort zusammen verbracht.

Als ich Yoram danach fragte, lachte er nur.

Der Mann hat ein Problem, er ist pathologisch eifersüchtig. Natürlich hab ich nichts mit seiner Frau. Du musst das doch merken, es geht uns doch gut im Moment, warum soll ich da fremdgehn?

Alles, was dieser Mann von sich gebe, sei Fantasie, Produkt seiner besessenen Eifersucht. Nichts als Wahnvorstellung. Die Frau reize ihn überhaupt nicht. Nein, er schätze sie als Mitarbeiterin, ja, er finde sie charmant, natürlich, denn das sei sie ja. Aber nichts sonst.

Auch nicht, wenn wir immer wieder so lang getrennt sind?

Nein, glaub es mir, nicht im Geringsten.

In diesen Tagen schrieb er mir den Brief:

Meine Carla, erinnerst du dich an die Widersprüche? Sitze am Tisch, tue nichts. Die Hauswand gegenüber ist weiß, davor frische, hellgrüne Blätter. Bewegen sich ein bisschen, fächeln, nennt man das, glaube ich. Fächeln Licht zu mir hin. Das Fenster weit geöffnet. Es könnte alles so einfach sein, aber es geht immer vertrackter zu in dieser verdammten Hirnschale. Heut Morgen war der Himmel grau, und ich hatte plötzlich die Vorstellung: Auch die Wand gegenüber ist in Wirklichkeit grau, das Weiß war nur eine optische Täuschung. Dann plötzlich Sonne. Eingeströmt, von oben in den Hof gegossen, und ich renne vor Unruhe raus. Ich weiß noch, wie ich als Junge am Schabbat in der Idelsonstraße am Fenster saß und die Knie gegen die Wand drückte. Du kennst ja den alten Ficus vor dem Haus. Die Blätter sahen aus wie kleine Tiere, staubige, mausartige, angewachsene Tiere. Die Sonne war viel zu hell für einen Jungen, der sich am liebsten ganz verstecken will. Als ob sie nur dazu da wäre, all das zu zeigen, was niemand sehn soll. Du siehst, meine Entwicklung ging paradox. Was mir erst zu viel war, ist mir jetzt zu wenig. Wir sollten nicht so lang getrennt sein, Carla. Du fehlst mir. Du fehlst mir so sehr. Zieh doch einfach hierher. Lass uns neu anfangen. Dein Yoram, in der bekannten (langweiligen alten) Verzweiflung

Wir hatten uns seit Jahren keine Briefe mehr geschrieben. Ich las ihn immer wieder, trug ihn ständig bei mir, faltete ihn auf, küsste ihn und faltete ihn wieder zu. Und bereitete meinen Umzug nach Berlin vor, während Yoram sein Büro vergrößerte, junge Leute für die Dauer eines neuen Bauprojekts einstellte und Gastvorträge an der Technischen Universität über natürliches Licht hielt.

Gesetze der Lichtströmung, Erfahrungen mit Lichtbewegungen, Wandern, Springen, Hüpfen, Gleiten, Schwingen, Schweben von Licht. Er sprach von der Notwendigkeit, das Licht zu gestalten, es zu leiten, es einzurahmen, von der Bedeutung des Schattens und Halbschattens und von den Geräuschen des Lichts. Er war voller Elan, glaubte, endlich zu erreichen, was er sich vorgenommen hatte, die Dinge kamen in Fluss, und obwohl unsere Konten immer überzogen waren, machten wir uns keine Sorgen. Yorams Befreiung hatte sich gelohnt. Es hätte uns so gutgehn können.

Sie muss aus der Wohnung, der Vermieter will sie jetzt ›fristlos‹ raus haben ... Yoram stöhnte. Er rief von Berlin aus an, seine Stimme klang deprimiert, gedämpft (wie mit einem Taschentuch vor der Sprechmuschel). Aliza hatte ihre Frankfurter Wohnung vor einem halben Jahr selbst gekündigt, weil sie ›sich verkleinern‹ wollte, war aber dann nicht ausgezogen. Im Gegenteil, sie verbarrikadierte sich, ließ niemanden (außer uns) mehr herein, weder eine Putzfrau noch den Vermieter, der mehrmals vergeblich mit neuen Bewerbern vor der Tür stand und klingelte und klopfte. Jetzt drohte er mit einer Klage.

Die Wohnung war zu teuer für sie geworden, und ihr fehlte Yorams Nähe, seit er in Berlin war.

Yoram hatte schon ein Apartment für sie in Charlottenburg gefunden gehabt, nicht weit von seiner eigenen Wohnung. Aliza kam nach Berlin, besichtigte es und unterschrieb den Mietvertrag. Aber dann vertröstete sie Yoram von Monat zu Monat. (Dräng mich nicht, lass mir Zeit. Bei Leuten in meinem Alter geht das nicht so schnell, du weißt ja nicht, wie es ist, nicht mehr jung zu sein.) Und es stellte sich heraus, dass sie nicht in der Lage war, umzuziehen, und dass jedes Gespräch darüber Panik bei ihr auslöste. Also kündigte Yoram das Apartment wieder.

Vered war empört: Wie könnt ihr Oma das nur antun! Wie kann man eine alte Frau nur zwingen, aus ihrer Wohnung auszuziehen! Und zu Yoram: Wie kannst du das nur machen, Aba, nur wegen dem bisschen Geld!

Es ist kein bisschen, mein Schatz, es ist eine ganze Menge!

Besuchte ich Aliza, sprachen wir von Vered, von Israel, vom 11. September, von der Wohnung in Tel Aviv, für die es immer etwas zu regeln gab, von Büchern, die wir gelesen hatten, von tausend Dingen, aber nie von der leerstehenden Wohnung in Berlin, für die Yoram die Miete zahlte in der Hoffnung, dass Aliza endlich einziehen werde, und die er kurz vor dem erzürnten Anruf des Frankfurter Vermieters wieder gekündigt hatte.

Yoram ahnte, dass Aliza Geldsorgen hatte, aber Genaues wusste er nicht. Neben einer kleinen Rente hatte sie Mieteinnahmen aus ihrem Haus in Berlin-Moabit.

Es war das Haus von Yorams Großvater, Samuel Sonnenschein. 1939 hatte er es an einen Arier verkaufen müssen. Ein Bordell!, soll er ausgerufen haben, was für ein Bordell, dieses Land! In einer Remise aus rotem Backstein hinter dem Haus wurde produziert, und vorn im Laden wurde verkauft. Bis eine Meute zivil getarnter SA-Männer und halbwüchsiger Knaben (Dreizehn-, Vierzehnjährige!) am 10. November 1938 das Schaufenster einschlugen. Yoram besitzt zwei oder drei Fotografien davon, kleine, umzackte, vergilbte Bilder, auf denen ein Teil der Fassade zu sehen ist. Der Schriftzug ›Samuel Sonnenschein Süßwaren‹, darunter das zersplitterte Schaufenster, von dessen Rändern spitze Glaswinkel auf die verwüstete Mitte weisen, aus der die Reste der geplünderten Dekoration schimmern. Draußen auf dem Bürgersteig ein Gewirr von etwas Glitzerndem, Verpackungsmaterial für die Pralinen und Bonbons. Die Leute hatten sich einen Spaß daraus gemacht, die Stanniolrollen wie Luftschlangen herumzuwirbeln. Sie rollten über die Straße, schlängelten von den Laternen herab, und die Kinder hatten sie sich um die Köpfe gewickelt und lachten darunter hervor.

Aus der Arminius-Markthalle gegenüber rannten die Händler herbei und gafften (so Yorams Großvater in einem

Brief an seinen Sohn in Palästina). Es war wie ein Straßenfest. Alle stopften sich die Taschen mit Schokolade und Bonbons voll. Zwei junge SA-Männer hielten Samuel Sonnenschein am Arm und zwangen ihn, dabei zuzusehen. Dann brachten sie ihn in die Lehrter Straße ins Gefängnis, wo er tagelang eingesperrt war. Über das, was er dort erlebte, hat er nie ein Wort verloren. Jedenfalls nicht in den Briefen an seinen Sohn.

Als Yorams Vater (inzwischen hatte er seinen Familiennamen verändert, er hieß jetzt Schemesch, das hebräische Wort für Sonne) nach dem Krieg das Haus zurückhaben wollte, fand er sich mit einem schwer entwirrbaren Gestrüpp widersprüchlicher Gesetze und Vorschriften konfrontiert. Der Gang durch die Ämter war eine der lehrreichsten Erfahrungen seines Juristenlebens. Das Amt für Vermögenskontrolle und Wiedergutmachung wollte Papiere von ihm haben, die es nicht gab, entweder weil es sie nie gegeben hat oder weil sie verbrannt waren. Dann wurde geprüft, ob der Verkauf den Tatbestand einer ›schweren Entziehung‹ oder ›lediglich einer leichten Entziehung‹ erfülle und ob Yorams Großvater das Haus wirklich nur unter dem Druck der neuen Gesetze gegen Juden verkauft habe, oder …

Oder was?

Na ja, hätt ja sein können, dass Ihr Vater es auch unabhängig von Hitler verkaufen wollte.

Max Schemesch sollte das alles belegen. In einem ausführlichen Brief erklärte er, dass es keine Unterlagen mehr dazu gebe. Er konnte nur einen Brief des ›in Auschwitz verstorbenen‹ Samuel Sonnenschein vorlegen, in dem dieser schrieb, er sei gezwungen, sich von dem Haus zu trennen, weil Juden keine Häuser mehr besitzten dürften. Der Käufer, der mit seiner Familie sofort eingezogen war (und noch da wohnte), behauptete, er habe einen ganz normalen Preis dafür bezahlt. Er konnte sogar eine Quittung vorweisen. Demnach war die Zahlung aber auf ein Sperrkonto des Deutschen Reichs gegangen. Yorams Großvater hat nie etwas von dem Geld gesehen.

In unzähligen Briefen an die Ämter versuchte Yorams Vater, sein Recht durchzusetzen. (Es waren zum Teil dieselben Beamten, die vor dem Krieg schon in den Ämtern saßen und in Gang setzten, was sie jetzt rückgängig machen sollten.)

Samuel Sonnenschein und seine Frau waren am 24. Oktober 1941 deportiert worden. Von der Synagoge in der Levetzowstraße aus, wo die Juden Moabits sich sammeln mussten, bevor sie zu Fuß und vor aller Augen durch die ganze Stadt, teilweise über den Kurfürstendamm, zum Bahnhof Grunewald getrieben und weiter in das Ghetto Litzmannstadt deportiert wurden.

Es dauerte Jahre, bis Max Schemesch das Haus zurückbekam. Yoram hat oft von seinem über Akten gebeugten und auf der Reiseschreibmaschine tippenden Vater erzählt, und auch davon, wie er Wörter aufschnappte, die als ›Papa Graf‹ oder ›Liebschaftsamt‹ bei ihm ankamen. Nachdem Max und Aliza Schemesch Ende der fünfziger Jahre als Eigentümer im Grundbuch eingetragen worden waren, mussten sie gleich eine Hypothek für Reparaturen aufnehmen, denn das Haus war völlig heruntergekommen. Yorams Vater verwaltete es selbst und fuhr jeden Monat nach Berlin, um nach dem Rechten zu sehen. Oft saß er sieben und mehr Stunden im Zug, der durch das sozialistische Deutschland fuhr und oft lange und ohne erkennbaren Grund mitten auf der Strecke Halt machte. Manchmal wurde er von den Grenzpolizisten der DDR verhört, als wäre er ein Verbrecher. Die demütigenden Fragen der jungen Uniformträger empörten ihn jedes Mal aufs Neue, sich daran zu gewöhnen war ihm unmöglich.

Er war ein gewissenhafter Hausbesitzer, alles musste in Ordnung sein. Im Laufe der Jahre hatte er für ein neues Dach, eine moderne Heizung und neue Steigleitungen gesorgt. Yoram aber hielt er, auch als der erwachsen war, aus den Hausangelegenheiten immer heraus. (Kümmere du dich um dein Studium, alles andere später.)

Anfang der siebziger Jahre hatte Yorams Vater einmal daran gedacht, das Haus zu verkaufen. Studenten, die eine große Wohnung gemietet hatten, in der sie als Wohngemeinschaft einzogen, weigerten sich, die Miete zu zahlen. Sie wollten damit gegen das ›faschistoide Kontrollsystem‹ des Vermieters Max Schemesch protestieren. Er bestand immer darauf, zu wissen, wer in den Wohnungen wohnte, und kontrollierte es auch. Das reichte ihnen, ihn als Faschisten zu beschimpfen. Anonyme Briefe kamen an, und er dachte schon, die alten Geister seien wieder da, diesmal in anderer Verkleidung. Eines Tages war die kleine Wohnung im Erdgeschoss, in der er seine monatliche Sprechstunde für die Mieter abhielt, aufgebrochen. Papiere und Formulare lagen auf dem Boden, das Fenster war zersplittert, und an der Wand stand in roten Buchstaben: ›Sieg im Volkskrieg‹. Yorams Vater wehrte sich. Er kündigte den Studenten fristlos, und zu seiner Überraschung war noch in derselben Woche die Wohnung geräumt. Eine Berliner Boulevardzeitung hatte mit der Schlagzeile ›Linke Wohngemeinschaft trachtet Juden nach dem Leben‹ dem Mietverhältnis ein unerwartetes Ende gesetzt. (Yoram und sein Vater hatten nie herausgefunden, wie die Zeitung von dem Streit erfahren hatte.)

Und jetzt kam Aliza mit dem Haus, das sie von einer Firma verwalten ließ, nicht mehr zurecht. Was die Sache noch schlimmer machte, war, dass sie auch darüber mit niemandem sprechen wollte. Wenn Yoram vorsichtig danach zu fragen versuchte, fuhr sie aus der Haut. Dabei nahm ihre Stimme einen bestimmten Ton an, und Yoram wusste, dass eine Grenze erreicht war. Dafür hat er ein untrügliches Gespür. Die empfindlichen Seiten seiner Mutter sind für ihn wie eine unsichtbare undurchdringliche Wand. Wie oft hatte sie Telefongespräche abgebrochen und sich tagelang nicht wieder gemeldet! Yoram brauchte nur bestimmte Wörter wie ›Hausverwaltung‹ oder ›Versicherung‹ in den Mund zu nehmen, und schon explodierte sie: Du hast dich mit ihnen verbündet, du bist diesem Verwalter in die Falle gegangen!

Ob er denn nicht erkenne, was da vor sich gehe, welche Intrigen gegen sie im Gange seien? Ob er denn nicht sehe, dass die Verwaltung und mit ihr im Bunde der Anwalt und die Frau vom Wohnungsamt sich gegen sie verschworen hätten? Von langer Hand sei vorbereitet, was ihr jetzt angetan werde. Ausgerechnet jetzt, wo sie in Nöten sei, weil diese finsteren Gestalten sie niedermachen wollten.

Einmal sprach sie gar von ›zerstören‹ und von ›vernichten‹. Ein anderes Mal von ›denunzieren‹, und ja, von ›deportieren‹. Immer wieder versuchte Yoram, herauszufinden, was wirklich war.

Er raufte sich die Haare, ich spürte es durchs Telefon, als er jetzt so verzweifelt anrief. Ich sah ihn vor mir, wie er die Hände durch das kurze, dunkelgraue Haar schob, eine Bewegung, über die sich Vered so gern lustig macht.

Hast du gesehn, Mama?

Und sie macht eine nachsichtig hinweisende Kopfbewegung zu ihrem Vater hin, ihn imitierend, indem sie den Arm vors Gesicht schiebt und von der Stirn aus nach hinten mit den Fingern durchs Haar robbt, um dann, am Hinterkopf angelangt, ein paar Büschel in die Höhe zu ziehen, und dies alles immer wieder in immer schnelleren Folgen, bis ich sage, hör auf!

Denn bei ihr sieht es aus wie ein Tick, und ich habe plötzlich Angst um sie. Was mir bei Yoram immer wie eine Parodie auf sich selbst vorkommt, wie eine Art Slapstick, macht mich bei Vered nervös. Sie merkt es natürlich und mokiert sich über mich: Komm schon, Mama, du kennst mich doch, du brauchst dir doch solche Sorgen nicht zu machen, ich bin doch nicht meschugge.

In diesen Tagen telefonierten Yoram und ich wieder stundenlang miteinander. Die Situation schien tatsächlich ausweglos. Und neulich gestand er, er sei froh, in Berlin zu sein und die Gespräche mit Aliza am Telefon führen zu können, weil es aus der Distanz leichter für ihn sei.

Wenn ich ihr gegenübersitze und ihr Gesicht sehe, ertrag ich's nicht, vor allem nicht ihr ›Sie kommen zurück, sie sind schon da, sie sind überall, sie haben alles unter Kontrolle‹.

Das alles ging ihm so nah, dass er nachts kaum noch durchschlafen konnte. Immer wachte er gegen drei oder vier auf, und erst wenn er eine Schlaftablette genommen hatte, kam er von den bedrückenden Gedanken wieder los und schlief endlich ein.

Noch dramatischer wurde es, als Alizas Anwalt, ein alter Freund der Familie, anrief, um Yoram auf ›etwas Prekäres‹ anzusprechen. Nämlich, dass Aliza seit einiger Zeit ihre Rechnungen nicht mehr bezahle. Sie hatte diesen Anwalt mehrmals aufgesucht, um sich über Rechnungen zu beschweren, die sie ungerechtfertigt fand, die aber, wie sich herausstellte, gar nicht ungerechtfertigt waren. Aliza jedoch war mit keinem Argument dazu zu bewegen, sie zu bezahlen.

Jetzt war auch ihm, Yoram, das Ausmaß der Katastrophe bewusst geworden. Noch einmal versuchte er, sie darauf anzusprechen, aber schon nach den ersten Worten unterbrach sie ihn. Warf ihm vor, er bringe sie noch ins Irrenhaus. Immer sei sie ganz erledigt, wenn sie morgens mit ihm telefoniert habe, dann könne sie sich nur noch hinlegen.

Hast du überhaupt eine Ahnung, wie es mir geht, wenn du mich jeden Morgen mit diesen Dingen traktierst, mein Sohn?

Während Yoram nach Frankfurt kam, um Alizas Unterlagen durchzusehen, ohne dass sie etwas davon merkte, begleitete ich sie nach Hamburg. Es traf sich gut, dass sie eine Ausstellung in der Kunsthalle dort sehen wollte. In der FAZ hatte sie einen Artikel darüber gelesen, dem das Selbstporträt einer Künstlerin beigefügt war, die sie zu kennen glaubte, ohne sich jedoch daran erinnern zu können, woher. Außerdem wollte sie eine alte Freundin dort besuchen, und es war ausgemacht, dass Vered, die zur selben Zeit aus Maastricht kam, sie auf dem Weg zurück begleiten solle. Derlei komplizierte Abmachungen gehören zu unserem Leben.

Aliza sprach während der Zugfahrt kaum etwas. Schweigsam stöberte sie in Zeitungen oder blickte, den Kopf erschöpft ins Polster gelehnt, sinnierend aus dem Fenster. Obwohl es der heißeste Sommer seit Langem war, fror sie. Sie hatte schon damit gerechnet, dass die Klimaanlage im Zug wieder zu kalt eingestellt sein würde, und eine Wolljacke mitgenommen. So verbrachte sie die Fahrt dick eingehüllt, während draußen die Temperatur auf vierzig Grad zustrebte.

Der Rücken schmerzte, und ihre Füße waren so geschwollen, dass sie die Schuhe ausziehn musste.

Nehme Cortison. Aber bitte, kein Wort zu Yoram!

Als wir ausstiegen, sah ich, dass jeder Schritt sie schmerzte. Aber sie wollte keine Hilfe, weder wollte sie meinen Arm beim Gehen nehmen, noch wollte sie im Museum einen Rollstuhl haben, mit dem ich sie bequem durch die Räume hätte fahren können.

Der Weg zu der Ausstellung führte durch die Museums-Buchhandlung, die sie, ganz gegen ihre Gewohnheit und trotz der Schmerzen, eilig durchquerte (ohne einen Blick auf die ausgelegten Bücher zu werfen). Ich folgte ihr noch bis zu den ersten Räumen, aber sie schenkte den Blumenbildern, die dort hingen, keine Beachtung, sondern ging schnell weiter. Auch den nächsten Raum brachte sie, ohne zu verweilen, hinter sich. Dabei kümmerte sie sich so gut wie nicht um mich, oder besser, sie bewegte sich, als wäre sie ohne Begleitung. Auch gab sie keine Kommentare ab, wie sie es sonst tut. Zum Beispiel in einer Ausstellung mit dem Titel ›Jüdische Porträts‹, in der sie unentwegt bissig schimpfte: Was heißt denn da jüdisch, so ein Unsinn! Ein Porträt kann nicht jüdisch sein, nur Menschen können jüdisch sein … Yoram war es peinlich, aber Aliza ließ sich nicht von ihren zunehmend lauter und boshafter hervorgebrachten Bemerkungen abbringen, obwohl die Leute schon stehenblieben und uns anstarrten.

Diesmal aber war sie ganz in sich versunken. Mit abwesendem Blick schritt sie durch die Räume, als suche sie etwas. Ihre Schmerzen schien sie überhaupt nicht mehr zu spüren. So verloren wir uns aus den Augen. Erst da, wo die Bilder der Anita Rée hingen, fand ich sie wieder. Sie stand vor einer Bleistiftzeichnung, einem Frauenkopf, und versuchte, die Schrift des Informationsschildchens zu entziffern. Als ich zu ihr trat, blickte sie mich an, als weckte ich sie aus einem Traum. Die Zeichnung zeigte ein ausdrucksvolles, schmales Frauengesicht mit tiefliegenden Augen, das von dunklem, in der Mitte gescheiteltem und zurückgekämmtem Haar umrahmt war. Jetzt wollte sie auch, dass ich ihr die biografischen Angaben an der Wand vorlese, die damit endeten, dass die Künstlerin sich 1934 auf der Insel Sylt »in einem Anfall von Verfolgungswahn« das Leben genommen hatte. Die Formulierung empörte sie: Was heißt hier Verfolgungswahn, es *war* doch Verfolgung!

Im nächsten Raum hingen mehrere Selbstporträts der Künstlerin, immer wieder dasselbe dunkle, schmale, herbe Gesicht, in matten Tönen zwischen Braun und Blau, die seltsam dunklen Augen, die aus einer versiegelten Schweigsamkeit blickten und dabei alles sagten, was man mit der gesprochenen Sprache nicht sagen kann. Etwas, das abends vor dem Einschlafen und morgens beim Aufwachen wieder auftaucht und eine Unruhe hinterlässt, von der man nicht weiß, ob man sich nach ihr sehnt oder sich vor ihr ängstigt.

Später im Museumscafé saß Aliza zusammengesunken da und hielt sich mit der Hand ein Ohr zu, weil die mitten im Raum sitzende und lauthals über Kunst debattierende Gesellschaft sie störte.

Ich kenne dieses Gesicht (sie meinte das Gesicht der Anita Rée), ich kenne es, ich kenne es … woher nur? W o - h e r ? Vielleicht aus einem Buch, schlug ich vor, oder aus einer anderen Ausstellung? Aber sie schüttelte den Kopf und machte eine bittere Bemerkung über ihr Gedächtnis: Als stocherte man in einem Wattemeer, das kann dich um den Verstand bringen.

Oder auch: Mein Gedächtnis ist löchrig, aber die Erinnerung breitet sich unverschämt darin aus.

Plötzlich hatte ich Angst um sie, plötzlich dachte ich, sie würde vom Stuhl kippen, ohnmächtig werden, in ihrem Erinnerungsschub versinken. Erst der Enkel ihrer Freundin, der dann bald kam, um sie zu seiner Großmutter zu bringen, zog sie mit seiner forschen Stimme, hallo Tante Aliza, wieder in die Gegenwart.

Ich nahm den nächsten Zug nach Frankfurt zurück, und bevor ich spätnachts das Licht löschte (nach den letzten Nachrichten über den Krieg zwischen Israel und dem Libanon), rief Yoram an: Was war denn nur los in Hamburg?

Aliza hatte nicht bei ihrer Freundin übernachtet und auf Vered gewartet, sondern war noch in der Nacht zurück nach Frankfurt gefahren. Und als ich ihn beruhigen wollte, brach es aus ihm heraus: Nie denkt sie daran, was für Sorgen ich mir mache! Nie!

Was Yoram in Alizas Papieren gefunden hatte, war niederschmetternd. Es war alles noch viel schlimmer, als er befürchtet hatte. Drei Hypotheken lasteten auf dem Haus, die Aliza in den letzten Jahren aufgenommen hatte, nicht nur, um ihre überhöhte Frankfurter Miete zu zahlen, sondern auch um verschiedene Leute zu unterstützen. Ja, er fand Unterlagen über monatliche Überweisungen an Vered, an eine verarmte Freundin in Israel, an verschiedene jüdische Wohltätigkeitsverbände und an den israelischen Nationalfonds, für die Aufforstung des Carmel. Auch hatte er die Korrespondenz mit der Hausverwaltung in Berlin gefunden, viele verworrene Schreiben Alizas, die darauf schließen ließen, dass sie glaubt, ›von allen‹ betrogen zu werden. Sogar eine Versicherung, die noch von Yorams Vater für den Notfall abgeschlossen worden war, hatte sie sich auszahlen lassen, und jetzt gab es keine Reserven mehr.

Am nächsten Tag rief ich Aliza an und hörte schon am Ton ihrer Stimme, dass es ihr nicht gutging. Auf meine Frage, warum sie nicht in Hamburg geblieben sei, murmelte sie nur: Besser, im Zug nicht schlafen als in einem fremden Bett nicht schlafen.

Später rief sie mich an, ob ich etwas für sie im Internet suchen könne, etwas über diese Anita Rée. Und: Schau doch mal, ob du so etwas wie eine Biografie über sie findest. Danke (und sie legte auf).

Nachmittags rief sie wieder an, sie müsse noch etwas loswerden, ob ich kurz Zeit habe. Sie habe das Thema am liebsten nicht anschneiden wollen, aber der junge Mann, der sie abholte, der Enkel ihrer Freundin, hatte sie gebeten, ihm zu helfen, einen Platz in einem Kibbuz für ein Praktikum zu finden. Er wolle in den Sommerferien dorthin, und sie habe ihm von Hazorea erzählt.

Aber da hättest du mal diese Frau (so nannte sie ihre Freundin jetzt) hören sollen: Das meinst du doch nicht im Ernst, da ist doch Krieg, da kann man doch jetzt unmöglich hin!

Zuerst sei sie, Aliza, ganz ruhig geblieben: Wenn man gewisse Regeln befolgt, meine Liebe, nicht in Busse ... dann kann einem gar nichts passieren.

Aber die Freundin sei wie von Sinnen gewesen, und es sei eine Verdammung Israels gefolgt, mit ›dieser schreckliche Staat, diese Kriegstreiber, dieses Auge um Auge ... und so weiter‹, und schließlich sei ein Satz gefallen, den sie dieser Frau niemals vergessen werde: Diese Leute haben doch nichts mit den friedlichen Juden zu tun, die wir hier in Deutschland kannten.

Daraufhin sei sie aufgestanden und gegangen.

Es denken ja gottseidank nicht alle so, versuchte ich sie zu beruhigen. Sie schwieg. Auch als ich ihren Namen rief und: Bist du noch da?, antwortete sie nicht. Ich dachte schon, sie habe aufgelegt, aber dann kam in ihrer härtesten Stimme: Diese Frau ... diese schreckliche Frau, ich will sie nie wiedersehn.

Und sie legte auf. Kurz darauf rief sie wieder an, weil sie soeben in den Nachrichten gehört hatte, dass Grass in der Waffen-SS gewesen war: Ausgerechnet mein Grass, von dem ich jedes Buch kenne ..., und ich hörte, wie sie nach Luft rang.

Sie waren nie fort. Sie haben sich nur versteckt und getarnt und getan, als ob. Aber sie waren immer da. All die Jahre habe ich mich getäuscht. Überall sind sie, in allen

Verkleidungen. Man kann es gar nicht schwarz genug sehen. Täuschung, nichts als Camouflage, all die Jahre.

Jetzt gehe ihr ein Licht auf, das auch bestimmte andere Vorkommnisse beleuchte. Zum Beispiel neulich beim Arzt. Als sie dort eine alte Freundin mit ›Shalom‹ begrüßte, habe die junge Sprechstundenhilfe, die das ›Shalom‹ gehört hatte, sie während der Blutabnahme so seltsam angeblickt. Jetzt wisse sie, es sei keine Täuschung gewesen. Die junge Frau habe sie mit den Augen angehasst.

Ja, an-ge-hasst! Ich hab's sofort gewusst, nur nicht geglaubt, so ein junges, nett aussehendes Ding!

Auf meinen Vorschlag, zu ihr zu kommen und ihr zu bringen, was ich im Internet zu Anita Rée gefunden hatte, wehrte sie mit müder Stimme ab: Ach lass, hab schon meine Pille intus …

Die Ergotherapeutin, die regelmäßig zu Aliza kam, erzählte mir (auf dem Flur, hinter vorgehaltener Hand: Frau Schemesch muss das nicht hören), dass sie auch in einem Altersheim arbeitet. Es ist ein jüdisches Altersheim, in dem manche Bewohner Überlebende aus den Lagern sind. Bestimmte Wörter dürfen dort nicht gesagt werden, und zu diesen Wörtern gehörten ›Therapie‹ und ›Behandlung‹. Diese Wörter, so habe man ihr erklärt, seien in den Konzentrationslagern für etwas benutzt worden, was die Menschen mit größtem Schrecken erfüllte.

Überhaupt sei es schwierig, dort zu arbeiten. Die alten Leute seien voller Angst. Und an manchen Tagen sei die einzige Therapie, die sie anwenden könne, das Zuhören.

Vor allem Frau M. brauche viel Zuhören. Frau M. rede wirr, sie könne gar nicht wiedergeben, was Frau M. genau rede, weil alles durcheinandergehe. Aber inzwischen habe sie herausgehört, dass es schreckliche Dinge seien, von denen Frau M. rede, und sie könne nur manche Wörter wiederholen, die Frau M. von sich gebe. Wenn Frau M. ihre Monologe halte, blicke sie so, als sei sie alleine im Zimmer. Das heißt, sie blicke sie nicht an. Frau M. sitze dabei auf der Bettkante und habe die Füße auf einem kleinen Hocker, während sie diese unwiederholbaren Dinge erzähle, die ihr offensichtlich im Lager zugefügt worden seien. Sie blicke während ihrer Rede immer gegen die Wand, und dennoch brauche sie die Anwesenheit der Ergotherapeutin. Denn ohne sie sei sie unfähig, ihren Monolog zu halten, in dem Wörter vorkämen, die sie nicht wiederholen wolle.

Warum denn nicht?, wollte ich wissen.

Nein, das könne sie einfach nicht.

Ja, und aus welchem Grund?

Es ginge eben nicht. Auch Frau M. falle es schwer, diese Wörter auszusprechen. Vor allem, wenn sie, die Ergotherapeutin, nachzufragen versuche. Schließlich wolle sie doch verstehen, wovon die Frau spreche. Inzwischen werde ihr ganz schwindlig dabei. Denn was die Frau immer wieder und wieder und wieder so wirr, aber nach vielmaligem Hören doch zusammenfügbar, sage, handle von unvorstellbaren Ereignissen, die in ihren eigenen Kopf überzugehen drohten und schon anfingen, sie krank zu machen.

Sie habe die letzten Nächte kaum schlafen können. Zumal sie, weil es so praktisch sei, ihre Wohnung gleich neben dem Altersheim habe. Wenn sie nachts das Fenster offen stehen ließe, wache sie manchmal auf von Schreien, die aus dem Altersheim herüberschallen. Sie glaube dann immer zuerst, sie selbst habe geschrien und sei von ihrer eigenen Stimme aufgewacht. Aber dann, wenn sie richtig wach geworden sei, werde ihr bewusst, dass die Schreie von gegenüber kämen. Sie könne niemandem klarmachen, was sie da erlebe. Es sei ein solches Grauen, das aus den Äußerungen der Frauen, ja, besonders der Frauen, hervorkomme. Jede ergotherapeutische Arbeit erscheine ihr angesichts dessen lächerlich.

Nur an manchen Tagen könne sie mehr oder weniger normal arbeiten, dann seien die Patienten ganz darauf eingestellt, sich behandeln zu lassen. Es seien vor allem die Besuchstage. An solchen Tagen höre sie viele Geschichten von Kindern, Enkeln und Urenkeln. Dann seien die bösen Geister wie gebannt. Nur die eine Frau, Frau M., könne auch an diesen Tagen nicht von ihren schrecklichen Monologen lassen. Sie könne nur noch über ihre Erlebnisse in den Lagern sprechen. Sogar wenn ihre Kinder kämen, spreche sie darüber, was sie, wie ihr Sohn sage, früher nicht getan habe. Jetzt erst, wo es mit ihr dem Ende zugehe, komme der ganze Schrecken aus ihr hervor.

Dann sitze er neben ihr und streichle ihr mit seiner auch schon alten Männerhand den Fuß. Dabei höre er ihr, die ihn nicht mehr als ihren Sohn erkenne, schweigend zu. Sie blicke ihn aber an, anstatt die Augen gegen die Wand zu richten, wie bei ihr selbst immer. Vielleicht weiß sie seinen Namen nicht mehr, aber bestimmt merkt sie, dass er jemand ist, der ihr nahesteht, der anders riecht als die anderen, meinte die Therapeutin.

Wenn Frau M. auch vergessen zu haben scheine, dass dieser Mann ihr Sohn sei, so sei diese besondere Zuwendung des Blicks doch deutlich ein Unterschied dazu, wie sie das Betreuungspersonal anblicke oder nicht anblicke. Dabei sei, was sie in seiner Gegenwart sage, nichts anderes als das, was sie sonst sage. Es sei vielleicht sogar noch grausamer, noch schwerer. Streckenweise verstehe man aber auch die Wörter nicht mehr, sondern es breite sich durch ihre Stimme, durch ihr Stammeln und Würgen und leises Schreien eine Stimmung aus im Zimmer, etwas Bedrückendes, das einem den ganzen Tag nicht mehr aus den Knochen gehe.

Sie, die Ergotherapeutin, habe sich immer wieder überlegt, warum sie denn in diesem Heim bleibe. Aber irgendetwas halte sie dort. Vielleicht weil sie merke, dass sie gebraucht werde, dass diese alten Leute, vor allem die Frau M., ihr nicht nur leidtäten, sondern weil das Leid, das sich aus ihren Äußerungen heraus zeige, sie herausfordere. Vielleicht sei es so etwas wie ein Widerstand. Die Täter seien zwar schon alle tot und wüssten nichts davon, und dennoch. Irgendwie komme es ihr vor, als dürfe sie sich diesem Schrecken nicht beugen. Und die einzige Möglichkeit dafür sei es ja, dass sie den alten Leuten dort in diesem Heim, in das sie durch Zufall geraten sei, etwas von dem Leben draußen mitbringe. So wie man ein Stück Kuchen oder eine schöne Blume mitbringen könne, von dem frischen Leben außerhalb des Altersheims. Wenn es auch nur die pure

Anwesenheit oder ein paar wohltuende Übungen mit dem Arm oder dem Bein seien, oder die Minderung eines Muskelschmerzes oder selbst das Teilen eines akustischen Ansturms, der, wie bei Frau M., aus dem Inneren ihres durch die Demenz verschlossenen Gedächtnisses hervorbreche. Manchmal in sich stundenlang wiederholenden Tönen, die sich über ganze Tage oder Nächte ausdehnen könnten und wieder umschlagen in beharrliches wochenlanges Schweigen, dessen körperliche Begleiterscheinungen dann wieder, ihr, der Ergotherapeutin, neue Aufgaben stellten. Alles sei eine Herausforderung an die Erfindungskraft ihrer beruflichen Fantasie, so habe sie das für sich definiert.

Aliza sieht im Fernsehen die Einweihung der neuen Synagoge in München und sagt betont entschieden: Na dann … kann ick ja anfangen, hierzubleiben.

Yoram hatte eine neue Wohnung für sie in Berlin gefunden, und wieder in der Nähe seiner eigenen. Zwei Zimmer mit geräumigem Flur, im vierten Stock, mit Lift. Er schickte Fotos, und Aliza fand, sie sehe ›anständig‹ aus. Jetzt war sie bereit, umzuziehen und beschloss, alles, was nicht in die neue Wohnung passt, zu verschenken.

Bei all den Überlegungen in der Zwischenzeit war auch einmal von Altersheim die Rede gewesen. Aber Aliza war empört. Niemals! Nicht einmal ein jüdisches, auch nicht in schönster Lage! Sie brauche keine Betreuung. Und übrigens: Vered überlegt doch, nach Berlin zu ziehen. Vielleicht kann sie sich ja ein bisschen um mich kümmern. (Ich hütete mich, meine Überraschung zu verraten, denn mir gegenüber hatte Vered von ganz anderen Plänen gesprochen.)

Ich half Aliza beim Aussortieren der Bücher, und wieder sprach sie von früher.

Weißt du, wie es war, als wir hier ankamen? Jeden Morgen wünschte ich mir, in den nächsten Zug zu steigen und Deutschland zu verlassen. Sofort und auf der Stelle. Nach Paris, nach Israel, in die Staaten, egal. Aber jeden Morgen blieben wir in dieser trostlosen grauen Stadt. Jeden Morgen beugte sich mein Mann über seine Akten. Überall Aktendeckel, gelbliche, bräunliche, gräuliche Pappen, die nach Gericht rochen. Und wie er dann von den Terminen zurückkam, deprimiert und entmutigt. (Hauptberuf: dem Rindvieh ins Horn petzen, das hat er immer gesagt.) Dann im Westend zwei Zimmer im vierten Stock. Jeden Morgen dachte ich, wir müssen uns was einfallen lassen. Saß auf der Bettkante und übersetzte deutsche Amtsbriefe ins Hebräische und umgekehrt. Yoram spielte ›Gutmachung‹ und hopste mit seiner überschüssigen Energie auf dem Bett, dass es krachte. Nachts rollten wir ihm eine Matratze aus. Was für ein Fortschritt, als wir einen zweiten Tisch und ein Schlafsofa für ihn kauften! Wir klappten es tagsüber zusammen und abends wieder auf. Es war die Zeit, als er anfing, deutsch zu lesen. Er las alles, was ihm in die Finger kam. Wollte mit keinem Kind spielen. Er war so in sich gekehrt, dass ich mir Sorgen machte. Immer waren Bonbons und Kekskrümel in seiner Hosentasche, alles klebte, und er wurde rund wie ein Mops. Wenn ich fragte: Woher hast du dieses Süßzeug denn schon wieder?, behauptete er, er hätte es geschenkt bekommen.

Von wem denn?

Von Frau Salomon. Oder: Von einem Jungen, dem ich bei den Hausaufgaben geholfen hab. Oder: Hab einer alten Frau die Tasche getragen und dafür zehn Pfennig gekriegt.

Seine Stimme klang in meinen Ohren immer glaubwürdig, niemals hatte ich Zweifel an den Geschichten, die er mir auftischte.

Bis eines Tages die Polizei in unserer Wohnung erschien. Ich werde nie vergessen, wie ich die Tür aufmachte und meinen Sohn die Treppe hochkommen sah, gefolgt von zwei Polizisten. Heulend kam er zu mir ins Schlafzimmer gerannt. Max sprach mit dem unerwarteten Besuch, und es kam heraus, dass eine Verkäuferin Yoram dabei ertappt hatte, wie er mit einer Tafel Schokolade aus dem Geschäft rennen wollte. Ich saß nebenan und drückte ihn fest an mich. Kein deutscher Polizist sollte miterleben, wie ich mein Kind beschimpfe. Ich hielt ihn fest und tröstete ihn. Hätte sich dieselbe Szene in der Idelsonstraße abgespielt, er hätte sein ›anständiges Wunder‹ erlebt. Aber hier … mein kleiner, unglücklicher, dicker Junge. Ich hielt ihn fest, und er presste seine nasse Wange an mein Gesicht.

Das werden wir schon wieder hinkriegen, Schatzele.

Ich weiß noch, wie Max auf die beiden einredete. Er hatte ihnen Weinbrand hingestellt und schenkte mehrmals großzügig nach. Am Ende zogen sie ab, ohne eine Anzeige zu erstatten. Und ich hörte, wie einer von ihnen auf der Treppe sagte: Der kann vielleicht schwätzen, bis zur Vergasung.

Das klinge ihr jetzt noch im Ohr. In dieser Nacht habe sie wieder einmal beschlossen, ›diese Dinge‹ an sich herabgleiten zu lassen.

›Aufrecht durch die Scheiße gehen‹, ja, so drückte sie sich zu meiner Überraschung aus. Sich von nichts tangieren zu lassen.

Mir entglitt ein ›So kenn ich dich ja gar nicht …‹, worauf sie die Brauen hochzog und lächelte, ob ich denn glaube, sie überhaupt zu kennen?

Erinnerung. Fällt in Schüben von Sätzen, Geräuschen, Gerüchen und Bildern über einen her. Filmfetzen aus meinem eigenen Leben. (Vielleicht ist das Altwerden.) Ich sehe mich als Siebzehnjährige, die aussieht, als suche sie nach einer passenden Psyche wie nach einem passenden Kleid. Zu diesem Zweck frisst sie sich durch Romane (querbeet: Désirée, Liebe, Brot der Armen, Sinuhe der Ägypter, Steppenwolf, Anne Frank), hört monatelang dieselbe Musik und imitiert die Gesten und Kleider bestimmter Stars (Audrey Hepburn, Anouk Aimée), um endlich jemand zu sein, der diesem ersehnten Bild entspricht, das sich Ich nennen soll. Meine ersten Erfahrungen mit Männern sind völlig verblasst. Selbst die erste Liebe, ein Mann, mit dem ich drei Jahre zusammen war. Ein Arzt, der bei meinem Vater arbeitete, er hielt mir immer politische Vorträge, ein engagierter, linker Arzt, der dann nach Nicaragua ging, um dort ›etwas aufzubauen‹. Ich glaube, nur ein Teil von mir hat ihn geliebt. Der andere hat nur getan, als ob. Der spielte, ich liebte ihn. Ich hatte so eine Idee von Liebe, aber wusste nicht, woran man sie erkennt. Erst mit Yoram war es anders. Vielleicht sind meine Gefühle für ihn am besten damit beschrieben, dass ich in dem Moment, wo wir uns füreinander entschieden hatten, aufgehört habe, nach einer Definition für mich zu suchen. Yoram ist für mich ein Zustand geworden, mein Lebenszustand, mein Leben.

In einem Moment, als ich einmal glaubte, er wolle mich verlassen, hatte ich beim Aufwachen das Gefühl, eine enorme Hand zöge meinen Körper aus meiner Haut heraus. Dabei wunderte ich mich, wie körperlich weh etwas tun kann, was sich allein in Gedanken abspielt.

Es war alles so selbstverständlich, auch mit Vered. Ich sehe sie vor mir: mit gespreizten Händen vor dem Gesicht, Grimassen schneidend. Sie war vier oder fünf, vielleicht auch älter, und wir ahmten nach, was sie vormachte. Ein Spiel, das wir bis zum Gehtnichtmehr wiederholten. Yoram nahm meine Handtasche und band sich ein Tuch um die Hüften, schminkte sich die Lippen (in der Mitte unter der Nase herzförmig) und spielte mich, während ich Vereds Mütze aufsetzte und Vered spielte, die wiederum Yoram spielte. Und so weiter, bis wir, außer Atem vor Lachen, aufs Sofa fielen.

Und dann, als Vered jede Nacht aufwachte und vor unserem Bett stehend jammerte: Hab so Angst …

Fragten wir sie, wovor, kam mit kleiner Stimme: Windangst. Angst vor dem Ruach.

Einmal später, als sie schon erwachsen war, kam ich darauf zurück: Erinnerst du dich noch an die Windangst?

Nein, gar nicht.

Tags drauf rief sie an und meinte, jetzt sei es ihr wieder eingefallen, es müsse was zu tun haben mit einem Märchen und dem ›der Wind, der Wind, das himmlische Kind …‹, das sei für sie der Inbegriff des Grusels gewesen. In den Ferien an der Nordsee habe sie es draußen immer pfeifen gehört, und da sei die Windangst gekommen. (Es war so gut, wenn ich dann zwischen dir und Aba schlafen durfte.)

Einmal hatte ich das dringende Verlangen, mit Vered zu sprechen. Ich rief sie an, obwohl es bereits elf Uhr abends war oder später. Ich wusste nicht, was ich ihr sagen sollte, wollte sie nur hören. Aber sie war nicht da, und ihre Stimme auf dem Anrufbeantworter glich so sehr Alizas Stimme, dass ich ein zweites Mal anrief, und wieder: Sie sind mit dem Anrufbeantworter von Vered Schemesch verbunden. Rufe zurück. Das Gleiche auf Englisch und dann der Piepton, nach dem ich mit einer Verzögerung meine Grüße aufsprach.

Ein paar Tage später fand ich diese Mail von ihr: Mama, ich ekle mich, kann man nicht mal einfach leben, ohne sich um diese klebrige Geschichte kümmern zu müssen, ich ekle mich vor diesen alten Männern, ausgerechnet der, kann man nicht einfach sein Gedächtnis abstellen, kann man nicht eine Pille erfinden, die das alles rausfiltert … ich hab gelesen, es gibt so was wie ein Protein, das Erinnerung unterdrückt, Creb 2 heißt es … alle Juden sollten Creb 2 nehmen, das wär doch viel besser, als immer an das alles denken zu müssen. Denken macht so traurig. Ich will will will das nicht, immer habt Ihr mich damit traktiert, und wer nicht alles verdächtig war … aber ich sag Dir, wenn Marcel den Job in Australien kriegt, dann bleiben wir dort … ich ekle mich, wenn ich Wörter höre wie SS, wird mir schlecht, muss mich übergeben, was durch die Ohren in mich reingekommen ist, kommt aus meinem Mund wieder raus … bestimmte Wörter verwandeln sich in meinem Hals in Würgen … ich weiß, Du sagst immer, ich übertreibe, ich sei eine Mimose, aber es ist so … wenn ich schon höre, ›es muss raus‹, wie er das sagt, dann stellt sich bei mir sofort die Vorstellung von Scheiße ein … ich wollte, ich könnte Creb 2 dagegen nehmen … ich kann nichts dagegen tun, ich sehe den Alten, wie er drückt und drückt und immerzu sagt, es muss raus, es muss raus … weißt Du, inzwischen denke ich … vielleicht ist es ja gut, dass wir vieles nicht wissen, vielleicht ist es gar nicht so schlecht, dass die Typen da unter der Erde mitsamt ihren widerlichen, ekelerregenden, perversen, blutigen, gigantisch feigen Geheimnissen einfach weg sind … womöglich kommt ja noch heraus, dass Opa Gerhard … Er wird es Euch nicht auf die Nase gebunden haben, und ich bin froh, dass ich ihn nicht kennenlernen musste, verzeih mir, er war Dein Vater, ich weiß, aber so ist das … vielleicht bin ich ja verrückt, dann bin ich eben mal eine halbe Stunde lang verrückt. Ich weiß oft nicht, wo ich hingehöre ... das wird auch nicht besser, wenn Ihr, Du und Aba, so lieb zu mir seid ... ich weiß, Ihr habt alles getan, um mir etwas Verlässliches, Beruhigendes mitzugeben ... aber es klappt irgendwie nicht immer. Ich möchte am liebsten zu einem anderen Land gehören, und wenn Du jetzt sagst, das ist Flucht, oder wie heißt das Wort, das ihr immer benutzt, Eskapismus... und sagt, das muss man aushalten, dann sag ich: Ich muss gar nichts. Hab ich nicht das Recht, neu anzufangen, irgendwo, wo ... Ich will nicht mehr zuständig sein für die Scheiße dieser Welt, ich will nicht als die wandelnde Entschuldigung rumlaufen, und außerdem will ich nicht mehr diese alten Typen sehn, die will ich einfach nie mehr sehn, weder die alten noch die jungen, und auch die Ich-und-Hitler-Tanten nicht (auch nicht im TV). Ich will mir ein Mantra aufhängen und jeden Morgen darauf meditieren. Das Mantra soll wie ein Stern sein, lauter Wege, die auf eine leere Stelle führen, auf: Nichts. Etwas, das ich selbst füllen kann. Etwas, das nicht schon voll ist. Manchmal kann ich das gar nicht ertragen, viele schreiende Stimmen um mich, die weit fort und trotzdem schrecklich laut sind. Wie Millionen Dschungelvögel. Ich halte mir die Ohren zu, aber dann merke ich, das Geschrei ist in meinem Kopf.

Als ich nicht gleich antwortete, weil ich meine Mailbox ein paar Tage lang nicht geöffnet hatte, fand ich auch auf dem Anrufbeantworter eine lange Nachricht:

Wo bist du denn? Kannst du nicht mal ans Telefon gehn!? Warum rufst du nicht zurück? Warum lässt du mich hängen? Tagelang? Mindestens drei Tage hast du mich so hängen lassen. Was ist los mit dir? Soll ich deine Wohnungstür aufbrechen lassen? Bitte, tu mir das nicht an! Bitte melde dich, ich rufe jetzt jede Stunde an, und wenn du bis heute Abend nicht zurück gerufen hast, rufe ich die Polizei ...

verstehst du das, ich mach mir Sorgen? Das musst du doch verstehen, das kann dir doch nicht egal sein. Ich weiß, du willst in Ruhe gelassen werden, ich bin penetrant, ja …, so ging es weiter, bis die Kapazität des Anrufbeantworters erschöpft war, und als ich zurückrief, war immerzu besetzt.

Noch am selben Tag folgte die nächste Nachricht auf dem Beantworter:

Warum seid ihr alle weg? Wo seid ihr? Auch Aba ist nicht zu erreichen, seid ihr denn alle verschwunden? … Ich hab neulich von einer Familie gehört, die ist mit dem Wagen auf der Autobahn gefahren und in einen Laster, der Baumstämme transportierte, reingefahren. Sie waren alle auf der Stelle tot. An so was muss ich immer denken … entschuldige, es ist mir so rausgerutscht, ich kann es nicht mehr rückgängig machen, das liegt eben daran, dass man auf diesen blöden Anrufbeantwortern nichts rückgängig machen kann, es ist schrecklich … wer auch immer diesen Anruf abhört, jeden von euch bitte ich um Verzeihung, aber bitte, meldet euch, ich sitze hier und bin so unruhig, dass ich gar nicht sitzen kann, auch das wollte ich eigentlich nicht sagen, pardon, ich glaub, ich leg jetzt lieber auf …

Aber sie hatte nicht richtig aufgelegt, sondern man hörte sie durch die Wohnung laufen, hörte Geräusche, die nicht genau zu definieren waren, hörte auch ihre Stimme, hörte dann die Stimme des Nachrichtensprechers im Fernsehn …

Während einem meiner Besuche bei Yoram in Berlin wurden wir dort einmal zum Essen eingeladen. Es war in einer unglaublich großen Berliner Wohnung in Charlottenburg. Der Gastgeber ist ein Grafikdesigner und seine Frau eine in Italien geborene Künstlerin, bekannt für ihre kühnen Installationen. Yoram und ich waren jedes Mal überrascht, wenn wir ein neues Werk von ihr sahen. Einer der Gründe, weshalb wir uns mit den beiden gern trafen, war, dass man ohne Umschweife über alles reden konnte. Wir hatten mehrere Zeichnungen von ihr gekauft und waren immer wieder gespannt auf ihre nächsten Einfälle. Es waren die Anfänge einer Freundschaft, nicht zu eng, aber nah genug, um viel zur Sprache bringen zu können, was uns bewegt. Wir fanden, die beiden gehörten zu denen, für die man gerne in einer Stadt bleibt. Leute, die nicht kleinlich sind, nicht voreingenommen, dafür aber bereit, persönliche Schwächen als Marotte anzusehn und nicht als unverzeihliche Fehler. Auch politisch ging es bei unseren Treffen gemischt zu, und die Abende lebten davon, dass nicht alle immer einer Meinung waren. Der Stoff für Gespräche ging uns nie aus.

So versprach es auch diesmal zu werden. Wir waren nicht mehr als acht oder zehn, Leute, die sich seit Jahren von ähnlichen Begegnungen her kannten, sodass sich schon beim Sekttrinken und Herumstehen eine Art Lust auf Gespräch breit machte. Es war der sechzigste Geburtstag des Gastgebers. Zur Feier des Tages hatte sich seine Frau etwas Besonderes ausgedacht, nämlich einen ganzen Fisch, der samt Kopf, Augen, Schwanz und Flossen serviert wurde und den sie zu einer Seejungfrau dekoriert hatte. In einer kleinen Ansprache erklärte sie, sie habe sich von Malapartes Roman

›Die Haut‹ inspirieren lassen, und als ihr Mann ›die Sirene‹ auf einer großen Platte hereintrug, überschlugen sich die Gäste vor Begeisterung. Es war alles da, Locken aus Meertang, Brüste aus Gelee, der Ansatz der Beine, die in einen Fischschwanz übergingen, ein Kunstwerk. Wer es anschneiden dürfe, und an welcher Stelle, war sogleich Anlass für Scherze und Anzüglichkeiten, und es wurde viel gelacht, während man an einer langen, mit Muscheln dekorierten Tafel Platz nahm.

Wir hatten bereits ziemlich viel getrunken, als jemand im Bücherregal das ideengebende Werk entdeckte und die Stelle vorlas, die der Kreation zugrunde lag. Es geht um die Amerikaner in Neapel, die sich eine Sirene servieren lassen. Jemand sagte so etwas wie: Das ganze Buch macht sich über sie lustig, diese Amis. Alles lachte. Jemand erzählte von einer Demonstration in Paris, die er kürzlich erlebt hatte, und bei der die Parole ›Mort à Busharon!‹ gerufen worden sei, ein Anlass, dass jetzt auch hier jemand anfing, ›Mort à Busharon‹ zu skandieren, lachend und mit erhobener Faust. Nach und nach stimmten die anderen ein, als wären sie wieder jung und auf der Straße. Es sah aus, als hätten sie alle Erfahrung darin.

Nun war Schluss mit den Gesprächen über Kunst, Bücher, Söhne und Töchter, und es ging um den Irakkrieg (der damals noch nicht angefangen hatte), um Israel und die USA. Jemand sagte: Die Presse lügt doch. Ist doch ein Witz, das Ganze mit dem 11. September. Es gibt jede Menge Informationen, dass nicht nur die CIA, sondern Bush selber der Drahtzieher bei den Attentaten auf die Twin Towers gewesen ist.

Ja, hieß es, und nicht nur das. Auch Israel habe mitgemischt und der Mossad ›natürlich‹. Alle Juden, die normalerweise im World Trade Center gearbeitet hätten, seien vorher gewarnt worden.

Sie seien am 11. September alle zu Hause geblieben. Deshalb habe es keine jüdischen Opfer gegeben. Das Mienenspiel Bushs im Moment, als man ihm die Nachricht überbrachte, sei eindeutig gewesen. Keine Spur von Überraschung, keine Spur von Entsetzen. Daraus könne man schließen, er habe alles bereits gewusst, er und seine jüdische Lobby.

Ja, stimmte die Gastgeberin zu, das habe sie auch gehört. Zusammen mit den Israelis hätten sie den 11. September veranstaltet, um einen Vorwand zu haben, gegen die Araber loszuschlagen. (Mir blitzte durchs Hirn: Träum ich, was ist das, wo bin ich?) Yoram hatte die Braue hochgezogen, und: Ich sag's nicht gern, aber mein Freund Sammy, der bei der Deutschen Bank ist, ihr wisst ja, die war auch in den Türmen, hat tatsächlich einen Anruf gekriegt, er solle nicht zur Arbeit …

Yoram legte sich ins Zeug, spielte den advocatus diaboli, mit böser Stimme, ganz im Sinn der Gesellschaft, und jetzt ging es erst recht los: Stimmt also … der Mossad …

Und Yoram wieder: Ja, die jüdischen Weltorganisationen, nicht, da staunt man … was die alles …

Und eine Frau, eine Therapeutin, die ich von früheren Abenden hier kannte: Tatsächlich? Alle Namen von den Juden da … haben die die alle gespeichert?

Und jemand meinte, die USA seien jetzt in einem Stadium, das wie der Anfang der Nazizeit sei, und sie verstehe nicht, wie man heutzutage dort noch leben könne. Und eine männliche Stimme: Alle Achtung, einem Israeli hätt ich ja so eine Objektivität nicht zugetraut …

Es wurde immer wirrer und lauter, immer erregter, und in der Küche, wo die Hausfrau den nächsten Gang vorbereitete, ging es weiter: Tut mir ja leid mit diesem blöden Thema, Carla, sagte sie in ihrem italienisch klingenden Deutsch, aber man muss ja seine Meinung …

Da hörte ich plötzlich Yoram nebenan losbrüllen: Ihr glaubt das also, ihr glaubt das tatsächlich, ihr Scheiß... ihr Antisemiten ...

Und der Hausherr: Ach Yoram, man kann doch über alles reden, also wenn man das nicht mehr ... ich lief ins Esszimmer zurück, und ich glaube, ich fing jetzt auch an zu schreien, und während Yoram weiter fluchte, sprang er auf, und wieder einmal flüchteten wir aus einer Gesellschaft, ohne uns von den Gastgebern zu verabschieden, nahmen die Mäntel und rannten die Treppe runter. Es hatte geschneit, jeder Schritt knirschte, die Luft war von schneidender Kälte, eine Befreiung. Wir liefen die Kantstraße entlang, Arm in Arm, einander festhaltend, und Yoram hörte nicht auf, sich zu erregen: Ausgerechnet die beiden! Ausgerechnet die!

Und er lachte auf, seine Stimme schnappte über, es schüttelte ihn, ja, er konnte sich gar nicht mehr einkriegen vor Lachen ... bis wir bei Franz Diener in die alte, verräucherte Wärme eintraten, um uns zu beruhigen.

Wir hatten Alizas Umzug gut geplant. Zuletzt war ihre Wohnung voller Zettel. Immer wenn ihr etwas einfiel, was besorgt werden musste, schrieb sie es auf einen Zettel, den sie an eine bestimmte Stelle legte. Etwa auf den Waschbeckenrand neben ihre Zahnbürste, in einen der Schuhe, die sie an diesem Tag tragen wollte, oder in ihre Geldbörse. Diese Zettel sollten sie an sofort zu erledigende Dinge erinnern. Andere, meist mit einzelnen Sätzen beschriebene Zettel, klebte sie auf die Fenster, vor allem auf die beiden neben ihrem Schreibtisch, die von der Mitte an abwärts mit mehreren Schichten von Zetteln verdeckt waren, sodass man nicht mehr hinaussehen konnte. Zettel über Zettel, auf welchen sich wiederum, entweder geklebt oder mit feinen Nadeln angeheftet, weitere Zettel drängten. Fast alles Verweise auf Stellen in Büchern, die sie gerade las, oder Einfälle, die ihr kamen, wenn sie morgens aufwachte oder wenn sie am Fenster saß und in die Kastanie blickte, was sie, in ihrem Sessel sitzend, oft stundenlang tat.

Überall hatte sie kleine Stöße noch unbeschriebener Zettel liegen, für den Fall, dass sie etwas notieren wollte. Eisengewichte, wie man sie früher für Waagen benutzte, sorgten dafür, dass sie nicht wegflogen.

Auch stellte sie sich manchmal ganze Listen von Fragen auf, die sie auf Zetteln festhielt, sodass, wenn wir sie besuchten, Punkt für Punkt abgehakt werden musste. Solche Zettel wurden weggeworfen. Die anderen aber blieben da, wo sie einmal hingeklebt oder -gepinnt worden waren. Nicht nur die Fensterscheiben neben ihrem Schreibtisch, sondern auch fast alle anderen Fenster waren inzwischen voller bunter, verblasster kleinerer oder größerer Papierstücke, durch die an manchen Stellen gegen das Licht Alizas Schrift hindurchschimmerte. Teils lange Streifen vollgeschriebener Zeitungsränder, die sie abgeschnitten hatte und die beim leichtesten Luftzug über die anderen Zettel hinwegwehten, rosa oder grüne, jetzt verblichene, selbstklebende Blättchen, die sie en bloc kaufte, teils aus Heftchen gelöste Seiten oder einfach Schnipsel, deren Form man ansah, dass sie ungeduldig irgendwo herausgerissen worden waren.

Nur manche der Notizen tragen ein Datum. Die meisten bestehen lediglich aus ein paar Wörtern oder aus ein, zwei Sätzen ohne Zeitangabe. Manchmal mit einem Verweis auf eine Buchseite und einen Titel oder auf einen Verfasser. Manchmal nichts als unzusammenhängend erscheinende Wörter wie etwa: ›Blau, Baum, Maschine, Wolke‹.

Als wir die Wohnung ausräumten, fanden wir Hunderte, ja vielleicht mehr als tausend solcher Zettel, die Aliza auch an anderen Stellen aufgehoben hatte. In den Schränken waren Schuhkartons mit Zetteln gestapelt, zwischen den Büchern fanden wir große und kleine Briefumschläge mit Zetteln; in einem Stauraum im Flur in einer Plastiktüte, zwischen Reisetaschen und Koffern entdeckten wir einen großen Lederbeutel mit Zetteln, auch kleine Stoffsäcke, wie man sie in Schuh- und Taschengeschäften bekommt, vollgestopft mit zerknüllten Zetteln, selbst zwischen ihren Pullovern und ihrer Wäsche lagen sie. All diese Zettel waren mit Hand beschrieben, und manche mit rätselhaften Zeichnungen versehen, die aussahen wie Labyrinthe. Sie muteten an wie Wegzeichnungen, manchmal mit kleinen Pfeilen versehen, manchmal auch mit winzig geschriebenen Texten, kurzen Aufforderungen wie ›weiter!‹ oder ›zurück!‹ oder ›niemals!‹ oder ›Nein Ja Nein‹. Manche hebräisch, manche deutsch und viele in einem Gemisch von beidem.

Als Yoram sie fragte, ob wir alle Zettel einpacken sollen, winkte sie ab: Altes Zeug, weg damit! Aber dann plötzlich, an Yoram gewandt und in erregtem Flüstern, das schon an Schreien grenzte: Es ist unsäglich, wie ihr hier mit meinen Sachen umgeht.

Und dann sein hilfloses ›Ach, Ima‹, ein von Ratlosigkeit, Ungeduld und Mitleid gedehnter Ausruf. Was sollen wir denn machen? Worauf Aliza in ihren alten Sessel sank, die Augen schloss und weinte.

Irgendwann im Lauf des Vormittags steigerte sie sich in eine schreckliche Beschimpfung Yorams, der, als das Wort ›Flucht‹ fiel, mit plötzlicher Entschiedenheit reagierte, indem er sie fest an sich drückte und sehr langsam und bestimmt auf sie einredete: Ima, wir ziehen um, du ziehst in meine Nähe in Berlin, sieh mich an, ich bin's, Yoram, hörst du, vertrau mir, ich passe auf alles auf. Es ist keine Flucht.

Wir packten eilig weiter, denn für den späten Nachmittag waren die Umzugsleute bestellt, die alles einladen sollten, um den Möbelwagen in der Nacht nach Berlin zu fahren. Yoram zog mich zur Seite: Nur keine Diskussionen, nur nicht argumentieren!

Er nahm einen tiefen Atemzug und schloss für einen Moment die Augen, um dann wortlos mit dem Packen weiterzumachen. Wir hatten sechzig Plastiksäcke bestellt, in die wir die nicht mehr brauchbaren Dinge stopften, alte Kleider, Schuhe, Zeitungen, leere Plastikflaschen, getrocknete Rosen, gebrauchtes Geschenkpapier, Akten von Max und Anzüge … und die vielen Medikamente, Antidepressiva und Herzmittel, alles Packungen mit längst abgelaufenen Haltbarkeitsdaten. Allein sie füllten einen ganzen Müllsack.

Dies alles versuchten wir schnell zu verstauen, bevor Aliza Gelegenheit fand, die Säcke wieder zu öffnen, Dinge herauszunehmen, um sie prüfend zu drehen und zu wenden und sie dann mit der Bemerkung, das könne man vielleicht doch noch gebrauchen, auf die Seite zu legen. Bis es uns gelang, so flink zu packen und die vollen und verschlossenen Säcke so schnell den Studenten, die uns halfen, in die Hände zu drücken, dass Aliza kaum noch Gelegenheit fand, einzugreifen. Auch die Frage, welche Möbel mitgenommen und welche verschenkt werden oder in dem vor dem Haus aufgestellten Container landen sollten, versuchte Yoram ohne Diskussion zu entscheiden. Jedes Mal, wenn ein Stuhl, ein Schrank, ein Bett von den Studenten zerlegt wurde, kam Aliza dazu und redete auf sie ein, um sie davon abzuhalten.

Ima, wiederholte Yoram, die neue Wohnung ist zu klein für das alles, und der Streit begann von Neuem.

Erst Vered, die nachmittags dazu kam, gelang es, Aliza zu beruhigen. Die beiden saßen bald in der Küche, Vered hatte Fotografien von ihrem Freund Marcel und seiner Familie auf dem Tisch ausgebreitet, und Yoram und ich packten in Ruhe weiter. Vered war es auch, die Aliza im Zug nach Berlin begleitete. Bei ihrer Ankunft in der neuen Wohnung dort waren die Möbel bereits aufgestellt, die Umzugskartons ausgepackt, und Kleider, Geschirr, Bücher und Zettelkästen in Schränke und Regale geräumt.

Arm in Arm mit Vered betrat Aliza das Wohnzimmer. Es war früher Abend, Yoram hatte die Lampen so aufgestellt, dass das alte Sofa aus Hazorea von warmem Licht umgeben war. An den Fenstern hingen lange, helle Vorhänge, auf dem Boden lag ein sandfarbener Teppich, und in den deckenhohen, längs zweier Wände aufgestellten Regalen reihte sich, übersichtlich geordnet, Buch an Buch.

Schon am frühen Morgen hatten wir uns an die Arbeit gemacht, um mit dem Auspacken und Einräumen möglichst weit zu kommen, sodass die beiden Zimmer jetzt so selbstverständlich wirkten, als seien sie schon lange bewohnt. Aliza nahm in ihrem alten Sessel aus Hazorea Platz, ließ sich Tee servieren, und Yoram atmete auf.

Vered und ich im Zug von Berlin zurück nach Frankfurt, am Fenster einander gegenübersitzend. Ich versuche, Yoram übers Handy zu erreichen, um noch ein paar Worte zu wechseln, ihm zu versichern, dass alles gut gehe, triviale Mitteilungen, bei denen Ton und Betonung wichtiger sind als das, was man sagt. Aber immer wieder wurde seine Stimme von Funklöchern unterbrochen, um in unberechenbaren Intervallen wieder aufzutauchen, als Bruchteil, in komisch verzerrten Silben. Ohne die Unterbrechungen zu merken, spricht er weiter, während auf meinem Display das Telefonsymbol von einem roten Strich durchkreuzt wird. Vered nimmt mir das Handy aus der Hand, lass mich mal …

Und tatsächlich, bei ihr klappt es, sie steht auf, läuft mit dem Handy am Ohr, die Handmuschel vor dem Mund, leise sprechend durch den Gang. Ich sehe ihre schlanke Gestalt, wie sie sich dem Rucken des Zugs anpasst und geschmeidig das Gleichgewicht hält, während sie durch die sich öffnende Tür geht, sehe ihren schmalen Kopf, bis sie hinter spiegelndem Glas verschwindet. Nach einer Weile kommt sie mit Kaffee in Pappbechern zurück: schönen Gruß, Oma geht's gut.

Wir sitzen an der besonnten Seite, es ist früh am Morgen, und der Zug gleitet lautlos mit hoher Geschwindigkeit durch die Landschaft. Immer wieder ist die Trasse von Bäumen gesäumt, ein wildes Flirren aus Licht und Schatten, es ist unmöglich, zu lesen. Vor mir ein Packen Zeitungen, zwei Tageszeitungen und, es ist Donnerstag, die aktuelle Nummer der Wochenzeitschrift, die ich seit Jahrzehnten kaufe … Sobald wir die Fensterplätze mit Tisch gefunden und uns niedergelassen hatten, faltete ich sie auf, mit einer Neugier, die mich jeden Morgen überfällt, jeden Morgen stürzen Yoram und ich uns auf die Zeitung, wie süchtig. Und wenn das Blatt einmal nicht im Briefkasten ist, ist es, als hätten wir nichts zu trinken.

Früher sind Yoram und ich oft diese Strecke gefahren, damals, noch vor dem Mauerfall, als die Fahrt noch doppelt so lang gedauert hat, als es noch die DDR-Grenzkontrollen gab und als einem immer war, man könnte erwischt werden, ohne zu wissen, weshalb. Als man immer das Gefühl hatte, irgendwas falsch zu machen und dabei von einem unsichtbaren Gericht beobachtet zu werden. Zugleich reizte uns gerade das, und wir konnten es nicht lassen, provokante Bemerkungen zu machen. Am meisten schien es sie zu ärgern, wenn wir beteuerten: Wir stehen Ihrem Staat loyal gegenüber, sodass wir mehrmals samt Gepäck herausbeordert und so lange mit Fragen traktiert wurden, bis uns der Zug davonfuhr. Meist kamen dann Fragen wie: Sie kommen also aus dem imperialistischen Israel. Und warum sind Sie dann hier? Oder es ging ein Donnerwetter auf uns nieder, von wegen amerikanischem Imperialismus, Brückenkopf des Aggressors im Nahen Osten. Wir ertrugen es grinsend, denn bei allem waren wir sicher, dass uns nichts passieren konnte.

Jetzt sitze ich bequem in meinem weichen Sitz, mir gegenüber Vered mit geschlossenen Augen. Ob sie schläft oder nur döst? Ihre Lider sind von kleinen Bewegungen durchzuckt, Licht überrieselt sie, und ich denke daran, wie ich Yoram kennenlernte, als unser ›neuronales Duett‹ anfing, die Formulierung hat er mal irgendwo aufgeschnappt und sie mir mit einer kleinen Zeichnung geschickt.

Bei einer dieser Reisen, vielleicht der ersten, hat er mir, während wir Rotwein aus Mitropabechern tranken, erzählt, dass seine Eltern ihm damals, als sie von Tel Aviv weggezogen, verschwiegen hatten, wohin sie ziehen wollten. Wie sie in Haifa auf das Schiff nach Genua stiegen, und er dachte, sie würden in Italien bleiben. Wie sie dann aber weiter nach Frankfurt fuhren und wie sie ihm erst während der Zugfahrt vorsichtig erklärten, wohin es in Wirklichkeit ging. Und all das, weil sie ihn nicht erschrecken wollten, denn bei den Kindern in der Idelsonstraße war Deutschland das ›Mörderland‹. Und wie entsetzt er darüber war, dass sie jetzt ausgerechnet da bleiben sollten. Und wie er, wenn seine Mutter ihm abends in Frankfurt ›Alice im Wunderland‹ vorlas, immer an ›Yoram im Mörderland‹ denken musste. Und wie er mit Benjamin ›Hitler jagen‹ und ›Nazis schlitzen‹ gespielt hat, und wie sie heimlich in Keller gestiegen sind und Mörder gesucht haben. Und wie sie einmal einen Mann verfolgt haben, von dem sie glaubten, er sei einer. Wie sie hinter ihm herliefen und ›Judenmörder Judenmörder Judenmörder‹ riefen, bis er sich umdrehte und ihnen mit dem Schirm eins überwischte.

Vered wird wach, räkelt sich, reibt sich die Augen und sieht aus dem Fenster: Warum heißt das hier eigentlich immer noch nach Hitler? Der Zug fährt in Wolfsburg ein, das Volkswagenwerk taucht auf, die lang gestreckte Fassade aus dunklem Backstein. Ich ziehe fragend die Brauen hoch, und sie: Ja, ist doch klar … wie Wolfsschanze, alles mit Wolf bedeutet doch Hitler. Und er hat die Stadt hier ja auch gegründet. Stimmt's? Stimmt, geb ich zu. Sie stößt mit der Schuhspitze gegen mein Knie, ach, Mama, was weißt du eigentlich! Wir lachen, sie schnäuzt sich, zieht den Schal um die Schultern und fährt mit der gespreizten Hand durch ihr kurzes, dunkles Haar.

Ob sie es schafft dort?

Meinst du Aliza?

Ja. Ich seh sie immer vor mir, im Sessel, die Arme auf den Lehnen, und klack, klack, klack … ihr Ring auf dem Holz. Jedesmal warte ich, dass sie die Brille absetzt und ich ihre Augen sehn kann.

Dieselben Augen wie dein Vater …

Vered lächelt: Irgendwie sieht sie nie ganz gesund mit dieser dunklen Brille aus. Aber wenn sie sie abnimmt, hat sie immer noch klare Augen. Und ihre Stimme … man glaubt nicht, wie alt sie ist. Zum Beispiel wenn sie ›Warumchen‹ zu mir sagt. Warumchen, was gibt's Neues?

Das sagt sie immer noch? Ich lache und sehe Vered im Alter von drei Jahren vor mir.

Du hast nie lockergelassen mit deinem ›Warum‹.

Ich weiß, ich war 'ne Nervensäge … weißt du noch, wie wir ihr immer den ›Spiegel‹ und die ›Zeit‹ gebracht haben und sie gefragt hat, steht was drin? Sie hat gesagt, ich erbe ihn mal, den Sessel.

Welchen?

Den du so hässlich findest. Ich find ja die Möbel schön, kenn sogar einen Laden in Berlin in der Mommsen, wo sowas verkauft wird. Mir gefällt auch die Tulpenlampe im Flur. Ich hab was übrig für diese Fünfziger-Jahre-Sachen, wenn man sie in ein großes kahles Zimmer stellt, sehn sie ganz jung aus. Schmal und jung. Von spießig keine Spur … Und was Oma alles aufgehoben hat! Kennst du noch die Zeichnung von mir mit dem Mädchen und der Mutter?

Die von uns beiden?

Ach, Mama … hatte ich 'nen Hang zum Weglaufen?

Wieso?

Auf der Zeichnung läuft ein Mädchen seiner Mutter davon, es trägt einen Rock mit Rüschen, der schwingt, und im Ohr baumelt ein Ohrring, der schwingt auch, auch die langen Haare fliegen … das Mädchen macht Riesenschritte und hat ganz dünne Beine.

Und die Mutter?

Die läuft hinterher, auch mit einem Kleid, das schwingt.

Wie in Wirklichkeit. Du haust ab und ich telefoniere hinter dir her.

Ich glaube, wenn ich jemandem ähnlich bin in der Familie, dann Oma Aliza. Sie hat mir ein Foto gezeigt von früher. Mit Albert.

Mit Albert?

Ja, er ist noch ganz klein darauf. Oma sagt, sie glaubt, er lebt noch, irgendwo in Amerika. Er wüsste nur nicht, wer er ist.

Hat sie das wirklich gesagt?

Ja. Die ganze Zeit. Das Foto hat sie in der Handtasche. Albert sitzt auf einem Stuhl, und Aliza steht hinter ihm, und an der Wand hängt ein Bild, auf dem sie auch zusammen zu sehen sind. Sie waren gerade porträtiert worden. Oma hat auf dem Bild genauso eine Frisur wie ich, als ich so alt war. Die Malerin hat sich umgebracht. Sie kannte Omas Mutter. Weil sie Jüdin war, wurde sie aus dem Hamburger Kunstverein geworfen. Das Bild gibt es nicht mehr. Aber wahrscheinlich hängt es in irgendeinem Berliner Wohnzimmer bei Leuten, die nicht einmal wissen, wer da drauf ist.

Hat sie gesagt, wie die Malerin hieß? Vielleicht Anita Rée?

Vielleicht …

Weißt du, dass sie noch nie von ihrem Bruder gesprochen hat?

Nie, nie, nie?

Frag mal deinen Vater, aber ich glaube nicht. Sonst wüsste ich es.

Und was weißt du sonst noch?

Na ja, dass ihre Eltern sie nur fortgelassen haben, weil sie dachten, es wär nur für ein Jahr oder zwei, bis die Irren in

Deutschland verschwunden sind. Dann würde sie wieder zurückkommen und studieren. Sie fanden, dass Oma nicht Bäuerin im Orient werden sollte. Stell dir vor, sie war erst fünfzehn. Und als ihre Mutter nach Haifa kam, um sie zu besuchen, war sie so entsetzt von allem dort, dass sie wieder nach Berlin zurück ist. Kurz vor November 1938, stell dir das mal vor.

Ich weiß. Für Oma war das alles wie ein Abenteuer. Hat sie zumindest gesagt. Sie durfte ja in Berlin nicht mehr zur Schule, da ist sie halt zu dieser Hachschara. Wenn ich mir das vorstelle … Wart ihr nicht mal dort, wo sie diesen Kurs gemacht hat?

Ja, wir waren da. Es gab eine Bürgerinitiative, die die Geschichte der Pankower Juden recherchiert hat, da kamen sie auch auf die Hachschara in Niederschönhausen, und eines Tages wurde Aliza eingeladen. Aber sie wollte nichts davon wissen …

Kann ich mir vorstellen. Ich glaub, sie hat eine Aversion gegen all das. Sie hasst Sentimentalität. Als sie mir das Foto gezeigt hat, hat sie auch davon gesprochen, dass Albert krank war und ziemlich lange im jüdischen Krankenhaus im Wedding hat bleiben müssen. Vielleicht war das ja der Grund, warum ihre Mutter wieder nach Berlin zurück ist?

Vielleicht … aber das ist ja unglaublich, was sie dir alles erzählt hat …

Ja … übrigens hatten ihre Eltern dann doch versucht, an ein Visum zu kommen, aber da war's zu spät. Es war auch gar kein Geld mehr da, alles war aufgebraucht. Sie hätten nicht mal mehr die ›Reichsfluchtsteuer‹ zahlen können. Immer wieder haben sie es versucht, bei den deutschen Behörden und auch bei der Zionisten-Organisation in der Meinekestraße. In ihrem Briefkasten fanden sie so Sachen wie sogenannte Freifahrkarten nach Palästina, one-way-tickets mit üblen Sprüchen. Und sie hat erzählt, dass ihr

Vater einem Mann sein letztes Geld gegeben hat, damit der ihnen Visa besorgt. Und dass dieser Mann verschwunden und nicht wieder aufgetaucht ist. Und dass auch Aliza selbst über die jüdischen Organisationen von Palästina aus noch alles Mögliche versucht hat. Und dass dann der Oktober 1941 kam, nach dem kein Jude mehr aus Deutschland rausgelassen wurde.

Aliza erzählt also ihrer Enkelin Dinge, die sie selbst Yoram nicht erzählt hat. Wir sprechen die ganze Fahrt darüber. Vered will auch wissen, was danach mit Alizas Eltern passiert ist.

Und ich erzähle ihr, wie Yoram vor Jahren, als ein Stoß Fotografien von dem Ghetto in Lodz auftauchte, gehofft hat, Albert irgendwo darauf zu finden. Wie er ins Jüdische Museum in Frankfurt ging, wo Rachel diese Fotos hatte, damals, als eine Ausstellung damit vorbereitet wurde. Wie er sich alle ganz genau angesehn und mit einer Lupe abgesucht hat. Er kannte ja seine Großeltern nur von diesem einen Foto, das Aliza besitzt und von dem er eine Kopie hat.

Hat Oma eigentlich die Fotos gesehn, die aus dem Ghetto?

Nein, dein Vater hat sie gefragt, aber sie wollte nicht. Er versuchte es dann noch mal, ganz vorsichtig, aber sie war so entschieden, dass er es schließlich sein ließ.

Und was war nach dem Ghetto in Lodz?

Das weiß man nicht genau.

Und bis zu welchem Punkt weiß man es?

Es gab noch ein Telegramm, das dein Urgroßvater irgendwann 1941 geschickt hat, danach kam nichts mehr. Aus Lodz durfte ja keine Post mehr geschickt werden.

Ist das alles?

Das ist alles ... dein Vater hat alle möglichen Leute angesprochen. Er hat auch Anzeigen aufgegeben, auch in israelischen Zeitungen, aber nichts, gar nichts kam. Nur einmal ein Brief von einer Frau, die behauptete, sie habe deine Urgroßeltern irgendwo getroffen. Aber als dein Vater mit ihr Kontakt aufnehmen wollte, war sie gestorben. Sie war ausgerechnet in den paar Tagen gestorben, in denen der Brief unterwegs war. Sie lebte in Israel, aber sie hatte keine Kinder, die dein Vater hätte fragen können. Nichts war mehr herauszufinden über all das.

Als ich klein war, fütterte mich meine Mutter morgens mit einem mit Zucker verrührten Eigelb, noch heute habe ich das Scheppern der Gabel in der Tasse mit den Marienkäfern im Ohr. An manchen Sonntagen übernahm mein Vater diese Aufgabe. Ich liebte ihn, und keine Situation habe ich zufriedener in Erinnerung als die Nächte, in denen ich, von Donner oder lautem Regen oder einem Angsttraum aufgeweckt, zu meinen Eltern tappte und mich schutzsuchend an ihn schmiegte. Der glatte Stoff seines Schlafanzugs, die Ruhe seines Körpers, der sachte Ton seines bald einsetzenden Schnarchens, der warme Geruch seiner Achsel, all dies bedeutete vollkommene Geborgenheit für mich. Jede Gelegenheit nahm ich wahr, um mein eigenes Bett zu verlassen und bei ihm zu schlafen. Wachte ich auf, lief ich zum Elternschlafzimmer, öffnete leise die Tür, stellte mich vor das Bett, sah den beiden eine Weile beim Schlafen zu, beobachtete das sanfte Auf und Ab der unter der weißen Decke atmenden Körper, das mit halb geöffnetem Mund daliegende Gesicht meines Vaters, das so im Zwielicht des von draußen leicht erhellten Zimmers seltsam fremd wirkte, bis ich zu ihm schlüpfte. Er wurde gar nicht richtig wach, sondern legte seine große Hand auf meinen Kopf, schob sich zurecht, indem er ein paar Mal hin und her rollte, die Lage änderte, und es dauerte nur einen Moment, bis aus der Tiefe seines breiten Brustkorbs das dunkle Schnurren herauftrudelte, dann fiel auch ich in seligen Schlaf. Meine Mutter auf der anderen Seite des Betts bekam von alledem meist nichts mit. Sie war dagegen, dass ich so oft zu ihnen ins Bett kam.

Du verwöhnst sie, sie wird es sich nicht wieder abgewöhnen können, sagte sie in meiner Gegenwart, als redete sie über eine abwesende Person, worauf ich mich mit einem trotzig quäkenden ›Gar nicht!‹ zu Wort meldete. Ich liebte meinen Vater, ich liebte ihn mehr als meine Mutter, und trotzdem war es mir unangenehm, dass er mir an ihrer Stelle sonntags das morgendliche Eigelb einflößte. Wenn er mir den Löffel in den Mund schob, kam er mit dem Gesicht so nah an mich heran, dass ich den Kopf abwendete. Noch heute kann ich mich an diese seltsame Aversion erinnern, die aufgeladen war mit schlechtem Gewissen und Mitleid. Ob es mir nicht schmecke, wollte er dann wissen, und da ich ihn nichts von meinem Widerwillen merken lassen wollte, schüttelte ich den Kopf und öffnete den Mund. Ich mochte den süßen gelben Schaum aus Eidotter und Zucker, das war es nicht. Nur fand ich die Nähe seines Gesichts unangenehm, etwas dabei rief Widerwillen in mir wach, eine Art Ekel, für den ich mich zugleich schämte, sodass ich jedes Mal erleichtert vom Stuhl aufsprang, wenn die Prozedur zu Ende war. Auch mochte ich seine Fragen nicht, ob es mir schmecke oder was denn los sei, dass ich immer den Kopf wegdrehe. Wenn er dann mit Scherzen versuchte, mich aufzuheitern, lachte ich ihm zuliebe, nur um ihn nicht zu kränken.

Die Furcht, meinen Vater zu kränken, begleitete mich, seit ich denken kann. Ich weiß noch, dass ich selbst mit achtzehn noch versuchte, in einer Weise zu lächeln, die ihm gefallen sollte, selbst wenn ich dabei das Gefühl einer Grimasse hatte. Ich weiß nicht, ob er etwas davon gespürt hat. Ich wollte ihm gefallen, damit es ihm gut gehe, denn immer fürchtete ich, es gehe ihm nicht gut, weil er zu viele Sorgen habe, weil er sich so sehr für seine Patienten aufopferte, weil das Geld nicht ausreichte, weil meine Mutter ihn nicht gut behandelte, weil sie dauernd mit ihm stritt und ihm Vorwürfe machte, vor allem wegen Geld, obwohl er doch so viel arbeitete. Und das Schlimmste, ich war mir sicher, er sei betrübt über seine Tochter, über ihre schlechten Noten, ihre Lügen und ihre Faulheit. Eine Zeit lang hatte ich geradezu Angst um ihn und fürchtete, er könne an seinen Sorgen sterben. Damals war noch nicht von Stresssymptom die Rede, sondern von Managerkrankheit, und weil er mir immer wie ein großer Boss vorkam, einer, der sich Tag und Nacht für die Familie und die Patienten aufopferte und von dem alles auf der Welt abhing, dachte ich, niemand sei mehr von dieser grassierenden Seuche bedroht, die man Managerkrankheit nannte, als er.

Nach seinem Tod empfand ich eine mir selbst ganz unheimliche Erleichterung. Erst Monate später wurde ich von einem Weinkrampf befallen, der mit kurzen Unterbrechungen ein paar Tage lang anhielt. Es war, als mein Vater mir im Traum erschien, klein und bedürftig wie ein Baby, aber mit dem Gesicht des alten Mannes, der er zuletzt gewesen war. Plötzlich tat er mir unsäglich leid. Seither hatte sich die Erinnerung an ihn in ein warmes, liebevolles Licht gehüllt.

Jetzt, als meine Mutter starb, erging es mir ganz anders. Nie hätte ich gedacht, dass mich eine solche Verlassenheit befallen würde wie an dem Wintermorgen, als gegen elf das Telefon klingelte und mir ein Krankenhausarzt mitteilte, dass sie gestorben sei. Sie war auf dem Weg zu ihrem Friseur in ein Auto gelaufen und schon im Unfallwagen gestorben.

Am Tag zuvor noch hatte ich mit ihr einen Einkaufsbummel gemacht. Als wir im Café saßen, konnte sie es nicht lassen, zu bemerken, sie finde, ich ziehe mich zu nachlässig an. Sie wisse ja, ich höre das nicht gern, aber jetzt, da auch ich nicht mehr die Jüngste sei, solle ich doch darüber nachdenken, ob ich nicht ein bisschen mehr für mich tun könne.

Ich hatte mir abgewöhnt, auf ihre Versuche, mich ihrer Vorstellung von Tochter anzugleichen, etwas zu entgegnen. Es war eine Art Ritual. Ich hörte mir an, was sie sagte, und kündigte Besserung an. So versprach ich ihr auch an diesem Tag, mir ein neues Jackett zu kaufen. Und da ich ihr diesmal vielleicht zugänglicher erschien als sonst, gestand sie mir, dass sie mich am liebsten in dem jetzt so modernen Rosa sehen würde.

Um das lästige Modethema abzukürzen, bat ich sie, mir von früher zu erzählen.

Was willst du hören?

Wie ihr euch kennengelernt habt.

Aber das weißt du doch.

Trotzdem.

Und so erzählte sie zum ich weiß nicht wievielten Mal, wie sie meinem Vater zum ersten Mal begegnete: Es war bei einer Tanzveranstaltung der Sanitätsstaffel München, dein Vater konnte wegen einer Beinverletzung nicht tanzen. Er war eine tolle Erscheinung, mit einem übermütigen Gesicht und dickem Haar. Und charmant, ungeheuer charmant … Auf einen Spazierstock gestützt, sah er mir zu und grinste mich an. Mit ungeniertem Blick, obwohl ich mit einem andern tanzte. Hatte so was Herausforderndes. Auch ich sah zu ihm hin, über die Schulter meines Tänzers hinweg warf ich ihm Blicke zu. Da hat er kurzerhand mit seinem Stock nach meinem Bein geangelt. Ziemlich frech. Nach dem Tanz kam er zu mir und setzte sich neben mich. Es war so eine ausgelassene Stimmung damals, wir haben gefeiert wie närrisch. Kinder, genießt den Krieg, der Friede wird fürchterlich!, hieß es. Man hat ja nie gewusst, ob es nicht das letzte Mal ist. Jedenfalls bin ich noch am selben Abend auf seinem Schoß gelandet. Danach blieb er noch ein paar Wochen in München, und wir haben uns jeden Tag getroffen. Wieder an der Front, hat er mir einen Brief mit einem Heiratsantrag geschickt.

Von wo denn, wollte ich wissen. Ich hatte diese Frage schon oft gestellt und immer zur Antwort bekommen, dass sie sich daran nicht mehr genau erinnere. Ob in Polen oder in Russland, sie könne es einfach nicht mehr sagen. Der Brief sei bei einem der vielen Umzüge verloren gegangen, aber das wisse ich doch.

Sie habe auch nicht mehr die verschiedenen Feldpostnummern im Kopf, an die sie damals die Post schickte (achgott, es war so viel passiert damals, ein Riesengerümpel im Kopf). Seine Sanitätsstaffel sei mal da und mal dort gewesen.

Und diesmal, ob aus einer gewissen Vorahnung heraus oder nur aus Zufall, erzählte sie etwas, wovon sie bis dahin noch nie gesprochen hatte. Irgendwann sei mein Vater für ein paar Tage auf Genesungsurlaub gekommen, irgendwoher aus Polen. Nachts habe er nicht schlafen können, und sie hätten in der Dunkelheit ein langes Gespräch gehabt, in dem er ihr sein Herz ausschüttete. Er habe unter der Situation schwer gelitten. Von Schlächterarbeit habe er gesprochen, womit er die vielen Amputationen gemeint habe. Wie am Fließband sei es zugegangen, und das alles für einen Krieg, von dem doch jeder wusste, dass er nicht mehr zu gewinnen war.

Einmal habe er ihr unter dem Siegel der Verschwiegenheit erzählt, dass ihn ein ehemaliger Kommilitone eingeladen hatte. Übers Wochenende, irgendwo in der Nähe seiner Stationierung in Polen, in eine Waldhütte, wo sich eine Gesellschaft zu einer Treibjagd traf. Es sei hoch hergegangen, mit Frauen und mit Alkohol. Der Kollege habe sich mit seiner hohen Position gebrüstet. Es sei um Forschung, um medizinische Forschung gegangen. Die Ärzte seien alle blutjung gewesen und sehr ehrgeizig. Zielstrebige Wissenschaftler. Eine ›Aufbruchstimmung sondergleichen‹. Mein Vater habe das Gefühl gehabt, auf diese Weise endlich einmal für ein paar Tage dem spießigen Einerlei des Lazarettlebens zu entfliehen. Eine gebildete, geistreiche Gesellschaft. Er, der in der zermürbenden Routine feststeckte.

Ich fragte nach, ob ich richtig verstanden habe, ob wirklich dabei das Wort ›spießig‹ gefallen sei. Ja, wirklich, ich solle nicht glauben, wir hätten dieses Wort erfunden. Nein, damals habe auch niemand spießig sein wollen. Spießig wie die Alten, habe es immer geheißen, die Starrköpfe, die sich nicht aus ihren alten Vorstellungen befreien wollten. Die das Neue aufhalten. ›Spießig‹ sei für meinen Vater schon immer ein Schimpfwort gewesen.

Und weißt du, wo dieser ehemalige Kommilitone als Arzt seine Forschung betrieben hat?

Nein, sie habe nur eine vage Erinnerung an den Namen der Hütte, wo mein Vater öfter mal die Wochenenden verbracht habe. Es sei mitten in einem Wald gewesen, an einem Flüsschen, das so ähnlich wie Ola oder Mola heiße. Später, als sie von all den schrecklichen Dingen in den ›Kazetts‹ gehört habe, sei sie dem Schicksal dankbar gewesen, dass Papa nicht dorthin geschickt worden sei.

Wohin?, fragte ich.

Na, dahin, wo die Experimente gemacht wurden.

Ob sie sich noch an den Namen des Kollegen erinnere?

Nein, natürlich nicht, sie habe ihn ja nie persönlich kennengelernt.

Und ich weiß noch, wie ich über ihr ›Natürlich‹ nachsann. Es war eine Angewohnheit von ihr, ihre Meinung mit einem ›Natürlich‹ zu bekräftigen, eine Aufforderung, die Sache auf sich beruhen zu lassen, eine Art lapidare Entwaffnung, über die ich mich früher stets erregte, bis ich anfing zu verstehen, dass damit keine Herabsetzung meiner selbst gemeint war, sondern dass dieses ›natürlich‹ einfach zu ihr gehörte wie das braune Muttermal an ihrer linken Wange.

Ich fragte weiter, was mein Vater sonst noch erzählt habe. Plötzlich hatte ich das Gefühl, eine Tür öffne sich. Nichts, nur das, beharrte sie. Und nach längerem Schweigen: Es muss eine fantastische Natur gewesen sein ...

Und woher weißt du das? Warst du doch da?

Nein, Papa hat davon geschwärmt. Herrliche Wälder, ruhig und friedlich, anders als an der Front.

Sie könne sich noch gut an ein Foto erinnern, auf dem Reiter in lockerem Pulk beieinanderstehn, dahinter das Holzhaus in einer prächtigen, gebirgigen Landschaft ... Achgott, warum fällt mir nur der Name nicht ein?

Und warum hat er unter dem Siegel der Verschwiegenheit davon gesprochen?

Na, wegen der Wissenschaftsspionage. Ich könne mir ja gar nicht vorstellen, wie es damals zugegangen sei. Man habe sich überall und immerzu in Acht nehmen müssen, die Bolschewisten hätten überall Spione gehabt. Was man ja heute bestätigt wisse. Nur deshalb.

Als ich in der Leichenhalle stand und auf ihr Gesicht blickte, konnte ich nicht fassen, dass sie nie wieder erzählen würde, wie sie meinen Vater kennenlernte, dass sie niemals wieder mit resignierter Empörung ihr ›Ach was weißt denn du!‹ aus sich herausseufzen würde. Es war eisig in dem Raum, und es überfiel mich ein Gefühl von unendlichen Versäumnissen.

Benommen ging ich hinaus und verabschiedete mich von dem Arzt, der mich begleitete.

Der Fund, den ich ein paar Tage später beim Entrümpeln ihrer Wohnung in einem alten Schuhkarton unter einer Konsole im Flur machte, brachte alles durcheinander, was ich mir über meinen Vater zurechtgelegt hatte. Er stellte alles infrage.

Meine mit der Zeit nach seinem Tod immer zärtlicher gewordene Erinnerung an ihn war mit einem Mal vollkommen erschüttert. Es war, als wäre sein Gesicht in unzählige Splitter auseinandergefallen. Ich konnte ihn nicht wiedererkennen. Wie eine Phantasmagorie begleitete mich ab da dieses Bild. Was ich auch tat, womit ich mich auch beschäftigte, es ging mir nicht mehr aus dem Sinn.

In dem Schuhkarton lagen neben alten Kerzen, einem Silberleuchter und einem Portemonnaie auch ein paar Fotografien und das abgegriffene und am Falz mit einem Leukoplaststreifen zusammengehaltene Soldbuch meines Vaters, auf dem Deckblatt der bekannte Adler mit waagerecht ausgestreckten Flügeln. Das Hakenkreuz in einem Eichenlaubkranz darunter war geschwärzt, sodass man es nicht mehr erkennen konnte.

Die erste Fotografie zeigte meinen Vater in Stiefeln und Uniform vor zwei in einer engen Straße querstehenden Panzern. Er lehnte gegen den einen der Panzer und rauchte. Im Hintergrund zweistöckige Häuser mit zersplitterten Fenstern. Es sah aus wie ein Dorf in Russland. Auf einem anderen Foto eine lang gestreckte Holzhütte in einem gebirgigen Wald, davor ein paar Pferde, die ein junger Bursche an den Zügeln hielt, im Hintergrund Männer in Zivil, Reithosen und Stiefel, manche rauchend. Dann: mein Vater halbschräg von hinten, wie er in der Hocke ein weißes, blutiges Stoffbündel öffnet, aus dem ein Fuß ragt. Dann mein Vater mit Stahlhelm, die Hand an der Gürtelschnalle und um ihn herum im Halbkreis Krankenschwestern, alle lachen dem Fotografen entgegen. Und schließlich drei besonders kleine Fotografien. Auf der einen eine Ansammlung toter Männer in zerrissenen Kleidern, manche mit Stiefeln, manche halb entkleidet. Im Hintergrund ist alles weiß, wie Schnee. Auf der zweiten: ein Graben, in dem nebeneinander aufgereiht Tote liegen, manche von ihnen mit Stiefeln, manche mit nackten Füßen und kaum bekleidet.

Und dann, auf der dritten, mein Vater in Uniform am Boden sitzend, zwischen seinen weit gespreizten, angewinkelten und von zwei Soldaten auseinandergedrückten Beinen ein Stück Stoff mit einem Hakenkreuz. Es liegt direkt auf dem Geschlecht. Alle drei lachen in die Kamera hinein. Sie lachen auf eine Weise, dass es mir beim Daraufschauen geradezu in den Ohren klingt, ein betrunkenes, grölendes, bedrohliches Männerlachen, so wie in meinen Alpträumen, wenn die Einbrecher kommen.

Ich schob die Fotografien hin und her und betrachtete sie immer wieder. Am Ende packte ich sie zusammen mit dem Soldbuch in meine Handtasche. Auf dem Weg nach Hause überlegte ich, ob ich das Ganze einfach in den Müll werfen solle. Direkt in die Tonne. Gar nicht erst mit nach oben in die Wohnung nehmen. Die Kontamination gar nicht erst weitertragen. Mir die Hände waschen, ein Bad nehmen und die Wohnung meiner Mutter so schnell wie möglich ausräumen lassen. Nichts mehr anfassen. Alles dem Entrümpelungsunternehmen übergeben. Weg damit. Weg mit allem, nichts mehr zurücklassen. Irgendeine Ausrede für Vered erfinden, die schon angekündigt hatte, sich von den Kleidern und dem Geschirr meiner Mutter etwas aussuchen zu wollen.

Im Zug nach Berlin liefen die Fragen durch meinen Kopf wie ein laufendes Schriftband unter Fernsehbildern. Aber was habe ich damit zu tun? Sind diese Bilder nicht einfache Kriegsbilder? Waren die Toten Soldaten, in einer Schlacht gefallen? Weist ihre ungleiche Bekleidung darauf hin, dass es eben keine richtigen Soldaten waren, sondern Partisanen? Letzte Kämpfer in himmelschreiender Situation? Und dann: Warum befällt mich dieser elende Verdacht? Ist es nicht normal, dass sich Soldaten mal betrinken? Und er war doch Lazarettarzt, da musste er doch Verletzte behandeln.

Aber das waren keine deutschen Soldaten, das schien die Art der Stiefel, der Kopfbedeckungen und der Militärjacken zu zeigen. Und wieder: Was habe ich überhaupt mit alledem zu tun? Warum jetzt dieser Schrecken, warum zerreißt es mich plötzlich? Nur weil ich zufällig die Tochter dieses Mannes bin? Aber wer war dieser Mann? War er später Pazifist geworden, weil er damit etwas wiedergutzumachen glaubte? Weil er etwas wiedergutmachen musste? Weil er etwas verbrochen hat? Hab ich denn überhaupt kein Vertrauen zu ihm? Kann Vertrauen so schnell dahinschmelzen? Hat er aus Schuldgefühl die Klavierlehrerin mit der KZ-Nummer behandelt?

Was beweist es schon, dass er sich auf diese Weise vergnügt hat? Alle möglichen Leute haben damals Jagden im besetzten Polen geritten, nicht nur Täter. Alle möglichen Leute haben sich da betrunken, und im Suff ... weiß man ja ... das heißt doch noch gar nichts ...? Oder vielleicht doch? Hat er mitgemordet? Er, der Lebensretter? War er einer von denen, die Partisanen gezwungen haben, ihr eigenes Grab zu schaufeln, um sie dann darin zu erschießen? Während Yorams Großeltern und Albert in Auschwitz ermordet wurden? Dieses glänzende, törichte Gesicht, das in die Kamera lacht ... Für die Nachwelt.

Und bei all diesen Fragen pochte der allererschreckendste Gedanke durch: Was soll Yoram damit anfangen? Und erst recht Vered? Was würde es bei ihnen auslösen, diese Fotografien zu sehen? Vielleicht würde Vered sich ja von mir lossagen, für immer. Vielleicht würde sie von diesem Teil ihrer Familie nie wieder etwas wissen wollen. Und Yoram? Vielleicht würde er Seiten an mir entdecken, die etwas gemeinsam haben mit diesem Mann, der mein Vater war.

Dann wieder versuchte ich mich zu beruhigen. So kann man das nicht sehen. Als ginge es um etwas, was vererbbar ist. Yoram wird sagen, es ändert nichts. Haben wir nicht gesagt, wir sind frei. Es kommt auf die Definition an. Die Formel für unser Leben: Wir sind frei. Nur wenn du diese verqueren Gedanken zulässt, bringst du etwas zwischen uns, das nicht zwischen uns gehört. Sieh es mal nüchtern. Es kommt alles auf die Sicht der Dinge an, und bisher war sie richtig zwischen uns. Hör auf mit diesem magischen Denken. Du bist nicht deine Eltern, und was sie getan, gewusst oder gefühlt haben, hat nichts mit Genetik zu tun. Aber wird Yoram das wirklich sagen?

Wieder zu Hause in Berlin, öffnete ich die Mülltonne und ließ das Soldbuch mit den Fotos hineingleiten. Dann aber, schon an der Haustür, machte ich wieder kehrt und fischte den Umschlag wieder heraus, schloss die Kellertür auf und schob meinen Fund in eine Ecke hinter ein paar alte Autoreifen und ölige Lappen, wo ihn niemand finden würde.

Unentwegt schoben sich mir die Bilder vor mein inneres Auge. Und immer mein Vater mit dem zersplitterten Gesicht, den gespreizten Beinen und dem Hakenkreuz über dem Geschlecht. Ich konnte nicht mehr nicht daran denken. Am Tag drauf ging ich in den Keller und holte meinen Fund wieder hervor.

Diesmal nahm ich mir Zeit und sah mir das Soldbuch genau an. Was daraus hervorgeht, ist, dass mein Vater zwischen Anfang 1942 und Ende 1944 vom Unterarzt zum Stabsarzt befördert wurde und dass er während dieser Zeit sowohl in Krakau als auch in Odessa stationiert war. Was kann er da getan haben? Was gesehen? Krakau ist in fast unmittelbarer Nähe von Auschwitz. Kann es sein, dass er, der Arzt, nichts mitbekommen hat?

Und dann fand ich auf der Rückseite des Fotos mit der Hütte im Wald eine Aufschrift: Hütte an der Soła. Das also war es, was meiner Mutter nicht mehr einfallen wollte. Ich suchte im Internet und fand heraus, dass die Soła der Fluss ist, der durch Auschwitz fließt, und dass das Sołatal eines der schönsten Naturgebiete Europas sein soll, dass es dort seltene und vom Aussterben bedrohte Vogelgattungen gibt, wie den Flussregenpfeifer und den Flussuferläufer und auch Nachtigallen und Eisvögel. Aber dann entdeckte ich unter dem Stichwort ›Sołahütte‹ eine Website des Holocaustmuseums in Washington. Und viele Fotografien, die der SS-Mann Höcker aufgenommen hatte. Dieselbe Hütte, in der mein Vater das Wochenende verbracht hat und wo es (nach der mir jetzt übergenau ins Gedächtnis stürzenden Erzählung meiner Mutter) ›hoch hergegangen‹ war. Und was ich noch fand: In dieser Hütte trafen sich in ihrer Freizeit die Kommandanten und die Ärzte von Auschwitz, die ganze SS-Elite, um sich mit ›SS-Maiden‹ zu vergnügen.

Was hatte mein Vater mit diesen Ärzten zu tun? Wer war dieser Kommilitone, den meine Mutter erwähnt hat? Was wusste mein Vater über Auschwitz? Konnte er in dieser Nähe zum Tatort und zu den Tätern überhaupt etwas nicht wissen?

Weder Yoram noch sonst jemandem erzählte ich von meinem Fund. Ich saß am Schreibtisch und versuchte zu lesen, aber es ging nicht. Wie durch warmen Nebel nahm ich die Dinge um mich herum wahr, als sperre mich eine milchige Wand gegen die Außenwelt ab und zwinge mich in das Gefängnis einer engen Binnenwelt, in der sich nur mein Vater und ich umeinander drehten. Mein Vater mit einem erschreckenden, abstoßenden, widerlichen Gesicht, das sich mir ekelerregend näherte. Anders kann ich es nicht ausdrücken.

Dann wieder führte ich imaginäre Gespräche mit Yoram, der immer darauf dringt, nichts zu mystifizieren, immer bei den Fakten zu bleiben. Ach, Unsinn, sagte er, das sind Soldaten. Soldaten betrinken sich, das ist in jeder Armee so. Sie machen sich lustig über dieses idiotische Hakenkreuz. Du kannst es auch so deuten. Und die Toten, das sind Soldaten. Siehst du doch. Sie tragen Stiefel und Uniform. Es sind keine Zivilisten. Und auch keine Partisanen. Und wenn es Partisanen sind, dann gehören sie immer noch zu den Kämpfern. Nicht zu den ganz und gar Wehrlosen. Und noch im selben Gedanken war mir klar, dass Yoram so nie reagieren würde. Diesmal nicht. Mach dir nichts vor, sagte es in mir. Und jedesmal, wenn ich an diesen Punkt kam, stockte mir der Atem, der Schweiß brach mir aus, ich war gefangen. Mir war, als sei meine Haut verschmutzt von etwas, das man nicht abwaschen kann. In einer Art betäubender Dauerrotation stellte ich mir immer wieder diese Fragen. Und jeden Tag von Neuem überlegte ich, ob ich den Karton samt Inhalt nicht doch einfach verschwinden lassen solle. Es ist doch viel zu wenig zu erkennen. Was bringt es, wenn ich sie Yoram und Vered zeige? Wozu soll das nütze sein?

Ich konnte nicht mehr schlafen. Gegen zwölf ging ich ins Bett und wachte schon um zwei oder drei auf, ohne wieder einschlafen zu können. Klappte ich eines der Bücher, die ich immer auf dem Nachttisch liegen habe, auf und versuchte zu lesen, kam nichts an mich heran. Jeder Satz schien allein dazustehen, völlig sinnlos. Ohne Zusammenhang. Auch wenn ich mich dazu zwang, noch mal und noch mal zu lesen und im Moment vielleicht einen Zusammenhang ahnte, hatte ich ihn sogleich wieder vergessen. Meine ungewollten Gedanken spielten verrückt. Schossen durch jeden Satz, trudelten chaotisch über die Seiten. Auch tagsüber. Auf nichts konnte ich mich konzentrieren, nicht einmal auf banale Fernsehsendungen, die sonst eine leichte Ablenkung für mich sind. Und als die Redakteurin die längst versprochenen Texte anmahnte, fiel mir als Ausrede nur der Tod meiner Mutter ein. Ja, ich komme über den Tod meiner Mutter nicht hinweg, diese Formel legte ich mir zurecht.

Natürlich fiel mein Zustand auch Yoram auf. Du musst ausspannen, hast doch Zeit jetzt, lesen kannst du auch an einem anderen Ort. Die Idelsonstraße ist frei, oder fahr mal ganz woanders hin, Mallorca oder Venedig, wo du ganz raus bist aus allem.

Mit Vered traf ich mich in Wiesbaden und ging noch einmal durch die Wohnung meiner Mutter. Sie durchstöberte die Schränke und suchte zwei oder drei Kleider aus, die sie für sich behalten wollte. Ich blätterte die wenigen Papiere durch, die noch in einer Schublade waren, verschiedene Urkunden, ein Familienbuch, ein altes Gebetbuch, Heiligenbildchen, die meine Mutter zum hundertsten Geburtstag meiner Großmutter verschickt hatte, und ein Bündel Briefe und Postkarten von Vered und mir. Alles andere hatte sie fortgeräumt. Keiner der Briefe, die ihr ihre vielen Freundinnen geschrieben hatten, und aus denen sie mir manchmal kurze Passagen vorlas, war noch da. Auch kein einziger Brief von meinem Vater, obwohl ich wusste, dass die beiden sich oft geschrieben hatten. In dem Moment begriff ich, dass sie für eine undurchlässige Trennung zwischen der Zeit vor fünfundvierzig und heute gesorgt hatte und darüber hinaus zwischen ihrem Leben und meinem.

Mir war klar, niemals hätte sie gewollt, dass mir diese Fotografien unter die Augen kommen. Wenn sie gelegentlich darüber gesprochen hatte, dass ihr ›einmal etwas zustoßen könne‹, hatte sie angekündigt, mir auf jeden Fall keine überflüssige Arbeit machen zu wollen. Sogar ›die Sache mit der Beerdigung‹ sei schon vorbereitet. Und tatsächlich brauchte ich jetzt nur bei dem Beerdigungsunternehmen anzurufen, um zu erfahren, dass die Bestattung vor Jahren schon bestellt und bezahlt worden war. Sogar den Pfarrer hatte sie ausgesucht und ihn mit den nötigen Informationen für seine Rede versorgt. Ja, angesichts all dessen war ich ganz sicher, dass sie von dem Inhalt des Schuhkartons nichts gewusst hat.

Und während ich ein paar Tage später in ihrer Wohnung die Leute empfing, die auf meine Annonce unter dem Stichwort ›Wohnungsauflösung‹ hin gekommen waren und sich nun über Wäsche, Geschirr, Bücher, Vasen, Lampen und Möbel hermachten, war mir, als führte ich nur weiter aus, was meine Mutter schon lange entschieden und verfügt hatte. Ich weiß nicht, wie viele Leute an diesem Samstag die Wohnung durchstöberten und Dinge in die Hand nahmen, um sie hin und her zu wenden und zu begutachteten, Dinge, die an diesem Ort immer noch Inbegriff familiärer Intimität waren. Obwohl mir klar war, was ich da inganggesetzt hatte, eine Art Schauspiel, das auch die Leute als solches empfanden, (man sah es ihnen an), zögerte ich keinen Moment, diese Preisgabe zu Ende zu bringen. Ja, ich öffnete am Ende sogar den Kleiderschrank und forderte die gierig Herumsuchenden auf, sich daraus zu bedienen. Selbst die Silberschale mit der Gravur ›Sieg mit Morgenröte 1942‹, die so etwas wie das Vademecum meiner Kindheit war, gab ich für ein paar Euro fort. Ich befand mich in einer Art innerem Gefrierzustand und wunderte mich nur, dass mich nicht einmal die Bemerkung einer Frau tangierte, die, indem sie ein seidenes Nachthemd durch die Hände gleiten ließ, eine abfällige Bemerkung über ›Leute, die ihre Großmutter verkaufen‹ machte. Es war das letzte Mal, dass ich in der Wohnung meiner Mutter gewesen bin, in der sie über vierzig Jahre lang gelebt hatte.

Das Taxi brachte mich vom Flughafen Krakau gleich zum Hotel Kazimierz im alten jüdischen Viertel. Mein Nachbar im Flugzeug hatte es mir empfohlen, er sei schon einmal da gewesen, ein einfaches, gut gelegenes Haus, von dem aus man alles zu Fuß erreichen könne.

Vor meiner Abreise hatte ich niemandem etwas von meinem Reiseziel gesagt, nicht einmal Yoram. Er fuhr mich zum Flughafen Schönefeld und kehrte gleich zurück zum Büro. Ich weiß nicht, warum, aber ich hatte den Eindruck, wir verabschiedeten uns diesmal zärtlicher als sonst. Er fand es schade, nicht mitkommen zu können, und ich schob mein Gesicht in seine Handmuschel.

Such dir was Gutes, was richtig Schönes, irgendwas wo's warm ist. Ich tastete seine Wange entlang, und der plötzliche Wunsch, nicht wegzufahren, bei ihm zu bleiben, niemals wieder an einem anderen Ort zu sein als er. An ihn gelehnt, das Gesicht in den Wollfalten seines Mantels, murmelte ich die drei bekannten Worte, nach denen mir in diesem Moment zumute war. Mehr als je zuvor, dachte ich. Und als ich in der Reihe vor dem Schalter stand, tönte mir noch der Klang seiner Antwort im Ohr nach. Noch den ganzen Flug über hörte ich ihn, während eine polnische Fußballmannschaft in den Reihen hinter mir sich mit Bier betrank und zunehmend lauter wurde, worüber sich meine Nachbarn heftig erregten.

An der Hotelrezeption ließ ich mir einen Stadtplan geben und lief los. Es war die letzte Novemberwoche, und es nieselte unablässig aus kompaktem Grau. Wie immer zog es mich zuerst Richtung Wasser. Ich überquerte die Weichsel, fuhr ein Stück mit der ›Tramwaj‹ und wanderte durch ein Viertel, das mich an die Straßen meiner Kindheit erinnerte, wenn ich die Ferien bei meinen Großeltern in einem saarländischen Bergarbeiterstädtchen verbrachte. Kleinstädtische Mietshäuser, eingefärbt vom Ruß der Jahre. Allmählich wurde es dunkel, und der Aluminiumton des Himmels ging über in feierliches Anthrazit, in dem die Häuser noch enger aneinanderrückten und die erleuchteten Fenster wie Kulissen wirkten, völlig künstlich. Ich musste wieder an die Fotografien meines Vaters denken, sie gingen mir nicht mehr aus dem Kopf, und ich muss so in Gedanken gewesen sein, dass ich bei Rot über die Straße ging und in einen Lastwagen gelaufen wäre, hätte mich nicht ein Mann am Arm gepackt und zurückgezogen. Ein Engländer, wie sich herausstellte, auf der Suche nach der berühmten Fabrik Oskar Schindlers. Sie müsse ganz in der Nähe sein, meinte er, aber er könne sie einfach nicht finden … I lost my map …

Ich kramte meinen Stadtplan aus der Tasche, faltete ihn auf, und wir beugten uns darüber, während der Niesel sich in Regen verwandelte und der Wind an dem Papier zerrte. Jetzt begriff ich, dass ich mitten in dem Viertel war, das die Deutschen zum Ghetto erklärt hatten und in dem die Juden aus Krakau und aus der umliegenden Gegend in qualvoller Enge eingepfercht worden waren. Wir zogen gemeinsam los, die Fabrik zu suchen. Es war nicht weit bis zu dem lang gestreckten zweistöckigen Haus mit einer Toreinfahrt zwischen breit gerundeten Ecken, wie es dem Architekturstil der zwanziger Jahre entsprach. Darüber die Aufschrift: ›Fabryka Oskara Schindlera – Emalia‹.

Tell me, how could this Schindler simultaneously be friends with the campcommander and at the same time with jews?

Vielleicht ist die Freundschaft zu diesem Göth ja rein strategisch gewesen, sagte ich.

Maybe. Er habe einen Film über die Tochter dieses Lagerkommandanten gesehn. In ihrer Haut wolle er nicht stecken. Auch ich erinnerte mich an diesen Film und an eine Frau mit einem unsicheren Gesicht und dunklen Locken, die versuchte, über ihren Vater zu sprechen, über den sie bis ins hohe Alter nichts wusste, und die so etwas sagte wie: Auch ich hätte gern einen netten Vater gehabt. Wir liefen durch die Straßen, und jedes Mal wenn einer etwas sagte, machten wir Halt, um dann schweigend weiterzulaufen. Vor der Weichselbrücke verabschiedeten wir uns, und ich nahm wieder die Straßenbahn.

›Once upon a time‹ hieß das Restaurant, das ich suchte, ich hatte darüber in einem Reisemagazin gelesen, aber schon beim Blick von außen durch die Fensterscheibe war zu sehen, dass kein Platz frei war. Ich war in einer Gasse gelandet, die auf der einen Seite von einer Friedhofsmauer gesäumt ist und auf der anderen von Läden, Restaurants und Cafés, die alle ›once upon a time‹ heißen könnten. Von da erstreckte sich ein mittelgroßer Marktplatz, den ich bis zu einer Synagoge am anderen Ende überquerte. Ich entzifferte das Straßenschild: Ul. Szeroka. Rund um den Platz Hotels, Restaurants, Cafés. Ich wollte etwas essen und konnte mich nicht entscheiden, wo. Wie immer, wenn ich abends alleine in einer fremden Stadt bin. Yorams Spott über die Liebe der Deutschen zu jüdischer Folklore kam mir in den Sinn, denn hier war alles jüdische Folklore. In meinem Kopf galoppierten die Gedanken davon. Wie ging ein Deutscher 1943 durch eine besetzte Stadt? Er konnte unmöglich durch die Straßen geschlendert sein. Es fielen mir nur slapstickartige Gangarten ein. Männer in Reitstiefeln, lachhaft große Schritte machend. Seit meinem Fund hatte ich immer wieder herumgegoogelt. ›Lazarettarzt Krakau 1943/44‹ und ähnliche Begriffe. Oder ›Lazarettarzt deutsche Wehrmacht 1943‹, aber ich fand nichts, was mir weiterhalf.

In einem nostalgisch aufgemachten Restaurant suchte ich mir an einem runden Tisch einen Platz, und eine Kellnerin in Vereds Alter mit langem Haar sprach mich auf Englisch an. Ich bestellte Karamellisierte Zwiebelsuppe, ›Traditional Jewish Recipe‹. Während ich darauf wartete, schickte ich eine SMS an Rachel, die mir sofort antwortete, ›Das Rezept ist garantiert so jüdisch wie Thüringer Bratwurst‹. In Gedanken sprach ich die ganze Zeit mit Yoram. Es hätte ihm geschmeckt hier, bei seiner Lust an herzhaften Speisen, die eine Idee von Zucker durchzogen sind.

Der Mann, der im Flugzeug neben mir saß, und den ich im Hotel wiedertraf, hatte mich gefragt, ob wir uns am nächsten Tag ein Taxi nach Auschwitz teilen könnten. Während ich die Suppe aß, dachte ich darüber nach. Neben mir an einem großen Tisch saß eine Runde Franzosen. Satzfetzen drangen zu mir herüber, und ich glaubte zu hören, dass sie über einen Roman sprachen, dessen Protagonist ein schwuler SS-Mann ist. Was ich verstand, war, dass keiner von ihnen das Buch zu Ende gelesen hatte. Es sei unmöglich, fast tausend Seiten. Eine Stimme sagte etwas von ›maniaque‹, von ›le nazisme comme fascination‹. Das sei doch unmöglich. ›Mais il a une bonne tête juive.‹ Was das solle. So ein Unsinn. Ihr Ton wurde immer erregter und auch lauter. C'est un typ SS avec un charactère juif, sagte jemand. Es schienen Leute zu sein, die sich auskannten. Ich bestellte mir ein Glas roten Carmelwein, der in der Weinkarte als wärmend angepriesen wurde, und versuchte, der Debatte am Nebentisch möglichst viel abzulauschen. Es wurde immer schneller, stakkatohafter gesprochen, ein Tempo, das im Deutschen nicht möglich ist. Ich lächelte der jungen Kellnerin zu und war dankbar, dass sie zurücklächelte. Vom Nebentisch vernahm ich eine weibliche Stimme, der

Romanheld verkörpere das absolut Böse, und sie wiederholte, das böseste absoluteste Böse, Böse, Böse … das …, sie rang nach einem passenden Ausdruck, nach einer Steigerung von dem ›Bösesten‹, aber es wollte ihr nichts einfallen, und, die Hände ringend, wiederholte sie: das unvorstellbarste, abgründigste Böse …

Der Alkohol tat seine Wirkung, und ich merkte, wie sich die Spannung, die mir zwischen Schulterblättern und Nacken saß, allmählich auflöste und mein Kopf sich öffnete.

Wahrscheinlich können nur Psychoanalytiker den Roman verstehen, er hat nichts mit der Realität zu tun, es geht um das Böse, um das Prinzip Böse, ging es weiter nebenan. Dieser Typ sei eine Mischung aus allen möglichen Charakteren, die man von wirklichen SS-Männern kenne, ein Mix aus Eiseskälte, Intelligenz, Perversion, Sentimentalität, Kunstverbundenheit und Selbstmitleid. Der Lagerkommandant Höß habe auch Bach geliebt und sogar selbst auf dem Klavier gespielt. Irgendwie sei das Buch auf unheimliche Weise wahr und total verlogen. Verlogen, weil der Mann als Prototyp herhalten müsse. Der gängige SS-Mann sei aber längst nicht so intelligent und gebildet gewesen. Diese Darstellung tue den Nazi-Verbrechern einfach zu viel Ehre an. Es mache einen schier verrückt, das zu lesen. Und dazu sei der SS-Mann noch ein halber Franzose.

Als ich beim Händewaschen in den Spiegel sah, wunderte ich mich über das Gesicht, das mich anblickte. Ich hatte meine feucht gewordenen Haare unter der Mütze, die ich draußen getragen hatte, zurückgekämmt und blickte jetzt in mir seltsam bekannte Züge, die nicht meine waren. Es ist idiotisch, aber immer noch höre ich in solchen Momenten meine Mutter ›Wie siehst denn du aus?‹ sagen. Ich sah aus wie sie.

Irgendwann hatte sie aufgehört, sich Dauerwellen machen zu lassen, und die Haare glatt nach hinten gekämmt und mit einer Spange zusammengehalten, wie ihre Großmutter, eine Bäuerin, von der ich nur ein Foto kenne. In der Mitte gescheiteltes Haar und ein strenges, dunkles, hochgeschlossenes Kleid. Sie soll die Sprache der jüdischen Viehhändler verstanden haben, die sie in ihrer Küche bewirtete. Ihr Haus soll eine Art Treffpunkt gewesen sein für Leute, die herumkamen in der Welt, und ›Welt‹ war damals bereits der Umkreis bis zur nächsten Stadt. Die Viehhändler sollen ihr Geschichten erzählt haben, die sie dann weitergab. Ich war fünf oder sechs und saß an dem mit verblichenem geblümtem Wachstuch bedeckten Küchentisch meiner eigenen Großmutter, der Tochter dieser Bäuerin. Ja, die Juden, sagte sie oft, von denen kann man was lernen. Ich kann mich noch daran erinnern, dass sie meinte, die Viehhändler seien besonders gesund gewesen, weil sie ihre Kinder im Freien unter dem Wagen auf Stroh schlafen ließen, deshalb seien sie abgehärtet. Seither war mit meiner kindlichen Vorstellung von ›Juden‹ das Bild eines kerngesunden Kindes im Strohbett verbunden, und das wiederum verschmolz mit dem Bild des auf Stroh liegenden Jesus. Erst viel später tat meine Großmutter ihren schrecklichen Ausspruch über Juden.

Im Hotel ließ ich dem Mann aus dem Flugzeug eine Notiz ins Schlüsselfach legen, für die Hinfahrt würde ich sein Angebot gern annehmen. Dann im Zimmer befiel mich eine Unruhe, die ich versuchte durch Atemübungen und Gymnastik loszuwerden. Ich legte mich wieder hin, sah fern (den deutschen Sender), versuchte zu lesen, sah wieder fern, nahm eine Dusche … und schlief am Ende, ich weiß nicht, wann, während eines Krimis ein. Als ich wieder aufwachte und den Fernseher ausschaltete, war es halb drei, danach lag ich wach und sehnte mich nach einer Schlaftablette. Ich durchsuchte mein Necessaire, schüttelte es über dem Laken aus, aber nichts. Nicht einmal eine dieser halbierten Pillenkrümel, die ich sonst überall herumliegen habe. Am frühen Morgen meldete sich der telefonische Weckdienst, und ich war wie zerschlagen. Im Frühstücksraum drängten sich bereits die Leute, eine Reisegruppe aus der Schweiz, auch die Franzosen vom Nebentisch am Abend zuvor und ein paar orthodoxe Juden.

Oświęcim ist polnisch, aber Auschwitz ist deutsch, sagte der Taxifahrer, das Lager sei eine deutsche Erfindung, keine polnische, belehrte er uns. Eine Klarstellung, die sich anhörte, als sei sie die Einleitung zu jeder Fahrt dorthin. Ich hatte mich neben ihn gesetzt, meine Nachbarn aus dem Flugzeug saßen aneinandergeschmiegt auf dem Rücksitz und machten den Eindruck, nicht angesprochen werden zu wollen. Ob ich schon einmal ›dort‹ gewesen sei, wollte die Frau nach einer Weile wissen.

Nein, sagte ich, und Sie?

Ja, vor ein paar Jahren.

Ihre Schwester sei hier vergast worden. Sie drückte es so unumwunden aus. Ich sagte, dass mir das leidtue, und hatte zugleich das Gefühl, eine ganz falsche und leere Antwort gegeben zu haben, die nicht im Mindesten etwas ausdrückte. Auch kam es mir ganz unmöglich vor, über die Rücklehne zwischen Vordersitz und Rücksitz und bei dem lauten Motorengeräusch, Fragen zu ihrer Schwester zu stellen. Und so wurde während der Fahrt kaum ein Wort gesprochen, außer dass die Frau einmal darum bat, das Fenster zu schließen.

Der Wagen fuhr in hoher Geschwindigkeit durch diesige Landschaft, bei ständig aufscheinenden Scheinwerfern, deren Strahlen wie Feuerwerkssterne auf uns zustürzten. Mir war rätselhaft, wie der Taxifahrer überhaupt etwas sehen konnte, und nur der Gedanke, dass er diese Strecke bestimmt jeden Tag fuhr, beruhigte mich etwas. Ich war froh, als wir endlich am Ziel waren. Auf dem Platz vor der Gedenkstätte war ein internationaler touristischer Auftrieb, überall Busse, Taxis, Reisegruppen.

Ich verabschiedete mich von meinen Begleitern, wir wünschten einander alles Gute, teilten uns die Kosten, und ich ließ mich weiter zum Hotel Galicja in Oświęcim bringen. Nicht nur, weil ich zuerst mein Gepäck im Hotel abstellen, sondern auch, weil ich den Besuch des Lagers hinausschieben wollte. Seither habe ich viel darüber nachgedacht. Mehrmals hätte ich Gelegenheit gehabt, mit Freunden dorthin zu fahren, denn nicht nur Benjamin, Rachel und Barbara waren vor Jahren gemeinsam dort gewesen, sondern auch Arnon und Chamutal hatten mich einmal gefragt, ob ich mit ihnen kommen wolle, und auch mehrmals hatte die städtische Schulbehörde Reisen angeboten, in Begleitung von Historikern oder Mitarbeitern des Fritz Bauer Instituts. Aber jedes Mal hatte ich keine Zeit gehabt und war bereits mit anderen Plänen beschäftigt, was mir im Nachhinein wie eine innere Weigerung vorkommt. Selbst jetzt, wo ich schon da war, zögerte ich den Besuch noch hinaus.

Das einzige freie Einzelzimmer war unterm Dach, es war genau das richtige für mich in diesem Moment, klein, warm, mit niedriger Decke, eine Art Höhle. Im November sei immer besonders viel los, sagte die Frau an der Rezeption, die Leute kämen in der unfreundlichsten Jahreszeit nach Oświęcim, und das sei schade. Sie machte mich auf die ›anderen Sehenswürdigkeiten‹ der Stadt aufmerksam, so als wolle sie sagen, unsere Stadt ist mehr als der Inbegriff des Verbrechens.

Im Zimmer angekommen, wollte ich mich nur kurz hinlegen, schlief aber sofort ein. Ein erstickender Schlaf, aus dem ich aufwachte, ohne zu wissen, wo ich war. Als es mir bewusst wurde, fiel mir der Titel eines Buchs ein: Anus mundi. Der Autor Wiesław Kielar war fünf Jahre als Häftling dort gewesen. Etwas muss in meinen Traum gesickert sein von dem, was ich vor Jahren in diesem Buch gelesen hatte. Es war schwer zu ertragen gewesen, und ich konnte Yoram, der es nicht gelesen hatte, kaum etwas davon mitteilen. Jetzt war mir, als wäre ich stranguliert worden, ein Erstickungsgefühl, und ich war froh, als ich auf die Straße trat und die frische Luft einatmete. Ich machte mich zu Fuß auf den Weg Richtung Innenstadt, immer entlang einer viel befahrenen Straße, der Ul. Generala Jarosława Dąbrowskiego, vorbei an einer langen Mauer, Mietshäusern, einem großen Markt, über die Soła hinüber und dann den Weg bis zu einer Wohnsiedlung, hinter der das ›Museum Auschwitz‹ liegt, das ich nach vielleicht einer Stunde langsamen Laufens erreicht hatte.

Was hatte ich erwartet? Das bekannte Tor schien vollkommen unwirklich. Der Torbogen war viel niedriger, das Tor viel schmaler als in meiner Vorstellung. Der geschwungene Schriftzug – Arbeit macht frei – wirkte viel kleiner und wie selbstgebastelt. Er schien der Dimension dessen, was man mit ›Auschwitz‹ verbindet, überhaupt nicht zu entsprechen. Aber wie kam ich dazu, zu erwarten, dass er anders aussehe? Warum hat er auf den Fotografien, die ich gesehen hatte, immer so viel höher und breiter gewirkt? Hatten die Fotografen bei der Wahl ihrer Perspektive darauf abgezielt, es zu verfälschen? Ihm irgendwie Bedeutung zu verleihen? Eine Art Würde?

Oder war es nichts als meine eigene Projektion? Wollte ich ein großes Portal sehen als Zugang zu dem enormen Verbrechen? Vielleicht um eine Art Ordnung in der totalen Wirrnis der Gefühle herzustellen, die einen hier überfällt.

Statt eines großen Portals ist aber dieses merkwürdig kleine Tor da, das wie eine Laubsägearbeit aussieht und das, bei längerer Betrachtung, immer besser zu passen scheint. Wie ein Sinnbild des ganzen widerlichen Eifers der Mörder …

Die herbstliche Sonne beleuchtete das zweistöckige Haus links hinter dem Torbogen und den Platz rechts gegenüber, an dem das Orchester spielte, wenn die Häftlinge zur Arbeit getrieben wurden. Wüsste man überhaupt nichts, könnte man meinen, man betrete eine friedliche Siedlung, die hier und da von Pappeln überragt wird.

Ich lief die Straße zwischen den zweistöckigen Backsteinkasernen entlang, den ›Blocks‹, und versuchte mich zu orientieren. Viele Besucher waren da, nicht nur Schulklassen, kleinere und größere Gruppen, Paare, auch einzelne, so wie ich, die sich am wenigsten zielstrebig bewegten und immer wieder stehenblieben und zur Seite gingen. Bei Block vier machte ich Halt und trat ein. In dem kleinen Guide, den ich erstanden hatte, war schon angekündigt, was hier zu sehen ist: Hinter einer großen Glasscheibe das geschorene Haar. Der von so vielen Fotografien bekannte Anblick von Haar. Gelockt, geschwungen, glatt, gekräuselt, geflochten, verfilzt, eine Masse von Haar, das sich farblich einander angeglichen hat. Dabei ein Brief der SS-Wirtschaftsverwaltung, in dem von ›gesammelten Schnitthaaren‹ die Rede ist, die an die ›Filzfabrik Alex Zink‹ in Nürnberg geschickt werden sollten.

Durch die Fenster schien die Sonne auf den ochsenblutfarben gestrichenen Betonboden. Der ganze Raum war überflutet von warmem Licht, auch die Dinge hinter den Glasscheiben. Der bekannte gestreifte Drillich, rauer, fester Stoff.

Und dann ein Raum mit einem Modell des unterirdischen Krematoriums II. Kleine Figuren aus Gips, Menschen, wie sie die Treppe hinabgehen, wie sie sich entkleiden. Und: zusammengepresst nach dem Tod in der Gaskammer. Über der Erde war von dem Krematorium, und dazu gehörte auch die Gaskammer, nur ein einfaches Haus zu sehen. Seine einzige Auffälligkeit war seine täuschende Harmlosigkeit. Ein grau verputztes Haus mit einem großwinkligen, lang gezogenen Dach. Nur seine zwei Schornsteine wirken unproportioniert, etwas zu hoch.

Die Leute stehen wortlos davor. Ein Mann bricht kurz in Lachen aus und hält sich erschrocken den Mund zu. Ich lese, dass es ein polnischer Bildhauer ist, der das Modell aus Gips gemacht hat, Mieczysław Stobierski. Vielleicht braucht man eine so drastisch konkrete Darstellung, um der Vorstellung davon, wie ›es‹ war, näherzukommen. Mir fällt Filip Müller aus dem Film ›Shoa‹ ein, der gezwungen war, im Sonderkommando Leichen aus den Gaskammern zu ziehen. So hat er es beschrieben. So muss es gewesen sein. Und doch widerstrebt es mir, lange auf die Gipsfiguren zu blicken. Ist es, weil sie zu künstlich wirken? Oder nicht künstlich genug?

Ich konnte den Mann, dem das irre Lachen entfleucht ist, plötzlich gut verstehen. Ich dachte an Filip Müller, sah sein Gesicht vor mir und hörte auch seine Stimme, wie er sagte, dass in den Auskleideräumen vor den Gaskammern Kleiderhaken an den Wänden und Bankreihen die Illusion schaffen sollten, man würde zum Duschen gehen und danach gleich wieder zurückkommen.

Alles im Lager war auf Täuschung angelegt. Der Lagerkommandant Höß wollte sogar einen ›Grüngürtel‹ zwischen dem Lager und den Krematorien anlegen lassen, einen ›natürlichen Abschluss‹. Als sei er um die ästhetische Gestaltung ›seines‹ Lagers besorgt gewesen. In Wirklichkeit ging es auch hier um Täuschung. Der Grüngürtel sollte vor den Angekommenen verdecken, was in den Gaskammern vor sich ging. Überlebende haben später von dem zwischen Hoffnung und Todesgewissheit flackernden Wahnsinn gesprochen. Für die Hoffnung wie für den Tod schien es Zeichen genug zu geben. Die Angekommenen, die registriert und denen Nummern auf die Arme tätowiert wurden, hatten zumindest eine minimale Chance, zu überleben. Die, die gar nicht erst registriert wurden, hatten überhaupt keine Hoffnung. Sie wurden sofort ins Gas getrieben. Für sie vor allem waren die Täuschungen gedacht. Dann machte sich Gewissheit über das bevorstehende Ende breit, brach Panik aus. Und das war es, was die SS-Männer verhindern wollten. Sie wollten Ruhe, absolute Ruhe, denn jede Unruhe verlängerte den Prozess des Tötens. Und ich erinnerte mich an den wortreichen Bericht, den der Lagerkommandant Höß vor seiner Hinrichtung geschrieben hatte. Für ihn, so behauptete er, seien Täuschungen Akte der Humanität gewesen, die das Sterben erleichtern sollten. So hat er sich vor Gericht verteidigt.

Den ganzen Nachmittag lang lief ich durch das Gelände, ging in verschiedene Blocks mit Ausstellungen. Mehrmals kehrte ich dahin zurück, wo Vitrinen mit Kindersachen stehen. Hinter Glas Babywaagen, eine blaue Milchflasche, Töpfe und weiche Bürsten für das erste Haar. Bis Sommer 1942 waren hier Frauen untergebracht. Es war der Sommer, in dem mein Vater ein paar Tage Urlaub hatte und meine Eltern heirateten. Sie machten eine kurze Hochzeitsreise in ein Hotel am Bodensee, von dem sie mir noch oft begeistert erzählten. Ich betrachtete die Gegenstände hinter Glas, die Prothesen, Korsetts, Krücken, Holzbeine, Koffer. Die Namen darauf: Marie Kafka, Prag. Dr. Bernhard Israel Aronsohn, Hamburg, Kielerallee 22. Waisenkind Hana Fuchs. Jacob geboren 7.2.43.

Und die Tischvitrine mit Hemdchen, Mützen, Leibchen, Handschuhen, Strampelhosen. Auch hier das warme, von der Backsteinwand gegenüber rötlich reflektierte Herbstlicht, von dem man sich an jedem anderen Ort der Welt glücklich überströmen lassen würde. Das aber hier nur umso deutlicher hervorkehrt, es gibt keinen Trost. Jedes Ding unter dem Glas ist ein Beweis dafür. Wer davor steht, hält den Blick nur auf die Vitrine gerichtet. Man sieht einander nicht an. Selbst die Schüler nicht. Niemand sagt etwas. Erst beim Rausgehn flüstert ein Mädchen: Sieht ja aus wie lauter Sachen von heute.

Mehrmals lief ich zu den Schuhen zurück, die ebenfalls in einer großen Vitrine liegen. Alte, kaum getragene, grobe, zierliche, elegante, biedere Schuhe und sogar modische, wie sie heute in einem Schaufenster liegen könnten. Und da ein Tintenfass, groß wie eine Essigflasche. Der gelbe Aufkleber: ›Pelikan Tinte 800‹. Es ist der gleiche Aufkleber, den ich aus meiner eigenen Schulzeit kenne, als wir noch mit Füllfederhaltern schrieben. Auch in der Praxis meines Vaters stand ein großes Tintenfaß von Pelikan. In Auschwitz wurde die Tinte zum Eintätowieren der Nummern auf den Armen benutzt. Das Mädchen hatte recht. Es sind alles Sachen von heute. Dies alles ist heute passiert. Wir sind mittendrin. ›Es‹ ist Gegenwart, wird immer Gegenwart bleiben.

Ich laufe durch einen Raum mit Fotografien, wo zu lesen ist, dass 232.000 Kinder deportiert worden sind, und dass am Tag der Befreiung nur noch 650 von ihnen lebten. Die meisten noch nicht einmal fünfzehn Jahre alt. Neben mir steht ein Junge, er gehört zu einer israelischen Gruppe. Er schluchzt. Der Lehrer nähert sich ihm, berührt leicht seine Schulter, aber der Junge wehrt ihn ab, indem er die Schulter hochzieht, und der Lehrer kehrt zu den anderen zurück.

Unter jeder Fotografie ein kurzer Text, aus dem man ersehen kann, wann sie aufgenommen worden ist. Begierig suche ich nach Aufnahmen aus der Zeit nach dem Krieg und entdecke ein Kindergesicht. ›Halina, she returned to Warsaw in 45‹. Sie war 1932 geboren, sie und ihre Schwester haben überlebt. Ich atme auf.

Vor der Erschießungswand ist der Boden übersät mit Blumen und Kerzen, die in bunten Gläsern und Büchsen brennen. Sie bildet die Rückwand eines Hofs, den die Fassaden des Blocks 10 auf der linken und des Blocks 11 auf der rechten Seite bilden. Auf der Erschießungswand ist eine große schwarze Fläche aus Dämmmaterial befestigt, das die Steinmauer vor den Salven schützen und die Schussgeräusche abschwächen sollte. Ein Mädchen von vielleicht fünfzehn Jahren legt einen Plüschteddy auf den Boden und bleibt mit übereinandergelegten Händen stehen, den Blick andächtig auf die Blumen, Kerzen und kleinen Gaben gerichtet. Um den Hals trägt sie einen iPod, und man hört das leise Scheppern von Musik. Als sie fort ist, kippt der Teddy um. Jetzt liegt er da mit hochgereckten Armen und Beinen. Ich überlege, ob ich ihn wieder aufrichten soll, aber etwas in mir sträubt sich dagegen, dass alles hier Bedeutung annimmt. Den Teddy so hilflos liegenzulassen, könnte bedeuten, dass man auch Menschen hilflos liegengelassen hätte. Im selben Moment bückt sich ein Mann und setzt den Teddy in die Mitte eines kleinen Trauerkranzes, in dem er jetzt hängt wie in einem Schwimmring.

Ich laufe durch den Keller mit den Stehzellen. Sie sind nicht einmal einen Quadratmeter groß. Jeweils vier Menschen wurden darin zusammengesperrt, und sie mussten darin stehen bleiben, bis sie tot waren, erklärt eine Lehrerin ihrer Klasse. Schulkinder stellen sich zu viert dicht zueinander und versuchen, sich vorzustellen, wie die Häftlinge in dem engen Raum gestanden haben könnten. Die Erwachsenen sehen ihnen zu und lächeln, und als ich das Haus verlasse, fällt mir plötzlich auf, dass auch ich vor mich hin lächle.

Den Opfern der verschiedenen europäischen Nationen ist jeweils ein Haus gewidmet. Im Frankreichhaus lese ich: ›Fernande Pinkwasser avait 10 ans quand elle fut déportée par le convoi nr. 23 du 24 août 1942 avec sa sœur Esther, 15 ans‹. Fotos von mehr als tausend Kindern sind hier zu sehen.

Schatten an den Wänden in Menschengröße, die bewirken, dass ich mich umdrehe und nach jemandem suche. Obwohl ich weiß, dass die Schatten aufgemalt sind, sehe ich immer wieder hinter mich und erschrecke, dass die Stelle leer ist. Dennoch drehe ich mich jedes Mal von Neuem um, wie zwanghaft. Bis ich eine Fotografie von Charlotte Delbo sehe und mich an damals erinnere, Anfang der achtziger Jahre, als ich mit Yoram einmal in Paris war und wir ihr Buch entdeckten. Es hieß ›Auschwitz et après‹.

Mir fällt etwas ein, was ich in dem Buch gelesen hatte. Wie eine der Frauen, die von Auschwitz zurück nach Hause gekommen waren, versuchte, ihrer Familie zu vermitteln, wo sie gewesen war und was dort geschah. Und wie es nicht möglich war. Es war einfach unvorstellbar für die, die nicht ›dort‹ waren. Die Frau konnte sich nicht verständlich machen. Es gab kein Wort, das zutraf. Keine Bilder, keine jemals gemachten Erfahrungen, mit denen sie das, was sie durchgemacht hatte, vergleichen konnte. Sie hatte eine Familie, die sie liebte, die besorgt um sie war, und ihr Mann tat alles, um sie zu verstehen. Aber vergeblich.

Ich dachte an mein Gespräch mit Vered im Zug. Und an Albert. Vered hatte Yoram von der Fotografie erzählt, die Aliza ihr nach dem Umzug gezeigt hatte. Und jetzt zeigte Aliza auch Yoram zum ersten Mal das Bild ihres Bruders. Erst jetzt fiel ihr wieder ein, wer das Kinderporträt im Hintergrund gemalt hatte. Es war Anita Rée, deren Bilder im Sommer in der Hamburger Ausstellung sie so verstört hatten. Alizas Mutter war mit der Malerin befreundet gewesen und hatte ein- oder zweimal mit den Kindern die Sommer auf Sylt verbracht. Dort war es auch, wo Anita Rée das Porträt malte. Dass sie sich umgebracht hatte, wusste Aliza bis zu dem Besuch der Hamburger Ausstellung nicht. Erst jetzt, nachdem sie das Foto entdeckt hatte, waren ihr die Zusammenhänge wieder eingefallen. Erst als sie die Fotografie von Albert und sich selbst in Händen hielt. Sie hatte sie in einer alten Handtasche gefunden, die jahrzehntelang unter irgendwelchen Kartons versteckt gewesen war. Und erst jetzt erzählte sie Yoram zum ersten Mal von Albert.

Yoram, du weißt doch, dass deine Großeltern, das Ehepaar Leonhard, zusammen mit meinem kleinen Bruder, im November 1941 nach Lodz deportiert worden sind, dahin, wo auch deine anderen Großeltern bereits waren, die alten Sonnenscheins.

Und in sarkastischem Ton: Litzmannstadt war ein Familientreffen. Bestimmt haben sie dort alle zusammen Kaffee getrunken.

In der folgenden Nacht blätterten Yoram und ich in einem alten Ausstellungskatalog mit Fotografien. Ein SS-Mann im Ghetto von Lodz hatte sie aufgenommen. Es sind merkwürdige Fotos, niemand lächelt in die Kamera, niemand öffnet sein Gesicht für den Fotografen. Höchstens einmal ein Kind, das von seiner Lage nichts weiß, weil es nichts anderes erlebt hat als das Ghetto. Es sind die einzigen Farbfotografien, die es von dem Ghetto gibt. Und wir lasen in den Tagebuchaufzeichnungen Oskar Rosenfelds, eines Ghettobewohners, der alles aufgeschrieben hatte. Da wir nur ein Exemplar hatten, lasen wir einander vor. Dabei kamen uns immer wieder die Tränen.

Ob sie wisse, wie alt genau Albert gewesen sei, hatte Yoram Aliza gefragt. Aber sie schüttelte nur den Kopf, und

Yoram nahm es hin. Jedenfalls war er einige Jahre jünger gewesen als Aliza, die damals Elisabeth hieß. Yoram bat sie, ihm das Foto zu überlassen, jetzt hatten wir die vergrößerte Kopie vor uns liegen.

Der große, lange Tisch, an dem sich unser Frankfurter Leben abgespielt hatte, steht inzwischen in der Berliner Wohnung. Bücher, Papiere, Briefe, Tassen und Zeitungen waren darüber ausgebreitet wie eh und je. Yoram suchte die Fotografie der ›Ghetto Litzmannstadt Sattlerei‹ ab. Lauter Kinder, eng nebeneinander und hintereinander vor einer Arbeit sitzend. Kleine Sklaven, die ältesten von ihnen vielleicht zwölf oder dreizehn, die meisten aber jünger. Ebenso das Foto von der ›Ghettobuchhandlung‹, einem Eisenbett draußen auf der Straße, beladen mit Büchern. Oskar Rosenfeld schrieb, die Bücher seien bald völlig zerlesen gewesen. Es habe keinen Nachschub gegeben, und Yoram meinte, das müsse fast so schlimm gewesen sein, wie wenn man nichts zu trinken hat. Die Bewohner müssen sich die Romane aus der Hand gerissen haben. Yoram erzählte, eine Frau, die das Ghetto überlebt hat, habe so oft die Buddenbrooks gelesen, dass sie ganze Kapitel davon auswendig wusste. Die habe sie abends vorgetragen, wenn sie bei der Ausgehsperre zusammensaßen.

Um das Bett mit den Büchern herum stehen Leute, Erwachsene und Knaben mit Kappen und ernsten Gesichtern. Die Knaben könnten zur Zeit des Fotografiertwerdens so alt sein, wie Albert damals gewesen sein musste.

Oder das Foto ›Ghetto Schulausspeisung‹. Jungen blinzeln in die Sonne, tragen Töpfe mit sich. Selbst an ihre Jacken oder Pullover sind gelbe Sterne geheftet, manche zusammengerollt, kaum noch kenntlich. Gesichter, die Yoram mit dem Bild von Albert vergleicht.

Meinst du, der? Dieser da?

Er gab mir die Lupe. Ich wanderte damit über die Kindergesichter, aber in keinem konnte ich Alizas Bruder erkennen.

Die Lupe weckte trügerische Hoffnungen. Man glaubt, durch die Vergrößerung etwas bis dahin Unsichtbares zu entdecken. Wie ein magisches Instrument schien sie immer wieder etwas zu versprechen, das sie aber gar nicht einlöste. Ich hielt sie über die Abbildung des Arbeitsausweises eines Mädchens, das 1929 geboren war und Cela Szlencka hieß. Unter der Lupe trat ihr von dunklem, zusammengefasstem Haar umrahmtes Gesicht auf dem Passfoto so plastisch hervor, dass ich einen Moment lang glaubte, es bewege sich. Quer über die beiden Seiten des Ausweises aber war aufgestempelt: GESTORBEN.

Und das Bild eines Jungen. Mitten über seinem Gesicht ebenfalls ein Stempel: ›Arbeits-Ressort Betrieb 2 Schneiderei‹. Er war erst zehn Jahre alt.

Immer wieder beugten wir uns über die Bilder. Die Schlosserei, Jungen in einer Fabrikhalle. Einer mit sehr kurzem Haar hinter einer Art Metallzylinder. Yoram hält die Lupe darüber und nimmt die Brille ab, setzt sie wieder auf, nimmt sie wieder ab, reibt sich die Augen mit Daumen und Zeigefinger, nimmt eine andere Brille, setzt sie auf, schiebt sie hin und her, beugt sich über das Bild eines Jungen in einer Möbelfabrik, er hält ein geschwungenes Holzstück in Händen, seine Kappe über dem schwarzen Haar ist nach hinten geschoben, er hat breite, dichte Augenbrauen. Vielleicht er. Doch, nein, oder vielleicht doch.

Yoram stöhnte, er sehe schlecht, das sei ihm schon öfter aufgefallen. Vielleicht sei es ja der graue Star. Schwarzgraue fleckige Schleier hingen ihm vor Augen wie Spinnweben. Er hauchte auf die Brillengläser und wischte sie mit dem

Pulloversaum aus, fuhr mit gespreizten Fingern durchs Haar und zog nervös Büschel hoch, bis ich ihm den Arm festhielt und wir lachen mussten.

Jetzt wussten wir auch, dass Alizas Eltern am Ende nicht nach Chełmno gebracht worden sind, sondern nach Auschwitz. Aliza hatte es Yoram jetzt gesagt. Ihr Vater habe in einer Textilfabrik für Militärbedarf die Maschinen gewartet. Er sei unverzichtbar für den Betrieb gewesen, und das habe ihn wahrscheinlich so lange am Leben gehalten. Aber dann seien sie doch nach Birkenau gebracht worden.

Und Albert?

Aliza schüttelte den Kopf.

Abends im Hotel auf meinem Handy waren ich weiß nicht wie viele Anrufe von Yoram. Als ich ihn zurückrief, war nur der Anrufbeantworter zu hören. Ich schickte ihm eine SMS: ›Gelandet. Ruf zurück, egal wie spät. Ihdl, Carla‹. Beim Abendessen im Hotelrestaurant legte ich das Handy neben den Teller, auf keinen Fall wollte ich Yorams Anruf verpassen. Wieder die Franzosen vom letzten Abend in Krakau, diesmal grüßten wir uns lächelnd. Mich verlangte nach einem regressiven Gericht, sanft, nachgiebig, von innen wärmend, und ich weiß nicht, warum ich mir stattdessen Salat mit Hähnchenstreifen bestellte und alles aufaß, obwohl es mir nicht schmeckte.

Als ich ein Glas Rotwein in der Hand hielt und das Licht der Tischkerze einen rötlichen Schimmer auf das Tischtuch warf, fiel mir eine Szene aus den achtziger Jahren ein. Es war, als die Ausstellung mit Fotografien aus dem Ghetto Lodz im Jüdischen Museum in Frankfurt eröffnet wurde. Nach den Reden saßen wir eine Zeit lang bei unserer Freundin im Museumscafé und tranken Rotwein. Wir wollten den ersten Ansturm abwarten, bis sich die Ausstellungsräume etwas geleert hätten, und als Yoram schließlich meinte, jetzt könnten wir es versuchen, ging ich mit meinem Weinglas in der Hand durch den Eingang. Da sagte eine alte Dame streng: Finden Sie es geschmackvoll, mit dieser roten Flüssigkeit hier hereinzukommen?

Tief beschämt kehrte ich um und stellte mein Glas auf den Tresen. Ich weiß bis heute nicht, was mich geritten hat, ausgerechnet in diese Ausstellung mit einem Glas Wein in der Hand gehen zu wollen wie zu einer Party.

In der Nacht rief Yoram an: Lass mich raten, wie viel Grad hat das Meer?

Ich bin nicht am Meer.

Sondern?

Ich sagte, wo ich stattdessen war. Es kam mir vor wie ein Geständnis. Aber Yoram war weniger erstaunt, als ich erwartet hatte. Er hätte es sich gedacht, irgendwann würde ich das tun.

Ich weiß nicht, wie lange wir miteinander gesprochen haben, es muss fast eine Stunde gewesen sein. Am Ende bat er mich, Bücher mitzubringen und den Lanzmann-Film auf DVD, falls es ihn gebe.

Bevor wir uns kennenlernten, war Yoram einmal mit Arnon und Rachel hier gewesen. Er hatte nicht viel erzählt von dieser Reise, nur dass er Zeichnungen von einzelnen Baracken, dem Aschesee und den Trümmern der Krematorien gemacht habe. Sie seien aber verloren gegangen, er wisse nicht einmal, wann und wo. Und dass Arnon und Rachel während der Rückfahrt in einem Hotel in Budapest die Nacht miteinander verbracht hätten, ein ›coup de foudre‹. Es sei eine aufwühlende Zeit damals gewesen. Hoffnungslos verliebt seien sie gewesen, und Chamutal habe Arnon verlassen wollen.

Pass auf dich auf, sagte er, bevor wir uns verabschiedeten, und mach Fotos. Ich versprach es und merkte, wie mein Kinn unwillkürlich zitterte, ich konnte kaum weiterreden.

Am nächsten und übernächsten Tag lief ich durch Birkenau. Wie auf den Fotografien, die man kennt, führt das Gleis durch die Toreinfahrt direkt ins Lager hinein. Zwischen der Lagerstraße und dem Gleis spannt sich ein gerade gezogener tiefer Graben, so weit ich sehen konnte. Es war noch früh und die Luft noch undurchsichtig, an manchen Stellen schwebte Nebel in halber Höhe über dem Gelände. Die Straße und das Gleis führen direkt auf die Trümmer der Krematorien zu.

Hier war alles größer, als ich es mir vorgestellt hatte. Viel größer. Maßlos, flach und leer.

Ich war fast alleine, nur ein Mann war noch zu sehen, er trug einen langen Mantel und einen Hut. Langsam wanderte er in der Mitte zwischen den Schienen entlang und sah von Zeit zu Zeit zu mir herüber. Krähen oder Dohlen zogen über das Gelände, große Vögel, die in Schwärmen aufflatterten und davonzogen. Als es aufklarte, wurden die unendlichen Reihen der Stacheldrahtpfosten sichtbar, wie man sie von den Abbildungen kennt: schmal, aus Beton, an den oberen Enden gebogen und der ganzen Länge nach dicht gespickt mit Isolatoren aus Porzellan für die Elektrodrähte, die sich eng übereinander von Pfosten zu Pfosten spannen. Unendliche Reihen davon.

Mit einem Mal glaubte ich, das Sirren des Stroms zu hören. Ich hatte in dem Bericht eines Überlebenden einmal davon gelesen. Es muss überall zu hören gewesen sein. Es drang jetzt so laut in mein Ohr, dass ich nach dem Mann suchte, denn ich traute meiner Wahrnehmung nicht und hätte ihn gern gefragt, ob er dasselbe höre wie ich. Aber er war verschwunden.

Das Gelände war nicht nur nach außen abgesperrt, sondern vielfach nach innen. Überall Stacheldrahtzäune, überall Pfosten. Man konnte nicht vom Frauenlager ins Männerlager gehen, nicht vom Familienlager ins Zigeunerlager, alle Bereiche waren getrennt voneinander. Eine verwirrende Ordnung, in die ich mir die Baracken, von denen nur noch die Schornsteine standen, hineinzudenken versuchte. Unendlich viele Linien, überall, so weit man blicken konnte.

Jetzt tauchte der Mann wieder auf. Da, wo sich das Bahngleis teilt und einen länglichen freien Platz bildet. Er hatte sich auf den Boden gesetzt und zielte mit kleinen Steinen auf die Gleise. Traf er, konnte ich das metallische Aufklicken hören. Hier muss die ›Rampe‹ gewesen sein, wo die Angekommenen in die eine oder die andere Richtung geschickt wurden. Und in dieser Höhe auf der Lagerstraße muss auch der Wagen mit dem Roten Kreuz gestanden haben. Wenn das Rote Kreuz in der Nähe ist, kann uns ja nichts allzu Schlimmes passieren, sollten die Angekommenen denken. Niemand konnte ja wissen, dass hinter der Wagentür mit dem Aufdruck des Schutz versprechenden Symbols Dosen mit Zyklon B gelagert waren, die sogleich zu ihrem Ziel gefahren wurden. Eine von den vielen Täuschungen.

Die an der Rampe Angekommenen durften nicht sprechen, ich erinnerte mich an einen Bericht darüber. Weder untereinander noch mit den Häftlingen, die schon länger da waren und die das Gepäck forttragen mussten. Auch sie durften den ratlos Umherstehenden kein Zeichen geben. Jede Verständigung war streng verboten. Aber es gab eine Geheimsprache, Gesten hinter dem Rücken der SS, über die sich die Angekommenen wunderten, weil sie sie als Ausdruck von Irrsinn deuteten. Nur wenige verstanden die Handbewegungen als Zeichen, dass man sich stark zeigen solle, ansonsten: Handkante an Hals.

Ich erinnerte mich an eine Fotografie, Leute, die gerade den Waggon verlassen haben. Ein nicht mehr junger Mann steht ohne Hosen da, in einem bis zu den Knien reichenden Hemd, und mit nur einem Strumpf und ohne Schuhe. Er scheint vollkommen verwirrt zu sein. Daneben eine Frau, die an jeder Hand ein Kind hält. Leute, die herumstehen, völlig desorientiert. Dazwischen SS-Männer in Reitstiefeln mit auf den Rücken verschränkten Händen.

Heute ist die Böschung des Grabens zwischen der Straße und den Gleisen mit Gras bewachsen. Je mehr der Nebel sich verzog, desto grüner wurde es. Früher war kein Halm hier, nur schwerer Boden, an manchen Stellen mit Kot vermischt. Schlamm, in den man einsank, an Tagen wie diesem, nach Regen. Auch in den Wintern trugen die Häftlinge Jacken und Hosen aus Drillich, nichts sonst.

Ein paar hundert Meter weiter, am Ende des Gleises links und rechts Trümmer, aufgeworfene Backsteine, zerborstene Mauerteile, eine zerbrochene Betondecke, untereinander und übereinander sich schiebende schwere Teile. Es sind die Reste der Gaskammern und Krematorien I und II. Am Rand Blumen, verloschene Kerzen in roten Gläsern und in Dosen, auch Kindergaben, gemalte Bildchen, eine Puppe, ein Plüschtier, ein Plastikkrokodil und ein paar israelische Papierfähnchen. Hier die Treppe, die nach unten in den Auskleideraum führt, und der Raum selbst. So also waren seine Ausmaße.

Als ich mich umdrehte, stand der Mann hinter mir. Die ganze Zeit war er in die gleiche Richtung gelaufen wie ich.

Je vous dérange?

Er hatte den Hut zerknüllt in der Hand. Und jetzt erkannte ich in ihm einen der Franzosen, die vorgestern in dem Restaurant in Krakau am Nebentisch saßen.

Er lächelte: Pas très amusant ici …

Non, vraiment pas …

Vous êtes allemande?

Ich nickte …

Warum ich hier sei. Ob ich eine persönliche Sache damit verbinde.

Nein. Oder doch.

Und als er mehr wissen wollte, erzählte ich, ich weiß nicht, warum, nicht nur von meiner Ehe mit Yoram, von Aliza und von Albert, sondern auch von den Fotografien meines Vaters. Er war der Erste, dem gegenüber ich davon sprach. Die Wörter fielen mir nur so aus dem Mund, es war, als stünde ich neben mir und beobachtete mich zugleich bei einer eruptiven Gefühlsäußerung. Dabei schämte ich mich, weil ich merkte, dass ich ihn mit meinem Geständnis-Ausbruch überfiel, ihn, der gar nicht so viel hören wollte.

Mir fielen auch plötzlich Begebenheiten ein, die ich in all den Jahren, seit ich Yoram kenne, in Berichten Überlebender gelesen hatte, auch Stimmen aus Filmen und die Beschreibungen eines jüdischen Pathologen, der gezwungen war, Mengele bei seinen Experimenten zu assistieren, wenn er nicht selbst getötet werden wollte. Und ich sah das Gesicht der Frau, die in der Krankenbaracke ein Kind zur Welt brachte und es tötete, um es vor den Versuchen Mengeles zu retten. Und immer wieder sah ich Albert Leonhard, von dem keiner weiß, wo er gestorben ist. Wirr und ohne Zusammenhang sprach ich aus, was mir einfiel, und beobachtete mich zugleich dabei.

Wir standen vor vier schwarzen Granitsteinen am Rand einer Wiese, die in leichter Rundung von Stacheldrahtzaun und einem Wäldchen dahinter gesäumt wird und deren Grund Asche ist. Auch in dem Weiher in der Nähe ist Asche versenkt. In seiner Oberfläche spiegeln sich die Baumkronen, am Rand liegen Rosen, die auseinandergetrieben sind, und ein Blumengebinde, zum Teil versunken. Jetzt endlich hörte ich auf zu reden.

Ja, sagte der Mann, es ist der traurigste Ort der Welt.

Er sei hier, weil sein Vater an diesem Tag vor hundert Jahren geboren worden sei. Mehr sagte er nicht. Wir standen noch eine Weile schweigend nebeneinander, bevor er sich im Gras niederließ und den Kopf zwischen die angewinkelten Knie senkte. Er machte eine Geste mit der Hand, ein leichtes Wedeln neben dem Ohr, das ich als so etwas wie eine Verabschiedung deutete.

Ich setzte meinen Weg fort bis zu zwei Tafeln mit Fotografien, die ein Mitglied des Sonderkommandos aus einem Versteck heraus aufgenommen hatte: Häftlinge, die dabei sind, Leichen zu verbrennen. Im Hintergrund Rauchwolken. Darunter ein kurzer Text. Wenn die Krematorien überlastet waren, mussten die Männer des Sonderkommandos die Leichen hier draußen im Freien verbrennen. Etwas weiter, bei einem Wäldchen, eine weitere Tafel mit einer stark vergrößerten Fotografie, darauf Frauen und Kinder unter Bäumen. Im Vordergrund links zwei kleine Jungen, nicht älter als vier, fünf Jahre alt. Darunter in Polnisch, Englisch und Hebräisch:

On their arrival in Auschwitz most Jews were sent by the SS for immediate death in the gas chambers. However, they were often forced to await their turn in this clump of trees, if the gas chambers were full at that time.

Benommen lief ich unter den Bäumen auf und ab. Ich dachte an Albert und an das Ghetto von Lodz. Die Krähen oder Raben gaben unaufhörlich ihre Rufe von sich, die wie dicke schwarze Striche in der Luft hängen blieben. Später ging ich weiter Richtung ›Sauna‹. Hier war es, wo man die Angekommenen, die nicht sofort getötet wurden, geschoren, geduscht, desinfiziert, tätowiert und eingekleidet hat. Die Räume sind so erhalten, dass man sich vorstellen kann, wie es vor mehr als sechzig Jahren hier ausgesehen hat. Sogar noch die Aufschriften an den abblätternden Wänden ›Haarschneideraum‹, ›Desinfizierte Wäsche‹ sind zu lesen.

Und dann in einem Raum am Ende des Rundgangs eine Wand voller Fotografien dicht nebeneinander und übereinander. Es sind Familienaufnahmen aus dem Städtchen

Będzin. Erst in den achtziger Jahren waren sie in einem Koffer in Auschwitz gefunden worden. Familienfotos, die mir Rachel damals zeigte. Es waren auch Aufnahmen ihrer Eltern darunter, Bilder von vor dem Krieg, von Verwandten und Freunden ihrer Eltern, die sie noch nie gesehen hatte. Szenen aus dem Leben vor dem Lager. Die Frauen trugen dieselben geblümten Sommerkleider wie meine Mutter auf Fotografien aus derselben Zeit. Die gleichen hochgesteckten Frisuren, wie sie in den dreißiger, vierziger Jahren modern waren. Und wieder kam mir der Satz der Schülerin in den Sinn, ›Sind ja alles Sachen von heute‹.

Erst bei Dunkelheit kehrte ich ins Hotel zurück. Ohne gegessen zu haben, fiel ich ins Bett. Als Yoram anrief, war ich nicht in der Lage, ihm zu beschreiben, was ich gesehen hatte. Ein Wirbel von Bildern tobte in meinem Kopf, und mein Mund war verschlossen wie manchmal in Träumen, wo man sprechen will und kein Wort hervorbringt, sodass ich einen Moment glaubte, verrückt geworden zu sein. Ich war weder in der Lage, zu lesen, noch fernzusehen noch nach unten ins Restaurant zu gehen. Ich hatte mich ausgestreckt und mir war, als ströme flüssiges Eis durch meine Adern, während die Bilderflut nicht aufhörte, durch meinen Kopf zu flammen.

Ich blieb noch drei Tage in Oświęcim, wanderte durch das Städtchen, das früher zu einem großen Teil von Juden bewohnt wurde, durchquerte wieder das Gelände von Birkenau bis zu dem Denkmal, einer wuchtigen Steinskulptur hinter den Krematorien, die eine Familie darstellt. Junge Israelis in Uniform sammelten sich auf dem Vorplatz, andere balancierten auf den Schienen, winkten mit blauweißen Fahnen einander zu. Manche hatten sie sich um die Schultern gebunden, sodass sie ihnen im Rücken wehte. Eine junge Frau platzierte sich vor den Trümmern des Krematoriums und hob die Hände zum Siegeszeichen, während eine andere sie fotografierte. Dann wechselten sie einander ab, hin und her, bis eine der beiden kurz entschlossen auf einen Trümmerbrocken stieg, wieder die Arme hochstreckte und sich fotografieren ließ.

Zuschauer standen in einigem Abstand dabei und beobachteten das Ganze. Instrumente wurden gestimmt, Geigen, Flöten, Gitarren, ein Mikrofon wurde aufgestellt, Fahnen entrollt, und eine junge Frau teilte helle T-Shirts aus, die über die Uniformen gezogen wurden. Man stellte sich in lockeren Reihen hintereinander auf. Ein Rabbiner trat vor und hielt eine kurze Ansprache, bevor eine Frau anhob zu singen, eine langgezogene melancholische Melodie, in die die anderen einstimmten.

Der Gesang tönte weit über das Gelände, ich hörte ihn noch, als ich bei den lang gestreckten niedrigen Steinbaracken war, die noch erhalten sind. Und in diesem Moment fiel mir ein, was mir der Sohn einer Freundin einmal anvertraut hatte. Sein Vater habe ihm von seiner Jugend erzählt, wie er als vierzehnjähriger Lehrling mit einem Schreiner nach Auschwitz gefahren sei. Sie hätten einen großen Auftrag dort ausgeführt, nämlich Holzliegen für die Häftlinge zu bauen. Der Junge war etwa in Vereds Alter und hatte offensichtlich jemanden gesucht, dem er den Schrecken, den ihm diese Vorstellung bereitete, irgendwie mitteilen konnte.

Erst jetzt hatte ich den Fotoapparat mitgenommen, den ich all die Tage zuvor immer wieder vergessen hatte. Ich fotografierte die dreistöckigen Liegen, die dünnwändigen Pferdeställe aus Holz, die man eilig für die Häftlinge aufgeschlagen hatte, die Baracken, den allgegenwärtigen roten Backstein, die Latrinenreihe, ein Wandbild im Kinderblock mit einem Jungen und einem Steckenpferd und einem Hut (selbst hier zur Täuschung), die Krankenbaracke, die Rampe, die Krematorien, die Lichtung, das Wäldchen und die Tafeln mit den Familienfotografien, die die Häftlinge mitgebracht hatten und die sich einem für immer in die Seele senken. Ich versuchte, die Ausdehnung des Lagers festzuhalten und die Grafik der Zäune. Dies alles fotografierte ich, weil Yoram mich darum gebeten hatte, aber auch, weil ich vielleicht hoffte, das, was ich jetzt weiß, an diesen Ort zu bannen, ›es‹ dort einzuschließen, daran zu hindern, sich jederzeit und überall in meinem Kopf auszubreiten.

Es war Donnerstag Abend, und obwohl schon nach elf, fuhr ich mit dem Taxi von Schönefeld aus direkt zu Yorams Büro. Ich wusste, dass er die Nacht über an einem Wettbewerb sitzen würde, für ein Wohnhaus am Wasser nahe bei Amsterdam. Ursprünglich wollte ich erst samstags zurückkommen, aber nach meinem letzten Tag in Krakau, einem Gang durch die trostlose Hügellandschaft am Rand der Stadt, da, wo das Lager Plaszów gelegen war und wo ich mich hoffnungslos verirrte, bevor ich wieder zu der Straße zurückfand, in der das Haus des Lagerkommandanten Göth steht, befiel mich, während ich in einem Café am ›Rynek‹ saß und in die grelle verfrühte Weihnachtsdekoration blickte, eine solche Sehnsucht nach Yoram, dass ich mein schon für die Nacht bezahltes Zimmer räumte und mit dem Abendflug nach Berlin zurückflog.

Ich hätte es mir denken können, ich platzte in eine Situation, wie ich sie unzählige Male erlebt hatte: Yoram in Zeitnot.

Hab Verständnis ... du weißt doch, wenn das nicht klappt ... das Wichtige vom Unwichtigen ... Yorams komprimiertes Zeitmaß vor einem jeden Abgabeschluss, ich kannte es. Wir umarmten uns, und während er zu seinem Schreibtisch zurückkehrte, holte ich aus der Büroküche ein Glas Rotwein und ließ mich in das unter dem Fenster stehende Sofa fallen.

Lena, seine Mitarbeiterin, saß am Computer und schien mit etwas beschäftigt, was nicht glücken wollte. Yoram telefonierte am anderen Ende des Raums, er sprach hebräisch und betonte jede Silbe übergenau, langsam, wie nur in Situationen höchster Anspannung. Lena trug ein verwaschenes

T-Shirt, sie sah aus wie jemand, der nur an Arbeit denkt, war ungeschminkt, und ihre tiefliegenden Augen schimmerten erschöpft unter einer blassen Stirn hervor. Sie ist eine von den Frauen, die sich vollkommen verausgaben, wenn sie etwas anfangen. Seit sie bei Yoram arbeitet, sind fast alle seine Projekte erfolgreich. Sie scheint überhaupt nicht daran zu denken, wie sie wirkt. Auf dem Zeigefinger trägt sie ein kleines Tatoo, einen Davidstern, der auf den ersten Blick wie ein Ring wirkt. Yoram hatte mir einmal erzählt, dass sie täglich eine chinesische Meditation macht, in der sie trainiert, die Dinge von der positiven Seite zu sehen, von der Seite ihrer Möglichkeit. Es klang so vielversprechend, dass ich überlegte, mir die Adresse ihres Gurus geben zu lassen, stattdessen meldete ich mich aber bei einem Yogakurs an, den ich nur zwei Mal besuchte und ein halbes Jahr umsonst bezahlte. Auch jetzt dachte ich daran, aber ich war zu müde oder zu passiv, um Lena in ihrer Konzentration zu unterbrechen. Ich saß auf dem Sofa und beobachtete, wie sie ihre schmalen Hände über die Tastatur des Computers gleiten ließ und sich mit dem Handgelenk von Zeit zu Zeit eine Strähne von den Augen wischte, wie sie sich hochreckte, nach Yoram rief, wie er kam, sich zu ihr beugte und Kopf an Kopf mit ihr die Zeichnung auf dem Bildschirm betrachtete und mit murmelnder Stimme besprach. Ich saß da, trank Wein und sah Yorams Profil, seine etwas überstehende Oberlippe, seinen gebeugten Rücken, seine so vertraute Figur. Wie in einem von weißem Organza überzogenen Film sah ich die beiden, Yoram und die schöne, lebendige Lena, ohne etwas zu empfinden außer einer unendlichen Sehnsucht nach Yoram, der doch so nah vor mir stand.

Ich leerte das Glas und bestellte ein Taxi. Von Lena verabschiedete ich mich, indem ich sie antippte, sie streckte mir die Hand über die Schulter zu und suchte meine Fingerspitzen, sodass wir einander kurz berührten, während sie den Blick vom Bildschirm löste und zu mir hochblinzelte. Yoram stand wieder telefonierend an seinem Schreibtisch, und als er mich meinen Mantel anziehen sah, hielt er die Sprechmuschel zu, kam zu mir und küsste mich auf den Mund, ein Kuss, der eher die Vermeidung eines Kusses war, schnell und beiläufig, kaum eine Berührung.

Wo er halten solle, fragte der Taxifahrer, wo genau in der Sybelstraße. Als ich ihm die Hausnummer nannte, meinte er, da sei er heute schon einmal gewesen, eine junge Dame mit einer Menge Gepäck, das er ihr in den Aufzug getragen habe. Und tatsächlich, Vered war ohne Ankündigung gekommen und hatte die ganze Wohnung mit Beschlag belegt. Nicht nur die Kammer hinter der Küche, wo sie schlief, wenn sie uns besuchte, war angefüllt mit ihren Sachen, sondern überall lagen Taschen, Schuhe, Plastiktüten. Ich lief durch die Wohnung, den langen Flur entlang, öffnete die Tür zum Bad und zum Schlafzimmer, aber sie war nicht da, nur überall, selbst auf unserem Bett, lagen Dinge von ihr. Ich versuchte, sie auf ihrem Handy zu erreichen, aber sie meldete sich nicht, sodass ich sie bat, sobald wie möglich von sich hören zu lassen. Beunruhigt rief ich Yoram an, der nichts wusste.

Zu aufgewühlt, um schlafen zu können, warf ich einen Blick in den Fernseher, zappte einmal die Programme durch, war aber nicht in der Lage, mich auf etwas zu konzentrieren, sondern wunderte mich nur über die trübe Beleuchtung, die ich in allen Sendern fand, so als sei das Licht in meinem Gerät heruntergedimmt. Als ich wach im Bett lag und immer noch nicht einschlafen konnte, nahm ich eine halbe Schlaftablette, stand aber sogleich wieder auf, drückte eine zweite durch das Stanniol und schluckte auch diese, in der Hoffnung, endlich einmal lange und ohne Unterbrechung schlafen zu können.

Am nächsten Tag wachte ich als Erste auf, obwohl es schon fast Mittag war. Ich öffnete die Tür zur Kammer und blickte in Vereds schlafendes Gesicht. Geschwärzte Augenränder, wieder längeres Haar, die in der Mitte überstehende Oberlippe ihres Vaters, der leicht geöffnete Mund, der ein bisschen schnorchelnde Atem, ihre auf dem Kissen ruhende schmale Hand mit zu kurzen Nägeln, ihr angezogenes Knie, das sich ins Plumeau drückte, und in ihren Armen das Kopfkissen, wie früher ihr Plüschtier. Sie schlief so tief, dass mir kurz die Idee kam, ob sie womöglich auch schon Schlaftabletten nehme. Die Vorstellung breitete sich als plötzliche Hitze in meinem Kopf aus, und ich spürte einen Stich unter der Stirn: sie vor nichts mehr beschützen zu können, vor allem vor den eigenen Fehlern und Schwächen nicht. Ich nahm mir vor, in meiner Pillenpackung nachzusehen, ob etwas fehlte (aber vergaß es wieder). Das Fenster war geschlossen, der dunkle Vorhang zugezogen, und ein Geruch wie von nassem Leder erfüllte den engen Raum, aber ich wagte nicht, einzutreten und etwas anzurühren, denn ich wollte Vered nicht wecken. Durch den Türspalt fiel ein schmaler Lichtstreifen auf ihren Körper und beleuchtete die mir zugewandte Seite, hob jede Wölbung, jede Biegung, jede Kuhle hervor, während die Dinge im Hintergrund nur in Andeutungen zu sehen waren. Vielleicht war es der Kontrast zwischen dem Hell ihres Knies, ihrer Hand und ihrer Wange und der tiefen Dunkelheit des Raums, der ihren Anblick so feierlich machte. Wie auf alten holländischen Gemälden. Ich weiß nicht, wie lange ich dastand und auf sie hinabsah. Erst als ich ein Geräusch und Yorams Schritte hörte, zog ich die Tür leise wieder zu.

Yoram war spät nach Hause gekommen, hatte sich an meinen Rücken geschmiegt und die Hand unter meine Achsel geschoben. Ich hörte ihn etwas sagen, aber die Schlaftabletten hatten mich gelähmt, und es gelang mir nicht, in dem kurzen Wachmoment auch nur ein Wort hervorzubringen.

Jetzt standen wir in der Küche, umarmten uns, und er legte den Kopf auf meine Schulter, schlafwarmes, gleitendes Aneinander. Eine Weile blieben wir so stehen, ohne uns zu bewegen, dann legte er sich wieder schlafen und ich zog den Mantel an. Ich kaufte ein, brachte die Speicherkarte meiner Kamera zum Fotoladen, und als wir am Frühstückstisch saßen, war es schon weit über Mittag.

Vereds Trennung von Marcel kam ohne Ankündigung.

Wie lange ist es her, als noch von Heiraten die Rede war?

Ach Yoram! (Ihr strenges ›Yoram‹) Wie war das denn bei dir damals, als du zum ersten Mal?

Schon gut, schon gut, mein kleines Judenherz.

Er legte den Arm um ihre Schultern, vorsichtig, als wäre sie zerbrechlich.

Marcel ist zu … (sie befreite sich aus Yorams Umarmung, indem sie die Schulter hochzog) … zu logisch. Immer will er alles herleiten. Plötzlich, letzte Woche, wurde mir klar, dass ich dabei bin, in eine Falle zu tappen. Er ist so … wie soll ich sagen, so pragmatisch. Er merkt nichts, bei allem merkt er nichts.

Die Sonne flutete in den Raum, wir saßen an unserem alten Tisch, überall lagen Tüten, Kleider, Zeitungen und Bücher, wie früher.

Vered trug ein Kleid meiner Mutter, das sie über ihre Jeans gezogen hatte. Ein einfach geschnittenes Strickkleid aus weicher Wolle, mit rundem Ausschnitt und langen, engen Ärmeln. Aber die Farbe, ein tiefes Pflaumenblau, hatte sich verändert. Sie war viel weniger blau, als ich sie in Erinnerung hatte. Meine Mutter trug dieses Kleid einmal bei einer Reise mit meinem Vater, von der die beiden in gut gelaunter Stimmung, vielleicht sogar neu verliebt zurückkehrten. Er hatte ihr einen breiten, silbernen Halsreifen geschenkt, den sie dazu trug und der genau in den Ausschnitt passte. So hatte ich sie fotografiert und später das Foto an mein Bücherregal gepinnt. So wollte ich meine Eltern sehen, einander zugewandt, lächelnd, und so schien auch Vered sie sehen zu wollen, denn auch sie hatte sich das Foto einmal ausgesucht, für eine Collage aus verschiedenen Familienszenen.

Als das Telefon klingelte und auf dem Display Alizas Nummer erschien, gab Yoram mir mit fast panischem Blick zu verstehen, nur ja nicht dranzugehn, sodass ich es auf der Fotografie des kleinen Schafs und der Schlagzeile zur Genpolitik, auf der es ruhte, liegen ließ, selbst als es wieder und wieder klingelte, und Yoram und ich uns Blicke zuwarfen, als könnte ein ausgesprochenes Wort uns verraten. Bis Vered es an sich nahm und eine Weile mit Aliza sprach.

Und du hast dir das auch wirklich gut überlegt? Und du bist dir wirklich ganz sicher?

Vereds Blick zur Decke und ihr Seufzen. Ihrem Vater gegenübersitzend, ließ sie seine Fragen über sich ergehen, stöhnend wie eine hysterische weibliche Bühnenfigur.

Ja, sie habe es sich genau überlegt, und mit Absicht weder ihn noch mich vorher gefragt. Sie habe unabhängig sein wollen. Eine freie Entscheidung. Ihr sollt mir nicht reinreden.

Sie raufte sich das Haar mit derselben Bewegung wie Yoram, kämmte mit gespreizten Fingern von der Stirn nach hinten, um dann nervös einzelne Strähnen hochzuziehen. Yoram griff nach ihrem Handgelenk und hielt sie fest, sie befreite sich mit einem trotzigen Ruck, duckte den Kopf und blickte hinter ihrem weißen, zarten Ellbogen hervor wie hinter einer Barrikade. Ich merkte, dass Yoram es kaum aushielt, sie so zu sehen: die zu kurzen Fingernägel in nicht ganz frisch gewaschenem Haar und ihr übernächtigtes Gesicht.

Ich mischte mich nicht ein, sondern wunderte mich nur, wie gleichgültig mich das Gespräch der beiden ließ. Mir war, als sei ich weit entfernt, als gehöre ich nicht zu ihnen. Zugleich wippten vor meinem inneren Auge unablässig die Bilder meines Vaters auf und ab wie graue, durchsichtige Störungen der Netzhaut. Als ich mit Vered alleine war, versuchte ich, ihr zuzuhören und ihr zu zeigen, dass ich an ihrem Kummer Anteil nehme, aber in Wirklichkeit waren meine Gedanken weit fort. Vered sprach von Marcel und ihren vergeblichen Anstrengungen, mit ihm zurechtzukommen, von seinen spröden Liebesbekundungen, die eigentlich gar keine gewesen seien, die sie nur als solche habe sehen wollen. Es habe sie schon glücklich gemacht, wenn er ›mein Schatz‹ zu ihr sagte. Ist das normal? Wie findest denn du das? Das sei doch zu wenig. Ich stimmte ihr zu, strich ihr über den Kopf und dachte, jetzt benehme ich mich wie Marcel, der ihr etwas vormacht, was nicht ist. Mit aller Anstrengung versuchte ich, zuzuhören, aber meine Gedanken glitten immer wieder davon, und als Vered wissen wollte, wieso ich so zerstreut sei, gab ich vor, schreckliche Kopfschmerzen zu haben und mich hinlegen zu müssen. Ihr ›Ach Mama‹, in einer Mischung aus Mitleid und Ärger hervorgestoßen, hing noch in der Luft, als sie schon fortgegangen war. Wieder blieb sie bis in den Morgen, unterwegs mit Freunden, wie sie sagte.

In diesen Tagen wusste ich nichts mit mir anzufangen. Lief durch die Straßen, kaufte ein, versuchte die Wohnung aufzuräumen, stellte Blumen in Vasen, legte Obst in eine Schale und schob sie in die Mitte des großen Tischs. Aber was ich auch tat, ich schleppte mich dahin und brauchte ungewöhnlich viel Zeit für alles. Auch kam es immer wieder vor, dass ich von einem Moment zum anderen vergaß, was ich tun wollte. Dass ich mit dem Telefon in der Hand dastand, ohne zu wissen, wen ich anrufen wollte. Oder ich öffnete den Wasserhahn über der Badewanne, um einen

Pullover zu waschen, ging in die Küche und fing dort an zu spülen und vergaß, dass im Bad das Wasser lief. Erst Stunden später fiel mir beim Weg ins Schlafzimmer das Geräusch des laufenden Wassers auf.

Mein Körper war ein schwer zu bewegender Mechanismus geworden. Genau dieses Wort ging mir durch den Sinn, ›Mechanismus‹, nichts Lebendiges. Ich erinnerte mich an Vered, als sie noch klein war und wir über die ausdauernde Kraft staunten, mit der sie sich aufrichtete, selbst wenn sie immer wieder hinfiel, stand sie jedes Mal von Neuem auf und zog sich am Tisch oder am Bücherregal hoch, getrieben von einer wundersamen Energie. Mir widerfuhr gerade das Gegenteil. Der normale Drang, mich zu bewegen, mich überhaupt von der Stelle zu rühren, war verschwunden. Den ganzen Tag lang saß oder lag ich müde auf dem Sofa oder auf dem Boden. Gegen Abend wurde es meist besser, ich trank ein Glas Rotwein und legte mich nach einem idiotischen Tatort, der mich aber ablenkte, ins Bett.

Nachts im Dunkeln, wenn Yoram neben mir lag, sprachen wir über Vered.

Vielleicht braucht sie uns jetzt mehr denn je. Die Sache mit der Trennung, wer weiß?

Wir gestanden uns ein, auf unbegreifliche Weise den Kontakt zu ihr verloren zu haben. Nicht zu wissen, was wirklich in ihr vorgeht.

Ob sie leidet? Was sie wirklich will? Was sie verbirgt? Ob sie womöglich Drogen nimmt? Ob Betriebswirtschaft nicht überhaupt das falsche Studium für sie war? Eine falsche Entscheidung damals, als sie Marcel kennenlernte und mit ihm zusammenbleiben wollte?

Ich hab wahnsinnig Angst um sie, murmelte Yoram.

Er habe diesen Marcel ohnehin nie leiden können, auf den ersten Blick nicht. Dieser unbedingte Wille, diese Art, sich an Vered heranzumachen. Dieser viel zu große Blumenstrauß, als er zum ersten Mal zu uns kam. Völlig übertrieben. Er habe direkt eine körperliche Aversion gegen ihn. Ehrlich gesagt bin ich froh, dass sie sich getrennt hat.

Eine sogenannte gute jüdische Familie sei eben auch nicht alles. Er fange an, zu begreifen, was Vered mit ›zu logisch‹ meine. Es habe etwas mit diesem kalten Blick zu tun, der ihm von Anfang an an ihm aufgefallen sei. Ein Utilitarist, mehr nicht. Er wünsche ihr mehr …

Was denn?

Er wisse, es höre sich wie aus einer anderen Zeit an, aber er denke tatsächlich an etwas wie … Er lachte: so etwas wie … ja, es muss leuchten. Auf irgendeine Art muss es leuchten.

Würden wir ihr wünschen, was wir gehabt haben?

Yoram stöhnte: nicht so vertrackt vielleicht.

Unsere Wohnung in Berlin in der Sybelstraße: ein Schlafzimmer, ein großer Wohnraum und die Kammer, in der Vered übernachtet. Am Ende des großen Zimmers ist unter dem Fenster zum Hof eine niedrige Küchenzeile. Steht man am Spülbecken, blickt man in die Krone einer alten Kastanie, die fast bis zum Dach reicht. Am Morgen waren ihre Äste bedeckt von frischem Schnee, und auch die Dächer glänzten unter einer kalten, klaren Sonne weiß und unberührt. Als ich die Tür zu der Kammer öffnete, war Vered nicht da. Auf ihrem ungemachten Bett lagen französische Zeitschriften und ein dickes Buch mit dem Titel ›Les Bienveillantes‹.

Auf dem Anrufbeantworter forderte uns eine männliche Stimme auf, unsere Tochter abzuholen. Es gehe ihr nicht gut. Yoram rief zurück und jemand nannte eine Adresse in Kreuzberg in der Cuvrystraße, in einem Fabrikgebäude am Wasser. Dort fanden wir sie in der Wohnung eines etwa fünfzigjährigen Mannes mit grauem Haar. Sie lag in zerwühltem, dunklem Bettzeug und blickte uns entgeistert an. Sie war in einem schrecklichen Zustand. Nicht nur betrunken, sondern auch bekifft. Wie ein Baby trug Yoram sie in den Wagen. Ich hielt auf dem Rücksitz ihren Kopf in meinem Schoß, während wir zur Notaufnahme ins Urbankrankenhaus fuhren. Sie hatte an die drei Promille Alkohol im Blut, und der Arzt meinte, wir könnten froh sein, dass sie noch lebt.

Während der Tage, die sie im Krankenhaus bleiben musste, versuchte ich, wieder auf den Boden zu kommen, für sie und für mich selbst. Meine Gespräche mit ihr waren mühsam. Sie war vollkommen verschlossen. Auch Yoram gegenüber sagte sie wenig.

Jeden Morgen zwang ich mich, mit Yoram aufzustehen und zu frühstücken. Ich versuchte, wieder aktiv zu werden, kochte für Vered und Yoram und putzte die vom Winterregen trüben Fenster. Trotzdem fiel es mir von Tag zu Tag schwerer. Als Vered ankündigte, sie wolle für ein paar Wochen in den Kibbuz zu Tami oder in die Idelsonstraße, war ich erleichtert. Sie brauche eine Auszeit, bis sie wieder wisse, wie sie weitermachen wolle. Wir fanden nicht heraus, was sie zu dem Mann in der Cuvrystraße trieb, bekamen nur mit, wie sie lange Telefongespräche mit ihm führte, zu denen sie sich hinter die verschlossene Tür in ihre Kammer zurückzog. Selbst als Yoram sie eines Tages in einem Anfall von Angst bei den Armen packte und schüttelte, blieb sie verschlossen und sagte nichts.

Jeden Tag versuchte ich, eine Art Normalität herzustellen, aber es war, als schlitterte ich auf einer vereisten Fläche in genau die Richtung, die ich vermeiden wollte. In die kleinen grau-weißen Bilder hinein mit den gezackten Rändern. Jeden Abend nahm ich eine Schlaftablette, wissend, dass ich mich immer mehr davon abhängig machte, und zugleich hoffend, dass die vergehende Zeit mich wieder ›ins Lot‹ bringen würde. Solche Definitionen hatte ich mir zurechtgelegt: ›Auf den Boden‹ oder ›ins Lot‹.

Eines Morgens saßen wir am Frühstückstisch und ich öffnete eine Ananas. Ich höre noch mein verblüfftes Lachen, als ich das Messer in die stachlige Schale schob, nach unten drückte, die beiden Teile auseinanderklappte und sah, dass das Fruchtfleisch nicht gelb, sondern grau war. Weißlichgrau. Ich zeigte sie Yoram: Hast du so was schon mal gesehn?

Er sah mich erstaunt an: Was so was?

Eine graue Ananas!

Aber sie ist nicht grau, sie ist gelb.

Ich konnte es nicht glauben. Ich ging ins Bad und blickte in den Spiegel. Auch meine Lippen waren grau, das Handtuch, das sonst rot war, schimmerte wie verschmutzt, wie eingetönt, ein rötliches Grau.

Ab diesem Morgen verschwanden die Farben. Ich kann nicht mehr sagen, wie. Es kommt mir vor, als seien sie nicht alle auf einmal verschwunden, da und dort schimmerte noch Gelb, Grün oder Rot wie auf kolorierten Schwarzweißfotos, aber keine Farbe war mehr satt und klar. Einmal blickte ich hinüber zu unserem Bücherregal mit den vielen Buchrücken, die sonst ein buntes Gewirr bilden, und es war überhaupt keine Farbe mehr zu sehen, nur noch Töne zwischen schwarz und hellgrau. Aber ich reagierte weder panisch noch schockiert darauf, sondern nur verwundert. Und wunderte mich über meine Verwunderung, so wie ich mich im Traum manchmal wundere, dass ich träume. So ist das also, dachte ich.

Ich weiß noch, es war ein sonniger Tag, ich lag auf dem Sofa und sah hinaus auf die Häuserreihe gegenüber, auf die herrschaftlichen Giebel, die aussehen, als trügen sie feierliche Hüte, da hatte sich plötzlich vor mir, mitten auf dem Balkon, die Gruppe Männer breitgemacht, von denen einer mein Vater ist. Ich höre ihr Lachen, es dringt laut und unerträglich an mein Ohr, ein grölendes Lachen, das plötzlich verstummt und ebenso jäh wieder aufschallt. Ihre glänzenden, törichten Gesichter wabern hinter der Glastür auf und ab, bis ich aufstehe und mich abwende. In diesem Moment fällt mein Blick auf das Bücherregal und die Buchrücken, aus denen alle Farbe verschwunden ist.

Vered war nach Israel geflogen. Ich versuchte, mich mit praktischen Dingen über Wasser zu halten, meldete mich in einem Fitnessstudio an, besorgte Kleinigkeiten für den Haushalt, Tontöpfe für den Balkon, kochte, suchte nach einem Teppich für das große Zimmer und ließ unser altes Sofa neu beziehen. Um mir die Farbe des Stoffs vorstellen zu können, las ich die Beschreibungen davon (›orangeweiß‹, ›pinkjoy‹) und versuchte, daraus auf die Farbe zu schließen. Ich brachte Yoram Stoffmuster mit nach Hause und bat ihn, eine Wahl zu treffen, und wenn er wissen wollte, wie mir diese oder jene Farbe gefiel, tat ich, als würde ich sie erkennen und als hätte ich eine Meinung dazu. In Wirklichkeit hatte ich mich an die Farblosigkeit gewöhnt. Die zuerst helle, später graue Gaze vor meinen Augen wurde immer dichter. Dennoch funktionierte ich auf erstaunliche Weise, fast ohne dass jemand etwas merkte. Nur Yoram fragte ein paar Mal besorgt, was mit mir los sei.

Deine Mutter, das ist dir nähergegangen als du es dir eingestehst. Und vielleicht hättest du nicht diese Reise machen sollen, das war zu viel.

In diesen Tagen waren wir zärtlicher miteinander als jemals zuvor. Aber es gab nichts, woran ich nicht zweifelte. Das Einzige, was ich wusste, war, dass ich Yoram nicht verlieren wollte. Für immer von ihm getrennt zu sein, ist mir unvorstellbar. Daran zu denken ist, als zöge man mir die Haut vom Leib. Einmal, kurz bevor er wieder nach Amsterdam zurückfuhr, wachte er nachts auf und weckte mich. Wir schliefen miteinander, und plötzlich, nur für diesen Augenblick, war ich wieder auf dem Festland meines Ichs.

In diesen Tagen fing ich an, (wie irre) zu lesen. Alles über die Shoa. Ohne System kaufte ich Bücher oder bestellte sie im Internet. Fast jeden Tag besuchte ich eine Buchhandlung und stöberte in den Regalen und in Verlagskatalogen. Nacheinander las ich Biografien über Mengele, Göring und Speer, die Aufzeichnungen des Lagerkommandanten Höß und des Generalgouverneurs Hans Frank, bis mir übel davon war. Ich konnte nichts mehr essen, dabei verschlang ich an Shoa-Literatur, was ich finden konnte. Noch einmal las ich Ruth Klüger, Primo Levi und den Roman über die Schicksalslosigkeit. Ich bestellte mir die gesamte Chronik des Ghettos in Lodz und irrte darin lesend umher.

Yoram war in Amsterdam. Froh, die Wohnung für mich zu haben und ohne Kontrolle zu sein, blieb ich zu Hause und las. Nur um ein paar wenige Dinge zum Essen einzukaufen und um in die Buchhandlung zu gehen stand ich auf und lief ungeschminkt, mit Sonnenbrille und immer in denselben Kleidern durch die Sybelstraße, die Mommsen, die Knesebeck und so weiter bis zur Buchhandlung, wo immer schon ein paar neue, von mir am Vortag bestellte Bücher bereitlagen. Die Sonnenbrille trug ich immer, auch in der Buchhandlung setzte ich sie nicht ab. Ich brauchte sie nicht nur gegen die Helligkeit, die mir wie Nadeln in die Augen stach, sondern auch als Schutz vor dem Gegenüber. Ich wollte nicht gesehen werden. Vor allem, ich wollte nicht, dass jemand meine Augen sieht.

Den Kaffee, den die Buchhändlerin mir jedes Mal mit warmer Stimme anbot, lehnte ich regelmäßig ab. Und wenn ich an dem runden Tisch Platz nahm, dann nie um mich an einem Gespräch zu beteiligen, das die dort sitzenden Autoren oder Kunden führten, sondern nur, um in Verlagskatalogen oder den Seiten mit Literaturangaben am Ende der Bücher zu blättern und mir neue Titel auszuwählen. Immer in der Hoffnung, nicht angesprochen und womöglich von jemandem gefragt zu werden, wie es mir gehe. Denn ich ahnte, dass man mir meinen seltsamen Zustand ansah.

Ich rief niemanden an, verabredete mich mit niemandem und redete mit niemandem außer am Telefon täglich mit Yoram und hin und wieder mit Vered in Israel oder mit Aliza. Nicht einmal bei Rachel meldete ich mich, die nach Berlin gezogen war und von der ich sonst in ausweglosen Situationen immer Rat erwarten durfte. Sie ist nüchterner und unsentimentaler als andere, und was sie sagt, leuchtet fast immer ein.

Nur einmal in der Woche, mittwochs, besuchte ich, wie früher in Frankfurt, Aliza in ihrer neuen Wohnung und sprach mit ihr wie immer über Zeitungsartikel, Dinge des Alltags und jetzt auch über ihr Haus in Moabit, das endlich einen Käufer gefunden hatte. Auch über die vergangene Zeit, oft über damals, als sie mit Yorams Vater nach Deutschland zurückkam und von manchen in Israel Zurückbleibenden als Verräter geächtet wurde. Das erwähnte sie in diesen Tagen öfter.

Es ist, als klettere man sein Leben lang mühsam einen Berg hoch und fange irgendwann an, diesen Berg wieder herunterzurutschen. Automatisch, ohne Willen. Am Ende geht es immer schneller. Ich bin schon bald ganz unten, sagte sie und klopfte auf den Tisch, als wollte sie dem Gedanken einen Schlusspunkt setzen. Yoram hatte ihr einmal vorgeschlagen, mit ihr zusammen in die Straße zu gehen, wo sie aufgewachsen war, und wo das Haus ihrer Eltern gestanden hatte, aber das wollte sie nicht. Ihr Kino sei im Kopf. Mehr brauche sie nicht.

Von Tag zu Tag driftete ich weiter ab in meine farblose Welt und vertiefte mich in die grauenerregenden Berichte und Mitteilungen. Ich merkte nicht, in welchem Zustand ich war. Rief Yoram an, sprach er über die Bauarbeiten, über die täglich neu auftauchenden Katastrophen, einen zu spät aufgestellten Baukran, ungenaue Pläne, falsch angelegte Türöffnungen, eine Lieferung zerbrochener Steinplatten, ein Vorverriss der ganzen Bebauung in einer örtlichen Zeitung. Zugleich war er glücklich über die Gelegenheit, diesen ›Traum‹ verwirklichen zu können, ein Haus, dessen aufstrebende, kantige Fenster sich der Sonne zuwenden, ein organisches System, eine Art Kristallgewächs, das aus einem Steinsockel hervortreibt. Und während er mir kleine Textauszüge vorlas, die er zu seinem Projekt verfasst hatte, von fliegenden Schatten auf weißer Fassade, von Licht, das über Glas streift, von kühler Sonne und Wolken, von dem Foyer, das er nach einem Rezept von Peter Behrens mit Farbe aus zermahlenem Lapislazuli streichen ließ, schwieg ich und versuchte mir den Anschein zu geben, als hörte ich mit Interesse zu. Auf seine immer wieder gestellte Frage, womit ich mir die Zeit vertreibe, sprach ich davon, mir eine Arbeit in Berlin zu suchen, verschwieg nicht, dass ich viel lese, erwähnte auch manchmal Titel, aber ließ nie durchscheinen, wohin ich in Wirklichkeit abgetaucht war.

An manchen Tagen war mir die Fähigkeit, das, was ich las, auch zu verstehen, völlig abhandengekommen. Dann schlug ich mal dieses, mal jenes Buch auf, überflog eine Seite, klappte es wieder zu und durchblätterte das nächste auf die gleiche sinnlose, hastige Weise.

Eines Mittags auf dem Weg zur Buchhandlung entdeckte ich vor einem Haus in der Mommsenstraße einen Stapel Sperrmüll auf dem Bürgersteig. Vor allem Bücher, in überquellenden Kartons und Körben, an denen sich bereits ein paar Leute zu schaffen machten, sodass auch ich keine

Scheu hatte, mit dem Wühlen anzufangen. Dabei fiel mir ein verstaubtes, zerfleddertes Taschenbuch in die Hände, auf dessen Titelseite in großen Buchstaben ›Meldungen aus dem Reich‹ geschrieben stand. Ich suchte weiter und fand dreizehn Bände mit derselben Aufschrift und dem Untertitel: ›die geheimen Lageberichte des Sicherheitsdienstes der SS‹, die ich nun hastig zusammenraffte und in eine Plastiktüte stopfte. Zu Hause machte ich mich darüber her. Wahllos las ich Mitteilungen über die Stimmung der Bevölkerung, Ergebnis einer Art SS-Meinungsforschung, alles kam darin vor, eine mehr als sechstausend Seiten umfassende Sammlung von Briefen, Gerichtsurteilen, Statistiken, Tagebuchauszügen und Berichten. Alles zu dem Zweck einer atmosphärischen Ermittlung. Immer wieder geht es darin um die Gutmütigkeit der Bevölkerung, die dem großen nationalsozialistischen Ziel zur Gefahr werden könne, etwa wenn Zwangsarbeiter an Familientischen mitessen durften. Oder wenn Frauen Geschlechtsverkehr mit ›Fremdvölkischen‹ hatten oder die Berliner bessere Gesellschaft sich über die Deportationen angesehener Juden erregte. Manisch überflog ich die Seiten, die ich wahllos aufschlug, las über die Stimmung unter den Zahnärzten, unter den Forstarbeitern, las Anweisungen an die V-Männer, auch in den eigenen Familien zu horchen und darüber zu berichten. Dann schlug ich wieder andere Bücher auf, etwa die Aufzeichnungen aus dem Ghetto in Lodz, las nächtelang darin, mal zielstrebig, den Namen Albert Leonhard suchend, dann wieder ziellos da und dort, Gräuel über Gräuel, und ich weiß noch, wie ich las, dass ein Jude in einem polnischen Dorf gezwungen wurde, eine Grube zu graben, einen Korb voller Flaschen herbeizubringen, die Flaschen zu zerschlagen, die Scherben in die Grube zu werfen, sich auszuziehen und sich in die Grube auf die Scherben zu legen. Dann stiegen auch die SS Männer in die Grube und trampelten auf dem Mann herum, bis nur noch ein blutiger Klumpen von ihm übrig war. Ich las diese Zeilen immer wieder, ich konnte nicht mehr aufhören, sie Wort für Wort in mich einzusaugen, und ich kann mich noch an die Sonne, die währenddessen ins Schlafzimmer schien, erinnern. Was danach war, ist versunken.

Yoram sagt, er habe mich in einem Zustand gefunden, den er mir schwer beschreiben könne. Die Wohnung voller Müll, schmutzigem Geschirr und Büchern, die auf dem Boden, im Bad, auf dem Herd, ja, im Ofen lagen, leicht angekohlt, im Eisschrank, auf dem Sofa, unter den Kissen, auf dem Balkon, durchnässt und aus der Form gegangen.

Er hatte sich über meine Reaktion am Telefon gewundert. Ich hatte ihm Stellen aus den um mich herum liegenden Büchern vorgelesen, antwortete aber nicht auf seine Fragen, sondern las immer weiter, wirres Zeug, mit einer Art Traumstimme, die er kaum als meine erkannt habe, unzusammenhängend, halb lachend, halb heulend, völlig irre. Darauf bat er Lena, in die Sybelstraße zu fahren und nachzusehen, was mit mir los sei. Da ich ihr die Tür nicht öffnete, war er noch am selben Tag von Amsterdam nach Berlin geflogen. Die Fotografien und das Soldbuch meines Vaters waren auf dem Boden verstreut.

Während ich in der Klinik lag, vermieden wir das Thema. Danach, Wochen später, als ich entlassen war, nahmen wir uns ein paar Tage Zeit füreinander und Yoram kam nach Berlin. Für unser erstes Gespräch suchten wir uns ein Lokal in Charlottenburg aus und einen Tisch in einer geschützten Ecke, wo wir gut reden konnten. Ich versuchte ihm zu erklären, wie es zu meinem Zusammenbruch gekommen war.

Aber warum hast du denn nichts gesagt? Wir hatten doch ausgemacht, dass diese Dinge nichts bedeuten, jedenfalls für uns nicht.

Ja, aber sie treiben ihr eigenes Spiel mit einem … (ich verteidigte mich).

Das hört sich ja an, als wären sie Personen … (Yoram lachte, irgendwie hilflos).

Was denkst du eigentlich wirklich?

Ja, zugegeben, ich war schockiert (er zog die Schultern hoch und blickte mich nicht an).

Warst oder bist?

Um ehrlich zu sein, es braucht einen gewissen – wie soll ich sagen, Aufwand an … an, na ja, Klarheit … Anstrengung. Aber das ist doch klar. Und immer noch kein Grund, nichts zu sagen.

Und Vered? Zeigen wir ihr die Fotos? Langes Schweigen. Sollten wir? Sollten wir nicht? Vered ist stark. Sie hat sich entschieden. Sie weiß, was sie will.

Aber sie könnte sich noch mehr von uns entfernen. Von mir …

Übrigens, ich habe immer gedacht, wenn uns etwas auseinanderbringt, dann ganz andere Dinge.

Welche denn?

Die ganz normalen eben. Die, die andere Paare auch auseinanderbringen –

Stimmt das?

Ich weiß es nicht … ach … komm doch …

Und wir umarmten uns, wie man sich im Lokal, wenn man nebeneinander sitzt, umarmt.

In dem großen bauchigen Rotweinglas spiegelte sich meine Hand und wippte verzerrt auf und ab, während mir durch den Sinn fuhr: Bin ich das oder bin ich das nicht? Ich sah Yoram, seine leicht vorstehende obere Lippe, wie er die Brille absetzte, sich mit Zeigefinger und Daumen die Augen rieb und mich anlächelte, ein nach Antwort suchender Blick, der meine Hand zu seiner Wange zog. Es war, als wäre Eis geschmolzen. Yoram wollte irgendwann wissen, ob ich etwas mit Lavin gehabt hätte.

Bist du verrückt, wie kommst du denn darauf?

So oder so ähnlich sprachen wir in dieser Nacht miteinander, fast bis zum Morgen.

Epilog

Ausgestreckt auf einer schwebenden Matte aus Zetteln, das Gesicht den Wolken zugekehrt, den fliegenden, fliehenden, flockigen Berliner Wolken, der Regen hatte aufgehört, plötzlich, wie auf Geheiß, aber wir hielten immer noch die geöffneten Schirme über uns, während Aba das Kaddisch sagte … niemand bewegte sich, nicht einmal um einen Schirm zu schließen … ich hatte mich bei Mama eingehängt, so standen wir im plötzlichen Licht, das überall frisches Grün aufleuchten ließ, und in diesem Moment sah ich sie, während Aba immer noch sprach, hörbar atmend, mit langen Pausen … l'allam, u'l'allmei allmaja … ich schwöre, ich sah sie wirklich, sie war keine Erscheinung, sie war real, ich sah, wie sie auf ihren Zetteln vor uns her schwebte, auf einem durchsichtigen, blättrigen, hellen Vlies aus beschriebenen Zetteln …

es sah aus, als entfernte sie sich von den schweren Dingen, als hebe sie ab von der Last der Welt, als wäre sie schon befreit von der Schwerkraft, so leicht schwebte sie davon, auf ihren gesammelten Gedanken, die sie in all den Jahren in ihrer dünnfädigen Schrift festgehalten hatte …

mein verzetteltes Hirn, wie sie immer sagte … die Zettel, in denen sie in den letzten Wochen stundenlang blätterte, als ginge sie ziellos darin spazieren … sie waren leicht gewölbt, gaben dem schwachen Wind nach, der auch das helle Grün der Birken um uns herum bewegte … vollkommen entspannt lag Großmutter auf ihrer seltsamen Unterlage, ihr schwarzer Rock flatterte über den Rand, ihre Hand hing nach unten, dies alles direkt vor mir, eine Idee über unseren Köpfen, ich sah ihr nach, und das Komische war, es kam mir gar nicht besonders vor, nein, es war ganz selbstverständlich … erst hinterher war ich erstaunt, dass es so etwas gibt …

sie lag auf dem Rücken, aus ihrem im Nacken zusammengebundenen grauen Haar hatten sich feine Strähnen gelöst, die im Gegenlicht schimmerten, sie blickte nach oben, in die Richtung, in die sie schwankend abhob, über die Gipfel der Birken hinweg, ich sah etwas undeutlich ihr schimmerndes Profil, und betete, dass sie sich mir zuwenden möge, nur noch einmal, ein einziges Mal … noch einmal ihre Augen, was hätte ich dafür gegeben … aber sie schwebte fort, davon … langsam und stetig …

die ganze Zeit während wir dastanden konnte ich sie sehen, bis sie jenseits des rotweißen Sendemasts war, der wie ein Verkehrszeichen für Außerirdische am Himmel steht, ich fragte mich gar nicht, ob die anderen sie auch sehen könnten, es schien mir ganz außer Frage, auch Aba blickte in ihre Richtung, während er das Kaddisch sprach … so standen wir irgendwie hilflos beisammen, Aba, Mama, Rachel, Benjamin, der alte Lavin und die aus dem Büro, zwei oder drei Leute, die ich nicht kannte, die von der Gemeinde, der Rabbiner, die junge Physiotherapeutin und Großmutters Nachbarin, eine Russin, mit der sie sich in der letzten Zeit angefreundet hatte …

ich hätte so gern noch einmal ihr ›ach Quatsch‹ gehört, aber sie schwieg, und das war das Seltsamste, dieses Schweigen, durch das sie sich von mir entfernte … ›zur Welt kommen, zu Wort kommen‹, so stand es auf einem ihrer Zettel hingekritzelt, die an ihrem Küchenschrank hingen, und jetzt dieses Schweigen, ein unerträgliches Schweigen, das kompakt und unsichtbar in der Luft stand, Großmutter und ihre Stimme waren doch eins, Großmutter ohne ein Wort, das war undenkbar … mir rann es aus den Augen, ich konnte es nicht verhindern, aber ich wagte nicht, nach einem Taschentuch zu suchen, ich hielt so still wie die anderen … Aba neben mir, ich sah nicht zu ihm rüber, aber ich merkte, dass er zitterte, seine Stimme zitterte, und ich wagte nicht, meine Hand in seine zu schieben wie sonst …

als er zu Ende gekommen war mit dem Kaddisch, ging er ein paar Schritt vor bis zum Grabrand, und ich dachte, oje, hoffentlich fällt er nicht hinein, so gebeugt sah er aus, nahm das alte, blaubestickte kleine Kissen, das Mama ihm jetzt reichte, riss es auf und ließ den Sand daraus auf den Sarg rieseln …

bei Großmutter war dieses Kissen zwischen die Bücher geklemmt gewesen, in der mittleren Reihe des Regals ganz rechts hinter dem abgegriffenen hellgrauen Taschenbuchstapel Brecht, ›Erde aus der heiligen Stadt‹ stand in roter Stickschrift darauf, Großmutter hatte immer behauptet, das sei Unsinn, es sei Sand vom Tel Aviver Strand … dann entnahm er mit einer Art Kinderschaufel dem Erdhaufen neben dem offenen Grab drei Mal eine kleine Portion und warf sie auf den Sarg, kam zu uns zurück und übergab Mama die Schaufel, nach ihr kam ich an die Reihe …

es war meine erste Beerdigung, bei Oma Edda konnte ich nicht dabeisein, weil ich mitten im Examen war … alles kam mir unwirklich vor, ich zwang mich, mir vorzustellen, dass Großmutter nun da unten in dem Kasten aus Holz liegt … gestern hatte ich sie noch gesehen, in ihrer Wohnung, im Wohnzimmer, wo der Spiegel über dem Sekretär verhängt war, in einem weißen Gewand lag sie da, bevor sie abgeholt wurde, ihre Hände waren wie aus Wachs und ihr Gesicht fast ohne Falten, ich küsste sie auf die geruchlose Stirn, die kalt war,

kann man denn gar nichts machen,

kann man nie nie nie wieder

kann man denn überhaupt nicht jemals wieder ihre Stimme …

gibt es nicht einen Zauberspruch, eine Formel zur Auferweckung …

ich konnte es nicht fassen, dass sie jetzt da unten zwischen den dunklen, kalten Erdwänden sein sollte … als ich nach oben sah, war sie fast fort, nur noch der Widerschein eines Schattens und ihre hängende Hand mit dem schmalen Goldring,

Aba drückte meinen Kopf an seine Wange, die diesmal nicht nach Rasierwasser roch, sondern nur nach ihm selbst, nach Aba, so ein Geruch, den ich in jeder Menschenmenge herausfinden würde, wäre ich blind, ich würde Aba sofort an diesem warmen, familiären Geruch erkennen, und dann schüttelten wir den Leuten die Hände … manche sagten etwas von Beileid, andere flüsterten etwas Freundliches, die meisten sagten gar nichts, sondern sahen uns nur tiefernst an, Lavin nahm meine Hand in seine beiden großen Hände, und manche ließen einen gar nicht mehr los …

Großmutter wollte ›kein frommes Gedöns‹, auch kein Schiwesitzen …

dass ich gottlos bin, liegt nicht an mir, hat sie öfter gesagt, als sie das Gespräch auf ›wenn ich mal sterbe‹ brachte, was in der letzten Zeit mehrmals geschah, Gespräche, die ich immer mit ›ach Ömchen‹ zu beenden versuchte …

glaubst du denn an gar nichts?, hatte ich sie einmal als Teenager gefragt, da zog sie die Brauen hoch, und wenn ich sie nicht so gut gekannt hätte, hätte ich gedacht, wie hochmütig … die Tatsache, dass ich mich nicht mehr genau daran erinnere, was sie damals sagte, ist vielleicht ein Zeichen dafür, dass sie sich herausredete, um mich nicht zu desillusionieren … irgendwann sagte sie auch mal: in meinem Jahrhundert scheint er Urlaub genommen zu haben, der Allmächtige …

woran sie glaubte, ließ sich nur erahnen, wenn man in ihren Zetteln stöberte, irgendwo fand ich mal eine Notiz, die von einem Geheimnis sprach, in dessen Widerschein man das Leben sehn könne, das hat mir gefallen …

kurz bevor sie starb, schenkte sie mir einen Karton mit Zetteln, wo ich diesen Spruch wiederfand, und dazu schenkte sie mir noch ein Säckchen mit ein paar kleinen Goldbarren, das sie hinter den zerlesenen Bänden von Samuel Agnon versteckt hatte, sie gab es mir mit den Worten: ›Besser aus einer warmen Hand als aus einer kalten‹, worauf ich wahrscheinlich wieder mit meinem ›ach Ömchen‹ kam … du bist doch vom Fach, das ist doch die beste Anlage, wenn mal was passiert, dann hast du was, sagte sie noch … die Barren waren ihre eiserne Reserve gewesen, nicht mal Aba wusste davon, und wäre der Bankencrash noch in ihr Bewusstsein gedrungen, hätte sie ihre Freude an dieser ihrer guten Idee gehabt, aber sie hörte keine Nachrichten mehr … ich hielt die schmalen, dünnen, griffigen, glatten Täfelchen in der Hand und überlegte, was sie wohl wert sein könnten, dann schob ich sie in das Stoffsäckchen zurück und versteckte sie im Bücherregal in meinem Zimmer in der Sybelstraße, hinter der Reihe mal hebräisch, mal deutsch beschrifteter Taschenbuchbände von Batya Gur, die ich eine Zeit lang verschlang, und die auch Großmutter dann für sich entdeckte, nach einem einzigen Band hatte auch sie einen Narren an dem Kommissar Ochajon gefressen …

… als ich sie vor zwei Monaten fand, lag sie bewusstlos auf dem Boden … sie hatte auf mein Klingeln nicht reagiert, auch ging sie nicht ans Telefon, sodass ich mit dem Schlüssel, den sie bei uns deponiert hatte, zu ihr rannte und die Tür aufschloss … mir zitterte der Daumen, als ich auf der Tastatur meines Handys den Notarzt wählte, während ich mit der anderen Hand abwechselnd ihren Puls suchte und ihre Wangen mal streichelte, mal tätschelte, mal schlug, als könnte ich sie damit zu Bewusstsein bringen … neben ihrem Gesicht lagen die Scherben ihrer alten blauen Teekanne, der Tee hatte einen nassen Fleck auf dem hellen Teppich gebildet …

ich stand neben mir und beobachtete mich selbst, wie ich Großmutter erst auf die Seite rollte, dann wieder auf den Rücken, erschrocken über ihre Leichtheit, wie ich ihre Jacke aufknöpfte und auseinanderschob, hastig meine Handballen auf die Stelle unter ihrem Hemd drückte, wo ich ihr Herz vermutete, und rhythmisch presste, dann, in Panik, ihren Kopf nach hinten schob, ihr Kinn mit der Hand umgriff und meinen Atem in ihren Mund stieß, wie ich es im Erstehilfekurs gelernt hatte, mich dann wieder über sie kniete und ihr Herz massierte, ich drückte so fest, dass ich schon fürchtete, ich könne ihr die Rippen brechen, so zart, so zerbrechlich war sie, ich strengte mich an, ja, ich betete: Lieber Gott, mach, dass sie zurückkommt … komm, komm, Ömchen, bitte, komm zurück …

bis die Sanitäter und der Arzt da waren, raschelnd ihre Geräte auspackten und sie beatmeten, da allmählich fing sie an, Luft zu holen … als sie im Krankenhaus wieder zu sich gekommen war, konnte sie sich an nichts mehr erinnern, hab ich dummes Zeug geredet?, sie setzte ihre ruppigste Stimme ein, und ihre Hand presste sich um mein Handgelenk, sodass ich mich über ihre plötzliche Kraft wunderte …

Sie haben Glück gehabt, sagte der Arzt, ein mittlerer Infarkt, und stirnrunzelnd wollte er wissen, ob es eine Patientenverfügung gebe, dann klärte er Mama und mich über den möglichen Krankheitsverlauf in der nächsten Zeit auf, mit einer Stimme, als wären wir Schulkinder …

Aba war in Holland bei seiner Baustelle, Mama und ich spielten am Telefon alles herunter: brauchst keine Angst zu haben, Vered hat sie rechtzeitig gefunden, ist alles gut gegangen …

aber natürlich witterte er sofort, was los war und kam noch in der Nacht, am Morgen schlurfte er ganz blass aus dem Bad, in fleckigen Jeans und seinem alten grauen Pullover, Mamas ›ach Schatz‹ nervte ihn, er hatte sich nicht rasiert und fuhr sich mit der Hand immer wieder durchs Haar, ich konnte es kaum mitansehn und legte meinen Arm um ihn, dann fuhren wir, oder besser, rasten, Aba und ich, zur Charité, und als er an Großmutters Bett saß und ihr seine Hand überließ, tätschelte sie sie: alles nur halb so schlimm … wedelte mit der freien Hand das Mitleid von sich, so wie man sich von stickiger Luft befreit: nu übertreib man nich …

sie wollte so schnell wie möglich nach Hause und setzte Aba unter Druck, das Formular zu unterschreiben, dass sie auf eigene Verantwortung vorzeitig entlassen werden wolle, und er brachte es nicht fertig, ihr zu widersprechen …

zurück in der Roscherstraße, behauptete sie, wieder ›auf dem Damm‹ zu sein, aber ihr Zustand wurde von Tag zu Tag schlimmer, zwischen ihren Büchern und Zetteln, auf dem Sofa liegend, eingehüllt in ihre alte Wolldecke aus beigem Kamelhaar, die sie ›meine Olle‹ nannte, und die für mich zu ihr gehörte wie ihre getönte Brille …

diese Decke, die noch heute nach ihr riecht, mit der sie mich immer zudeckte, wenn ich als Kind bei ihr schlief, die Schlummerdecke, Inbegriff der Behütetheit, aus der bis heute ihre Stimme spricht, sodass ich, als ich sie neulich auf dem Sessel liegen sah, sogleich ihr ›schlaf, schlaf jetzt, Veredlein …‹ hörte, ihr ›leila tow …‹,

ja, mit Befehlsstimme behauptete sie, wieder auf dem Damm zu sein, obwohl sie bestimmt spürte, dass das nicht stimmte … nach einem ihrer vergeblichen Gespräche mit Aba über Pflegekräfte, Umzug in ein jüdisches Betreutes-Wohnen-Haus, Rund-um-den-Tag-Versorgung durch eine Polin, alles Vorschläge, von denen sie lange nichts wissen wollte, setzte ich mich zu ihr, und sie griff nach meiner Hand …

Vered, versprich mir eins …

ich nickte, und sie dann, wenn ich sie ein nächstes Mal so finden sollte, dürfe ich nichts zu ihrer Wiederbelebung unternehmen …

es fiel mir schwer, ihr zuzuhören, ich versuchte, scherzhaft zu reagieren: du willst doch wohl nicht in der BZ lesen: Enkelin befördert Großmutter über den Jordan …

aber diesmal lachte sie nicht, ich meine es ernst … erinner dich nur an die arme Frau Glückstajn, die monatelang nicht sterben gelassen wurde …

was sie am meisten fürchtete, waren Schmerzen, sie sei eben nun mal keine Heldin, nie gewesen, was sie auf alle Fälle brauche, sei eine gehörige Portion Morphium, und sie wusste sofort eine Reihe berühmter Vorbilder: selbst der olle Kafka, selbst er hat, als es nicht mehr zu ertragen war mit dem Schlucken, du weißt ja, er hatte Kehlkopfkrebs …

ja, sagte ich, aber du hast nicht Kehlkopfkrebs …

na ja, hab ich nicht, aber wenn ich mal … du weißt ja, was alles sein kann, dann versprich mir … weißt du, Kafka hatte einen Freund, der war Arzt, und der hat ihm irgendwann versprochen, dass er ihm helfen würde, wenn es … als es dann soweit war, hat er ihm eine ausreichende Dosis Morphium gegeben, und dann ist Kafka gestorben … und so will auch ich, versprich mir das, sagte sie, und: lasst das mit diesem ganzen anderen Quatsch …

am Ende fand Aba eine Lösung, tagsüber kamen die Frauen eines Pflegedienstes, der sich ›die guten Töchter‹ nennt, nachts blieb jemand von uns bei ihr …

wenn ich dann in ihrer Gästekammer lag, David in der Tragetasche neben mir, und nicht schlafen konnte, hörte ich sie in der Wohnung herumwandern …

sie litt an Schlaflosigkeit, seit ich denken kann, konnte sie nicht durchschlafen, wachte alle paar Stunden auf, ging ins Bad, in die Küche, machte sich Tee, warme Milch, setzte sich an den Tisch und schrieb ihre Zettel, und manchmal morgens, wenn ich aufstand, fand ich die Zeugen ihrer nächtlichen Unruhe, zerdrückte Kissen, die alte Decke zerknüllt in der Sofaecke, halb geleerte Gläser, benutzte Taschentücher, zerkrümelte Brotreste, aufgeschlagene Bücher, die Buchdeckel nach oben, kreuz und quer auf dem Sofa verstreut, auf dem Couchtisch, im Bad auf dem Wannenrand …

wenn sie wollte, las ich ihr aus ihren gesammelten Zetteln vor, denn sie konnte plötzlich nicht mehr richtig sehen, die Buchstaben verschwammen ihr vor den Augen, selbst ihre verschiedenen Brillen halfen nichts mehr … alles ist verwackelt, jammerte sie, und bei jedem Zettel versuchte sie, sich daran zu erinnern, wann sie das Vorgelesene notiert hatte und in welcher Situation oder aus welchem Anlass, in welchem Buch sie es gefunden hatte … wenn ihr etwas gar nicht einfallen wollte, schickte sie mich, im Bad aus dem Apothekenschränkchen die Schachtel mit Tebonin zu holen, schluckte zwei Tabletten und schimpfte über ihr schlechtes Gedächtnis …

Scheiße!, sagte sie einmal (ja, tatsächlich, ich hätte dieses Wort nie von ihr erwartet, aber es kam aus ihrem Mund heraus), und: man vergisst immer, was man nicht vergessen will, und was man vergessen will, vergisst man nie, und nach einer Weile: aber frag nur, schließlich bist du alt genug …

und so erfuhr ich noch einiges über ihre Familie aus der Zeit vor der Deportation …

sie wohnten in der Konstanzer Straße, da wo die Familie Berggruen einen Schreibwarenladen besaß, in dem Großmutter als Schülerin ihre Schulhefte, Bleistifte, Federhalter, Aquarellfarben und alles mögliche andere kaufte … sie schwärmte für den ›schnieken Heinz‹, der ein paar Jahre älter war als sie … manchmal half er im Geschäft aus … er schrieb damals schon Artikel in einer Schülerzeitschrift, und das imponierte ihr sehr … sie erzählte, wie sie einmal mit ihrem kleinen Bruder in den Laden kam, um Sachen zum Basteln zu kaufen, wie Heinz alles hervorkramte, was er an Glanzpapier finden konnte, alle Farben, mit Klebe und ohne Klebe, und dass er ihr einen Packen Bogen mitgab, für die sie nicht einen Pfennig bezahlen musste … und wie Albert und sie mit einer dicken Rolle glücklich davonzogen …

so fing sie an, von Albert zu sprechen …

ich ging ein paar Mal in die Konstanzer Straße, wo früher das Haus stand, in dem sie gewohnt hatten, und an dessen Stelle heute ein Bau aus den sechziger Jahren, ein schmutziggrauer Sozialbau mit kleinlichen, quadratischen Fenstern steht, der in den neunziger Jahren an einen Immobilienfonds verkauft wurde und jetzt als miese Geldanlage der endgültigen Verwahrlosung entgegengammelt …

Großmutter wollte nie wieder die Konstanzer Straße betreten, obwohl die Roscherstraße gar nicht so weit davon entfernt ist …

Albert war acht, als sie nach Palästina in den Kibbuz Hazorea fuhr … Albert, der heute achtzig Jahre alt wäre …

… eines Abends sprach sie von ihrem letzten Tag in Berlin, als sie mit ihm noch einmal in den Zoo ging und am Elefantentor Fotos von ihm machte, wie er auf den Steinsockel stieg und ihr zwischen den Beinen des Steinelefanten hindurch winkte, wie sie bei den Giraffen standen und Albert, im Ton einer plötzlich guten Idee, die jedes Hindernis in der Welt zum Verschwinden bringt, sagte: och nimm mich doch einfach mit, Lisi, bitte, kannste doch …

und dass er dann am Abend, als sie in sein Zimmer kam, um ihm gute Nacht zu sagen, dabei war, seinen Kinderkoffer zu packen und unbedingt von ihr das Versprechen haben wollte, ihn am nächsten Morgen in den Kibbuz mitzunehmen … und wie sie ihm klarzumachen versuchte, dass dann die Eltern aber alleine wären, einer müsse doch bei Papa und

Mama bleiben und auf sie aufpassen, dafür musste sie ihm versprechen, ein schönes Plätzchen im fernen Palästina auszusuchen, damit er und die Eltern nachkommen könnten ...

ihr ganzes Leben habe sie Alberts Stimme im Ohr gehabt, nachts, wenn sie träumte, sei er plötzlich da gewesen, als wäre alles ganz normal weitergegangen, und morgens beim Aufwachen, immer die Stimme, die sagt ›och nimm mich doch einfach mit, Lisi ...‹

sie saß im Sessel, die Beine auf dem Hocker, die Augen hinter getönten Brillengläsern, die Hände auf der Holzlehne, auf der ihre Fingerspitzen einen Takt klackten, der Takt, der zu ihr gehörte, teckteckteck ... ich hatte ein Schälchen mit Studentenfutter auf dem Schoß und hörte ihr zu und wartete auf den Moment, wo sie die Brille abnehmen und mit Daumen und Zeigefinger die Druckstellen am Nasenbein reiben und sagen würde,

ich weiß gar nicht, ob ich dir das alles erzählen soll ...

dann protestierte ich, begierig, mehr zu hören ... ich war so neugierig, vor allem seit ich in der Wohnung in der Idelsonstraße den Brief von Albert gefunden hatte, den ich aber nur Aba und Mama zeigte, und von dem wir zu Großmutter nichts sagten, weil wir Angst hatten, sie würde es nicht verkraften ...

ich lief die Konstanzer Straße entlang und stellte mir Albert vor, lief zum Zoo und blieb vor dem Elefantentor stehn und sah ihn, wie er auf den Steinsockel kletterte und winkte, so wie Kinder für eine auf sie gerichtete Kamera winken, mit brav aufgesetztem Lachen, ich lief auch um die Ludwigkirche, in der Nähe der Konstanzer Straße hinterm Olivaer Platz, wo Aliza und ihr Bruder einst Murmeln, Verstecken, Ball und Fangen gespielt haben ... ich dachte mir meinen eigenen Film aus, den von Elisabeth, dem jüdischen Mädchen mit den langen Zöpfen, das Lisi genannt wurde, wie es sich zu ihrem Bruder hinunterbeugt, so wie sich größere Schwestern eben zu kleinen Geschwistern beugen, wenn sie ihnen etwas erklären wollen …

ich lief die Suarez-Straße runter, vorbei an den vielen Antiquitätenläden, in denen Geschirr, Wäsche, Kleider, Möbel und Teppiche zu kaufen sind, die vielleicht aus der Zeit von damals stammen, als Großmutter jung war …

ich überquerte die Bismarck und ging die Schlossstraße entlang, zwischen den prächtigen Häusern, wo auch Oma, als sie noch Elisabeth hieß, mit ihren Eltern entlangspaziert ist, vorbei an der modernen Turnhalle des Architekten Baller, die Aba so ›witzig‹ findet, ich sah die Boulespieler, Läufer, Frauen mit Kinderwagen und jede Menge Kinder … dabei stellte ich mir Großmutter mit Albert vor … und wenn ich zu ihr in die Roscherstraße zurückkam, und das polnische Mädchen von den ›guten Töchtern‹ sich verabschiedet hatte, fragte ich sie weiter aus …

hast du Angst gehabt, hat dich jemand mal beschimpft, von wegen Jüdin, was hast du denn überhaupt mitgekriegt von all dem …

gab's auch welche, die nicht so waren …

bis sie die Brille abnahm und mit geschlossenen Lidern, unter denen ich das Hin und Her ihrer Augen sah, anfing, Wort für Wort suchend, zu sprechen …

ich hatte eine Freundin, Hilde, sie hat nicht weit von uns gewohnt, Ku'damm Nähe Bleibtreu im Gartenhaus … ihr Vater war Rechtsanwalt, seine Kanzlei lag im Vorderhaus, aber um zu ihrer Wohnung zu kommen, musste man den Hof durchqueren … wie eine zweite Tochter fühlte ich mich bei den Schraders, und immer war ich zum Kindergeburtstag eingeladen … Hilde hatte im März Geburtstag, jedes Jahr gab es ein Fest mit Schrippen und Würstchen von Aschinger, auch in diesem Jahr, 1933 …

Hilde hatte immer neben mir gesessen, aber im Februar gab es einen Platzwechsel, die ganze Klasse wurde durchgemischt, ihr müsst auch mal lernen, mit anderen auszukommen, hieß es, und nun saß ich neben einem anderen Mädchen weiter hinten, während Hilde in der zweiten Reihe bleiben durfte ... wir dachten, eine von den fixen Ideen der Lehrer zur Erziehung des Gemeinschaftssinns, von dem damals immer die Rede war ...

Hilde war meine beste Freundin, und sobald es klingelte und die Pause anfing, steckten wir die Köpfe zusammen ...

bis zu dem Tag, an dem sie Geburtstag hatte, es war ihr zwölfter ... ich weiß noch, wie die Lehrerin, Fräulein Ammon, das Lied anstimmte ›Zum Geburtstag viel Glück‹ ... während ihre Hand auf der Schulter des Geburtstagskinds lag, das neben ihr stand, wie immer, wenn jemand Geburtstag hatte ... Hilde zwinkerte mir nicht wie sonst in solchen Momenten zu, nein, sie blickte ganz seltsam ... auf dem Pult der Holzkranz mit zwölf brennenden Kerzen, und wir sangen ›Zum Geburtstag viel Glück ...‹

Großmutter summte die Melodie wie einen Marsch, dada-daaadaaadaaaa-dammm ..., und klackte mit den Fingernägeln auf die Sessellehne ... lehnte den Kopf zurück und versank in Gedanken ... sie sah aus wie jemand, der für sich sein will, ohne Zuschauer, dabei hätte ich sie am liebsten in den Arm genommen, traute mich aber nicht, weil ich fürchtete, sie in ihrer Erinnerung zu unterbrechen... bis ich weiter fragte: und dann ...?

... ja, und dann ... ich sang besonders laut, Hilde sollte mich hören, ich sah das ganze Lied lang zu ihr hin, merkte aber, dass sie immer nur in die Ecke starrte oder zu Boden... sie war ganz anders als sonst, sonst grinsten wir uns immer zu und tauschten geheimnisvolle Zeichen aus ... hab ich was falsch gemacht, dachte ich ... und als der Unterricht zu Ende war und ich zu ihr lief, drehte sie sich wortlos um und verschwand in der Menge ...

ich lief runter und sah sie auf dem Pausenhof am Zaun stehen, sie hatte an diesem Tag eine besonders schön geflochtene Frisur, Schnecken rechts und links über den Ohren und am Hinterkopf eine Schleife … Hilde stand mit dem Mädchen, neben dem sie nun auch in der zweiten Reihe saß, und tat, als sähe sie mich nicht …

es war ganz unwirklich, ich kam mir vor wie in einem Theater, bei dem ich mitspiele und zugleich Zuschauer bin … ich hätte ja einfach zu ihr gehn und sie fragen können, was los ist, schließlich war sie meine beste Freundin, ich hatte ihr mehr erzählt als meiner Mutter, musst du wissen … und ich weiß noch, als ich das erste Mal verliebt war, eben in diesen klugen Heinz, der davon nichts ahnte, legte ich einmal meinen Kopf in ihren Schoss und sie streichelte mein Haar und ich sagte zu ihr: weißt du was, ich möchte mir jetzt einfach einbilden, du wärst er …

verstehst du, diese Mädchengeheimnisse, das Allerinnerste … und plötzlich war ein Bannkreis um sie, nicht mal die Frage ›was hast du denn?‹ war möglich … ich stand da und hatte zum ersten Mal im Leben das Gefühl, ich gehöre nicht dazu …

ich wusste, dass die anderen Mädchen eingeladen waren, wir hatten schon gemeinsam überlegt, was wir ihr schenken könnten … ich hatte bei Berggruens ein blaues Tagebuch für sie gekauft … bis Schulschluss konnte ich an nichts anderes denken, es wummerte durch meinen Kopf, und als es klingelte, sah ich noch, wie Hilde aufsprang und aus dem Klassenzimmer rannte, als wäre sie auf der Flucht … den Nachhauseweg, den wir sonst immer zusammen gegangen waren, ging ich an diesem Tag allein …

es fiel mir nicht schwer, meiner Mutter vorzuspielen, ich wäre krank, mir war tatsächlich schlecht, ich legte mich ins Bett und sagte nichts … ließ alles über mich ergehen, Kamillentee, feuchte Bauchwickel, Zwieback, Rhizinusöl …

ich lag im Bett, das Gesicht der Wand zugekehrt, und roch an der Tapete, in die ich kleine Löcher bohrte, bis ich an die kalkige Schicht darunter kam ... wie blöde bohrte ich lauter solche kleinen Löcher, in die ich Spucke rieb und meine Finger grub ... meine Mutter verstand überhaupt nicht, was mit mir los war ...

ein paar Tage später zwangen die Eltern mich, wieder zur Schule zu gehen ... ich hatte vielleicht gehofft, es wäre ein Wunder geschehen, und es wäre wieder wie vor dem Geburtstagstag, aber Wunder gibt's eben nicht ... Hilde wich mir weiterhin aus und tat, als wäre ich Luft ... ganz verlegen wurde sie, wenn ich in ihre Nähe kam, und auch die anderen Mädchen aus unserer Clique benahmen sich merkwürdig und sprachen kaum mit mir, auch nicht Edelgard und Helga, sie sprachen nicht gar nicht mit mir, sondern nur, wenn es nicht zu vermeiden war ...

irgendwann hörte ich auf, in die Schule zu gehn ... ich verließ morgens das Haus und trieb mich herum, lief durch die Straßen, einfach so, streunte durch die Stadt, fuhr mit der S-Bahn von Endstation zu Endstation, lief durch die Kaufhäuser, trieb mich unter den Linden herum, staunte über die vielen Fahnen, überall war was los, überall Versammlungen, Leute, die beisammenstanden und diskutierten, es war April, die Bäume wurden grün, es war ein herrlicher Frühling, jedes Jahr fand ich das so schön, wenn nach dem langen, grauen Winter endlich wieder der Frühling kam, und ich weiß noch, wie ich Unter den Linden einen Umzug sah, Kinder mit Hakenkreuzfähnchen, singend und klatschend, eine fröhliche Kompanie, und ich dachte, wieso haben Papa und Mama da so viel dagegen, ja, ich wünschte mir in diesem Moment, ich wäre die Kindergärtnerin und würde den Zug dieser Kinder anführen ... mittags kam ich zum Mittagessen nach Hause, als wäre nichts passiert, setzte mich an den Tisch und redete drauflos, nur damit meine

Mutter keine Fragen stellte … bis sie mich eines Tages mit verweinten Augen empfing, meine Lehrerin Fräulein Ammon hatte ihr einen Brief geschrieben, sie wollte wissen, warum ich seit zwei Wochen unentschuldigt fehle …

meine Mutter, die sonst nicht mit Ohrfeigen sparte, nahm mich diesmal in den Arm …

die Sache mit Hilde habe ich ihr nie erzählt, mir war, als ob ich meine Eltern verschonen müsse vor so einer Erniedrigung, denn bei allem, was ich in diesem Moment noch nicht wusste – dass es eine unvorstellbare Demütigung war, das hatte ich verstanden …

… komm, Kind, sagte meine Mutter … ab da ging ich zur jüdischen Schule am Hohenzollerndamm … allmählich verstand auch ich, warum Hilde sich so verhielt, ihr Vater war ein ganz Überzeugter, ein scharfer Hund, einer von denen, die vom Rauswurf der jüdischen Rechtsanwälte viel profitiert haben, damals schon …

plötzlich machte ich einen Schub, plötzlich war ich erwachsen geworden, und soll ich dir was sagen, Vered, ich wurde stolz … auf eine trotzige Weise wurde ich stolz … ein paar Mal noch begegnete ich Hilde zufällig, einmal sagte ich zu ihr: du tust mir leid …

sie warf mir ein verschämtes Lächeln zu, und da tat sie mir tatsächlich leid … so töricht sah sie plötzlich aus, ich kannte sie doch so gut, all das Falsche saß plötzlich in ihrem früher so lieben Gesicht, so dumm wirkte ihr Lächeln, dass sie mir plötzlich viel bedauernswerter erschien als ich mir selbst …

ein anderes Mal kam sie mir mit ihrer kleinen Schwester entgegen, ich weiß noch genau, es war in der Schlossstraße, zwischen den Bäumen, in der Allee … die Schwester rief, als sie mich sah, laut meinen Namen, Lisi! Lisi! und wollte auf mich zurennen …

ich sah, wie Hilde sie festhielt, am Arm zerrte, ein Geschrei und Gezeter, und wie sie die Richtung wechselte und davonlief mit ihrer kleinen Schwester … die versuchte immer wieder, sich zu mir umzudrehen …

meine beste Freundin mit vergifteter Seele …

ich ging also in die jüdische Schule am Hohenzollerndamm, oben im Grunewald, die in kürzester Zeit überfüllt war, denn ich war ja nicht die Einzige, der es so erging, alle könnten da eine Geschichte erzählen … und so stieg ich wieder in den Film ›Leben‹ ein, den ich eine Zeit lang von außen gesehen hatte, und wurde wieder eins mit der Person, die darin mich spielte …

und dann?

und ich erfuhr, wie Großmutter das Judentum für sich entdeckte, und was sie alles gemacht haben an dieser Schule, Hebräisch, Englisch, Französisch gelernt, die Bibel gelesen … es kamen auch Leute aus der zionistischen Jugendbewegung und agitierten für den Shomer Hazair …

sie war begeistert von der Idee, etwas Neues anzufangen, die Gegenwart zu vergessen und sich ein Leben ›im Land der Juden‹ auszumalen … ihr Vater aber war nicht angetan von den Zionisten, jedenfalls nicht vom Shomer Hazair, das waren für ihn Linke, Kommunisten, und davon hielt er gar nichts, so ein Unsinn, soll er gesagt haben, so eine tendenziöse Angelegenheit, das kann ja auch nicht die Rettung sein …

Zeit seines Lebens hatte er deutschnational gewählt, und einmal habe ich, als es am Abendbrottisch mal wieder eine Auseinandersetzung über ›diese Zionistenbengel‹ gab, ihm vorgeworfen: Papa, irgendwann gehst du mal noch auf die Straße und rufst ›raus mit uns, raus mit uns‹ … wofür mir meine Mutter eine Ohrfeige gab … ja, so war ich, so frech …

dies alles erzählte Großmutter in ihren letzten Wochen, und auch dass sie sich bis dahin nie Gedanken darüber gemacht habe, was es heißt, jüdisch zu sein … zu Hause hatten sie zwar Pessach gefeiert und Rosh Hashana, manchmal sind sie an Yom Kippur in die Synagoge in der Pestalozzistraße gegangen, die heute noch steht und die ich zu Yom Kippur, ihrem letzten, im Jahr 2007 mit ihr zusammen besuchte … es ist so ein rotes Backsteingetüm im Hinterhof, gut geschützt von Polizei … nach dem Gottesdienst wollte sie sofort weg, nur ja keine Leute treffen …

damals, vor 1933, hatte sie in der städtischen Schule zwar jüdischen Religionsunterricht gehabt, aber einen Weihnachtsbaum gab es auch immer bei ihnen zu Hause in der Konstanzer Straße, Chanukkaleuchter und Weihnachtsbäume, einfach so, weil man auf nichts verzichten wollte, weil es ›dazu‹gehörte, und weil ihre Eltern der Meinung waren, Jesus sei schließlich Jude gewesen, zwar einer, der einem Irrtum verfallen war, aber immerhin …

Großmutter ging anderthalb Jahre zur jüdischen Schule, bis sie vierzehn war, dann setzte sie bei ihren Eltern durch, dass sie in Niederschönhausen im Norden Berlins eine Hachschara besuchen durfte … zuerst lernte sie in einem jüdischen Waisenhaus dort Hauswirtschaft, dann machte sie einen Vorbereitungskurs in Landwirtschaft … und so kam es, dass sie ein Jahr später, Anfang 1936, nach Palästina auswandern konnte …

ich saß neben ihr und wollte alles genau wissen: wo bist du eingestiegen in den Zug … an welcher Stelle genau … und wie seid ihr zu diesem Anhalter Bahnhof gekommen … mit dem Auto oder mit der S-Bahn … und was war das für eins, ich meine, welche Marke … und wer war alles dabei, deine Mutter und dein Vater und auch Albert … und wo hat der Zug dann gehalten … wo bist du das erste Mal umgestiegen, und was hattest du mit … einen Koffer und einen Rucksack und was sonst … und was war da drin … etwas zum Essen … also Stullen, Landjäger, Schokolade, Äpfel … und welche Kleider hattest du mit, und wie warst du angezogen für die Reise … wie hat der Zug ausgesehen, waren

Schlafwagen da oder habt ihr auf den Bänken geschlafen … und wer war noch dabei … und wie war das in Triest … und wie hieß das Schiff … Gerusalemme … waren noch andere aus deiner Schule dabei oder aus dieser Hachschara …

sie sprach davon, dass sie keine Angst gehabt habe …

ja, dass sie ganz sicher gewesen sei, irgendwann alle wiederzutreffen, die Eltern, Albert, alle …

ich wollte auch wissen, wie es war, als ihre Mutter nach Haifa kam und worüber sie gestritten hatten, vor allem, warum sie wieder nach Deutschland zurückgefahren ist …

das kann doch nicht nur wegen der Wohnungen in Haifa gewesen sein, die für das Herrenzimmer zu klein waren, Großmutter, das kann ich mir gar nicht vorstellen …

ach, Vered, jedenfalls, ich habe es nicht verhindert … es war kurz bevor das passierte, was die Leute in Deutschland Kristallnacht nennen …

vielleicht war sie seelisch nicht mehr in der Lage, zu handeln, sagte ich vorsichtig, vielleicht war alles schon zu viel für sie …

vielleicht …

als man im Kibbuz Hazorea begriff, was geschehen war, beschlossen sie, nie wieder deutschen Boden zu betreten, nie wieder die deutsche Sprache zu sprechen … so war die Stimmung … sie fassten den Entschluss, ihren getöteten Eltern und Geschwistern ein Denkmal zu setzen, ein lebendes Denkmal, eben den Kibbuz, den sie zum Blühen bringen wollten …

an Großmutters Grab musste ich an all das denken, es flimmerte wie ein rasend sich drehendes Kaleidoskop durch meinen Kopf, Bilder, Bilder, Bilder, sie wuchsen ineinander, schoben sich übereinander, krochen eins aus dem anderen hervor …

wie soll ich das bloß alles zusammenbringen?

ich sah Mama, Aba, Barbara, Rachel und Benjamin, die Leute aus dem Büro, die Physiotherapeutin und Großmutters Nachbarin aus der Roscherstraße, die Bekannten aus der jüdischen Gemeinde, die sie erst in den letzten beiden Jahren kennengelernt hatte, alle standen am Grab, und über ihnen schwebte Großmutter auf ihrem flatternden Zettelteppich jenseits des rotweißen Sendemasts des Rundfunks Berlin-Brandenburg …

nach der Beerdigung liefen wir zur Heerstraße zurück, Aba und Mama Arm in Arm, so wie ich sie am liebsten immer sehn würde, die Sonne schien jetzt und die dünnen Stämme der Kiefern schimmerten rötlich, so ein beruhigendes Licht, und als wir am Scholzplatz herumstanden und auf die Taxis warteten, kurz vor den Tiroler Bauernstuben, wurde Aba plötzlich schwindlig, er stützte sich hilfesuchend auf das Schild, neben dem er gerade stand und auf dem ein Mann mit Tirolerhut in den Biergarten einlädt, das sah so komisch aus, dass ich fast lachen musste, aber stattdessen in Tränen ausbrach … schließlich fuhr die ganze Trauergesellschaft zum Café Weyers am Ludwigkirchplatz, es gab Kuchen, Kaffee und ich weiß nicht, wie viel Schnaps … es wurde viel erzählt, und oft fiel das Wort ›Quatsch‹ … sogar Marcel war gekommen, er hatte es nicht mehr zur Beerdigung geschafft, aber als wir im Café ankamen, saß er schon mit David auf dem Arm da …

Großmutter hat Marcel gemocht, obwohl sie mich einmal von der Seite her ansah, während wir zusammen eine CD von Keith Jarrett hörten, die ich ihr mitgebracht hatte und die seither bei ihr dauernd lief, schon morgens zum Frühstück stellte sie ihr ›irgendwas for keybord‹ an … während also die CD lief, sah sie schräg von der Seite her zu mir rüber und sagte mit hintergründiger Stimme …

Veredlein …

ich horchte auf, und dann kam der Satz, der mir unvergesslich ist:

vielleicht bist du gar nicht gemacht für die Ehe …

wie meinst du das, Großmutter … wieso kommst du denn ausgerechnet jetzt da drauf …

sie fächelte mit der Hand vor ihrem leicht vorgeschobenen Kinn, wie sie es immer tat, wenn sie nachdachte, als wolle sie die Luft und damit die Gedanken in Bewegung bringen, und meinte dann, ich sei zu eigensinnig, um mich einem Mann anzupassen …

Oma, sagte ich, vielleicht hast du eine falsche Vorstellung von Ehe heute, man braucht sich nicht mehr so anzupassen wie ihr früher …

sie aber lächelte, so, als kenne sie sich auf diesem Gebiet aus …

natürlich ging mir in dem Moment durch den Kopf, wie viel sie für ihren Mann aufgegeben hat … erst hat sie den Kibbuz verlassen für ihn, dann ist sie mit ihm nach Deutschland zurück, was sie nie wollte … ich sagte so was wie: mach dir keine Sorgen um mich, Ömchen, ich werd's schon herausfinden …

und zugleich musste ich mir eingestehn, dass sie etwas gewittert hatte, was der Wahrheit nahekam … und dann, als Marcel und ich … es war noch in Maastricht … dieser Tag im Herbst, als er damit kam, wir sollten uns verloben …

verloben? … was soll das, verloben? … das ist doch von vorgestern, spottete ich …

ich war grade dabei, mich für Elsas Abschlussparty anzuziehen … irgendwie passte das Kleid nicht, es war aus grüner Wolle mit schmalen Taftbändern an den Schultern und am Halsausschnitt … ich sah mich im Spiegel an, die Taille hing zu tief und mein Hals ragte lang und weiß aus dem Ausschnitt, ich kam mir vor wie Alice im Wunderland nach ihrer Verwandlung … lächerlich, dachte ich, während ich vor dem Spiegel im Flur stand … ich sah auf meine Schuhspitzen aus Lackleder und fragte mich, wieso hab ich nur so idiotische Schuhe an, die aussehen, als hätte man ihnen die Spitze mit einem Beil abgehackt … ich betrachtete mein Haar, das ich mir hochgesteckt hatte, kunstvoll geschlungen, Strähnen hingen um mein Gesicht, als wäre ich gerade einem erotischen Gefecht entronnen … das Kleid war irgendwie overdressed, und ich sah uns beide, Marcel und mich, er im Anzug neben mir, wie er mich gleich Elsas Freund vorstellen würde …

doch nicht jetzt, sagte ich, und er küsste mich auf die Schulter und verschwand durch die Wohnungstür,

alles an mir kam mir plötzlich falsch vor, fehl am Platz … und mir fiel etwas ein, was ich längst vergessen hatte …

einmal, als Marcel fragte, was ich mir zum Geburtstag wünsche, sagte ich: einen Brief, einen richtig langen Brief …

er lachte, nein, im Ernst, Schatz, sag mir, was du dir im Ernst wünschst –

ja, im Ernst, sagte ich …

und als es dann so weit war, fand ich auf dem Geburtstagstisch ein Couvert und ein Kästchen … in dem Couvert war eine Karte mit einer Fotografie von einem Elefanten, der einen Blumenstrauß in seinem gerollten Rüssel trug, dazu in goldenen Lettern ›Zum Geburtstag viel Glück‹, und darunter in Marcels Schrift ›alles Liebe, dein Marcel‹ … in dem Kästchen war ein Ring mit einem goldenen Elefanten …

ich wollte keine schlechte Laune verbreiten und tat, als freute ich mich, lächelte und umarmte Marcel und dachte zugleich, er kann nicht anders, er kann eben keinen Liebesbrief schreiben, der Arme, und sofort tat er mir leid für diese Unfähigkeit … und ich fing wieder an, ihm alles zu vergeben … er tat mirleid, wie einem kleine Kinder oder alte Leute manchmal leidtun, und obwohl der Ring zu mächtig für meine Hand war, schob ich ihn auf den Finger und küsste Marcel wie eine Braut, die glücklich ist … so hat es angefangen mit den vorgespielten Gefühlen, die sich allmählich unter dem Vorwand der Vernunft eingeschlichen haben, einer Vernunft, die einem immer mit der Frage kommt: ist das so wichtig, ist das wirklich von Belang?, nur um es schon im vorhinein zu verneinen …

ich vergaß die Geschichte bald wieder, und unser Leben ging weiter mit Arbeiten, lernen, Partys, events wie der Preisverleihung in Straßburg, wo Marcel und sein Vater im Synagogenchor sangen, beide mit gehäkelten Kippot und lindgrünen Krawatten, und mit einer Einladung in eine Wohnung im Engadin über Silvester, wo wir ein Konzert hörten …

dieses Konzert, bei dem in der dritten Reihe vor uns eine Frau mit einem Turban saß, deren Gesicht ich irgendwoher kannte, ich weiß noch, es war ein Klavierkonzert von Grieg, mächtige, rauschhafte Töne, in denen man versank wie in Nordseewellen, da saß diese Frau vor mir, ich sah sie im Halbprofil, ihr Gesicht ließ mich nicht los, ich stieß Marcel in die Seite,

kennst du diese Frau mit dem Turban, die da vorne …

er schüttelte den Kopf und legte den Finger auf den Mund, aber ich konnte nicht nicht zu ihr hinsehen, und plötzlich kam es mir siedend heiß ins Gedächtnis zurück, es war die Schwester des Filmemachers Ludin, dessen Vater Deportationsbefehle in Bratislava unterschrieben hatte … er hatte einen Film über seine Familie gemacht, in diesem Film war auch ein Gespräch mit Großmutters Freund Tuvia, der sagte so was wie: ach, dann hat Ihr Vater also die Deportation meiner Familie nach Auschwitz zu verantworten gehabt …

der Filmemacher, der seine Geschwister und seine Neffen und Nichten vor laufender Kamera fragte, wie sie heute ihren Vater beziehungsweise ihren Großvater sehen, er trug bei dem Gespräch mit Großmutters Freund Tuvia einen roten Anorak, als ob er sich mit der fröhlichen Farbe gegen etwas wehren wollte ... die Frau, die während des Konzerts vor uns saß, war eine der Schwestern des Filmemachers, ja, ich wusste es jetzt ganz genau, sie war es ... sie sagte in dem Film, das sei eine schöne Zeit gewesen damals in Bratislava, in dieser Villa (die eigentlich Juden gehörte), sie habe dort eine schöne Kindheit gehabt, und sie verteidigte ihren Vater, der als Verbrecher hingerichtet worden ist, sie verharmloste einfach alles, was er getan hatte ...

jetzt saß sie da vor uns in dieser Gesellschaft, wo alles nach Reichtum roch, die Musik dröhnte in den Saal, und als ich Marcel anschubste und ihm zuflüsterte: es ist diese Ludin, aus dem Film, erinnerst du dich?,

zischte er ›merde, muss das sein ...‹

und nachts im Bett sprachen wir darüber, denn wir waren zusammen in dem Film gewesen, der den Titel ›Zwei oder drei Dinge, die ich von ihm weiß‹ trug, und den wir so mutig fanden ... Marcels Vater kommt nämlich auch aus Bratislava und hat fast seine ganze Familie verloren ...

der Elefantenring blieb im Schmuckkästchen liegen, bis zu dem Abend, als ich fünf vor sieben vor dem Spiegel im Flur stand und die fremde Person betrachtete, mit der Marcel sich verloben wollte ...

ich streifte den Ring über, zog den Mantel an und lief die Treppe runter, Marcel wartete in seinem alten Peugeot vor der Tür, ich rief ihn von meinem Handy aus an und sagte: bin gleich da ...

meist hatte ich noch was vergessen und rannte wieder zurück, dann piepte mein Handy, und er: wo bleibst du denn?

jetzt also lief ich runter, öffnete die Wagentür, schob Marcel die Wange hin, er küsste mich, wir fuhren los, und schon kam er wieder auf die Verlobung zu sprechen … ich antwortete nicht, sondern klopfte mit den Knöcheln gegen die Fensterscheibe, bis er genervt sagte,

hör doch auf …, und ich: lass uns doch lieber in einer ruhigen Minute sprechen, nicht hier …

ein paar Stunden vorher war ich bei Dr. Chavatte gewesen … ich weiß nicht, wie sich solche Momente später in dem Kaleidoskop Leben zeigen, ob nur als minimale Stäubchen, oder als stets markant aufleuchtende Punkte, die sich immer wieder grell hervorschieben bis ins hohe Alter, wer weiß …

so saß ich also neben Marcel im Wagen und dachte an den Besuch bei Dr. Chavatte, deren weißer Kittel auf der linken Seite einen kleinen roten Fleck trug, auf den ich immerzu starren musste, während sie mir mit sanfter Stimme bestätigte, was ich ja eigentlich schon wusste …

Sie sind schwanger, sagte sie und lächelte mir beinahe glücklich zu … ich war immer noch abgelenkt von dem roten kleinen Punkt auf ihrem ansonsten reinweißen Kittel und fragte mich die ganze Zeit, ob es ein Blutfleck wäre oder nur ein roter Fussel … muss etwa fünf Wochen alt sein, sagte sie und wollte wissen, ob die Schwangerschaft gewollt sei oder … ich sah mich plötzlich wie von fern, sah mich lächeln, nicken, und dann wie in einem Teenagerfilm aus dem Vorabendprogramm tapfer sagen: nein … geplant, nein …

und sie dann: na gut, dann gehn Sie erst mal nach Hause und schlafen drüber und dann sehn wir weiter, alles in Ruhe …

ich nahm meine Handtasche, sah mein bleiches Gesicht im Garderobenspiegel, von dem ich komischerweise noch weiß, dass er einen goldenen Rahmen hatte …

lassen Sie sich einen Termin für übermorgen geben, sagte Dr. Chavatte noch … sie hatte eine warme Hand, und so weich ausgepolstert, dass ich mich am liebsten ganz hinein verkrochen hätte und darin geblieben wäre … obwohl mein Konto in diesem Monat schon reichlich überzogen war, nahm ich ein Taxi und ließ mich zu meiner Wohnung fahren … stieg die vielen Treppenstufen hoch, die Hand über den abgegriffenen hölzernen Handlauf schiebend, hangelte mich daran hoch, als wäre schon jetzt ein dickes, großes Kind in mir … in der Wohnung war Louise, sie stand in der Küche am Herd, es roch nach Knoblauch, und ich verschwand in meinem Zimmer …

willst du nichts essen?, rief sie mir nach … ich antwortete irgendwas und schloss die Tür hinter mir, drehte laut den Schlüssel um, sie sollte wissen, dass ich für mich sein wollte … ich fiel ins Bett und streckte mich aus, so erledigt, als hätte ich den ganzen Vormittag schwere Steine geschleppt … noch nie im Leben hab ich Steine geschleppt, aber so stelle ich mir den Zustand vor, wenn man stundenlang schwere Steine geschleppt hat … ich fiel in einen betäubenden Schlaf, und als ich ein paar Stunden später vor dem Spiegel stand, kurz bevor Marcel kam, passte nichts mehr, nicht mehr mein Kleid und nicht mehr ich selbst …

wir fuhren also zu Elsas Abschlussparty, es war dunkel und regnete, die Scheibenwischer jagten hin und her, und jetzt erst merkte ich, dass ich meine Kontaktlinsen vergessen hatte, ich merkte es an dem übermächtigen Funkeln in meinen kurzsichtigen Augen, daran, dass die Lichter um mich viel größer waren als in Wirklichkeit … ich fühlte mich schrecklich unsicher, und als Marcel vor einer Ampel so plötzlich stoppte, dass ich nach vorn schleuderte, schrie ich ihn an:

kannst du nicht aufpassen!

… der Duft seiner Haut strömte zu mir rüber, er legte die Hand auf mein Knie, und ich musste zwanghaft an den roten kleinen Punkt auf dem Kittel von Madame Chavatte denken …

ich muss dir was sagen, Marcel –

so feierlich?

er lachte, und plötzlich hatte ich die Vorstellung, du musst dich retten …

verdammt, wir sind falsch, wir haben uns verfahren… hast du keine Brille dabei, ich kann die Straßennamen nicht lesen …

er fluchte, während wir durch eine Einbahnstraße rückwärts fuhren, ich sah sein Profil, sah, wie er den Blick angestrengt nach hinten gerichtet hielt, dachte noch, das ist jetzt wirklich nicht der richtige Moment, und schon schlüpfte es mir aus dem Mund:

ich bin schwanger …

plötzliches Schweigen, er bremste, fuhr zur Seite: machst du Witze?

nein, es ist so …

die Fassungslosigkeit in seinem Blick war so komisch, dass ich lachen musste, er sah aus wie eine Maus von Art Spiegelman, zwei Punktaugen in einem Gesicht ohne Nase: das kann nicht wahr sein …

du wolltest dich doch verloben, sagte ich, dann ist das doch …

Marcel, an dessen Körper ich so viele Nächte eng geschmiegt geschlafen hatte, der mir zwar keinen Brief schreiben konnte oder wollte, aber solche Sätze wie ›du bist für mich ein Stromstoß aus purem Glück‹ zu mir sagte, nahm jetzt nicht meine Hand, legte nicht den Arm um mich, nicht den Kopf an meinen Hals, sondern richtete sich auf wie ein dunkler Seelöwe: das kann doch gar nicht sein!,

mit einer Stimme, als habe ich ihm einen Todesfall mitgeteilt, und noch während er sehr viele Vokabeln in absolute Unverständlichkeit verwandelte, öffnete ich die Tür, stieg aus und lief zurück zu meiner Wohnung, drückte seinen Anruf, dessen Anfang ich noch als kleinen Knacks in meinem Handy hörte, weg, und noch am selben Abend packte ich meine Sachen und ließ mich mit dem Taxi zum Bahnhof bringen ... ich kaufte die französische Ausgabe von ›Les Bienveillantes‹ und ließ mich damit auf einen Fenstersitz fallen ... ich las die ganze Fahrt darin, all die Stunden über konnte ich kein Auge zutun und las dieses widerliche, quälende, künstliche Zeug, lieber würde ich mal ein wirkliches Geständnis lesen, eine reuige Beichte, aber die scheint es nicht zu geben, kein einziger von ihnen hat den Mut gehabt, das kann man sich nicht vorstellen, all diese Christen, all diese Moral, und kein einziger von den paarhunderttausend ...

am frühen Morgen kam ich in Berlin an, brachte mein Gepäck in die Sybelstraße und legte mich ins Bett ... niemand war zu Hause, auch Mama nicht, die, was ich nicht wusste, verreist war, und wie ich später erfuhr, nicht in Tel Aviv oder sonstwo im Süden, was sie ja vorhatte, sondern in Auschwitz ... ich nahm eine Dusche, ließ mir das Wasser so heiß ich es ertrug über den Kopf prasseln, vielleicht eine Stunde lang stand oder hockte ich unter der Dusche, ging dann zum Stuttgarter Platz und nahm die nächste S-Bahn Richtung Osten ...

was willst du, hämmerte es in meinem Kopf, ich hatte die ganze Zeit Marcels Gesicht vor Augen, seinen entsetzten, aufgerissenen Blick ... so lief ich, mit mir selbst redend, den Tag über herum, bis ich am Bahnhof Friedrichstraße Schumann traf ... das heißt, ich hörte hinter mir eine männliche Stimme, die mir bekannt vorkam, ohne dass ich sie jemandem zuordnen konnte: Vered?

ich drehte mich um und blickte in ein bekanntes, ja vertrautes und zugleich fremdes, etwas ausgemergeltes Gesicht ... es war, wie sich gleich herausstellte, Schumann, einer meiner früheren Lehrer am Gymnasium, der vor ein paar Jahren Frankfurt verlassen hatte … niemand wusste, wo er hingezogen war, noch was er machte … ich mochte ihn als Lehrer, er hatte es mit dem ›Experiment‹: alles im Leben ist Experiment, war seine Rede, und: die Welt ist ein Labor …

wir nannten ihn den ›Ex‹, eine Zweideutigkeit, die unsere pubertären Fantasien anreizte … ich war sechzehn oder fünfzehn, als ich mir abends vor dem Einschlafen immer vorstellte, er würde seine Hand auf meine Brust legen, er hatte große, ovale, helle Fingernägel und lange, schmale Hände … ich stellte mir vor, wie seine Fingerspitzen auf meiner Brust kreisten … es war zu der Zeit, als ich anfing, Philip Roth zu lesen, quasi Trockenschwimmen im Sexmeer, bevor es dann mit der Realität anfing, die das Meer in eine Art Wasserlache verwandelte … überhaupt war Schumann einer, der mich anregte, zu lesen, ich verschlang damals schubweise Literatur, um dann wieder monatelang gar nichts zu lesen und mich in Discos herumzutreiben, bis ich wieder in einen Roman und in seiner Folge in möglichst alle Bücher desselben Autors eintauchte … damals, als wir noch glaubten, das Leben müsse etwas Rauschhaftes werden, etwas dauernd Erregendes, Intensives, Exzessives … dabei las ich Kafka, vor allem seine Tagebücher, wahrscheinlich suchte ich nach Beschreibungen meiner eigenen Zweifel darin, nach Antworten auf eine noch nicht gefundene Frage … und ich konnte mich nicht sattsehen an seinem Gesicht, das mir überirdisch schön und jüdisch vorkam … ich weiß noch, wie ich zu jener Zeit beschloss, zu konvertieren, vielleicht weil ich mich in Kafkas Gesicht verliebte, in seine Augen, für ihn wollte ich jüdisch sein, ich las alles, wo ich etwas über seine Beziehung zu Frauen fand, ich war ganz besessen davon, sog jede seiner Aufforderungen an Felice, Milena und später Dora auf, als seien sie an mich gerichtet, ja ich arbeitete in den Ferien in einem

Kinderheim in Israel und verbesserte mein Hebräisch, oder ich stellte mir vor, ich hätte in Jerusalem ein kleines Restaurant, so wie es auch Kafka, als er schon krank war, sich ausgemalt hat …

daran musste ich denken, als ich Schumann plötzlich vor mir sah, noch schmaler als zu meiner Schulzeit, vollkommen ergraut und immer noch in einem Seemannspullover, wie er ihn früher schon trug … nie trug er Jacketts, sondern immer nur diese Pullover, selbst bei unserer Abiturfeier … wir schenkten ihm zum Abschied einen dunkelblauen Schal mit roten Streifen, den er sich geschmeichelt um den Hals band, sozusagen als Anerkennung seines äußeren Protests und seines Eigensinns, denn das war es, was er uns beibrachte, wichtiger als alles Wissen sei der Eigensinn, das lebenslange Experiment mit sich selbst …

er lud mich ein, bei ihm zu Hause einen Tee zu trinken… in seine Wohnung in einer Fabriketage in Kreuzberg, in der Cuvrystraße, wo vor den Fenstern Wasser schimmerte und manchmal Möwen vorbeijagten, und während ich ein heißes Glas Tee umklammerte, erfuhr ich von einer Krankheit, die der Grund dafür war, dass er die Schule aufgegeben hatte, er sagte aber nicht, welche Krankheit, und ich wagte auch nicht, danach zu fragen … man sah, dass er alleine lebt, und zwar in einem einzigen großen Raum … in der Ecke unter der Spüle drängten sich Weinflaschen, vor drei hohen Fenstern stand ein extrem langer Tisch, überladen mit Papierstapeln, Büchern und Zeitungen, der Eingangstür gegenüber war ein Bett in die Ecke geschoben, daneben eine Art Kleiderständer, wie man ihn auf Flohmärkten findet, auf dem seine Sachen hingen … und in der Mitte ein mächtiges, dunkles Sofa und ein paar kleine alte Sessel … während ich meine klammen Hände aufwärmte und er mir jeden Schluck, den ich nahm, durch einen Schwapp Rum ersetzte, tauschten wir uns aus, und ich erfuhr von der Geschichte, die er versuchte zu Papier zu bringen …

sie handelte von einer Frau, der in einer Psychoanalyse klar geworden war, dass ihre polnische Mutter ihren Vater auf eine unvorstellbare Weise kennengelernt hatte … plötzlich erinnerte sie sich nämlich, dass eine Cousine in Polen ihr diese Geschichte erzählt hatte … die Mutter war Kindermädchen bei einer reichen polnischen Gutsbesitzer-Familie gewesen … sie kam jeden Morgen dorthin und jeden Abend ging sie wieder nach Hause … eines Morgens, im Jahr 1942, waren in dem Gutshaus lauter deutsche Soldaten … überall Blut und blutige Stofffetzen … sie wollte schon die Flucht ergreifen, da wurde sie festgehalten, und ein junger Offizier befahl ihr, in die Küche zu gehen und für seine Leute zu kochen … dieser Offizier verliebte sich in sie, er zwang sie, mit ihm zu schlafen: entweder du lässt mich, oder …

und er machte eine Bewegung mit der Handkante am Hals …

sie wurde schwanger, und er heiratete sie, worauf sie aus ihrem polnischen Dorf gejagt wurde …

ich weiß nicht, wie lange ich an diesem Abend bei Schumann blieb, jedenfalls war es ziemlich spät, als er mich zur Sybelstraße zurück begleitete … am nächsten Tag trafen wir uns wieder, Schumann wollte in eine bestimmte Buchhandlung in der Burgstraße, danach schlenderten wir am Kanal entlang und sahen auf die Ausflugsschiffe, die Museumsinsel und den Dom, dabei kitzelte ich aus ihm heraus, was es in Wirklichkeit auf sich hat mit der Geschichte von der Polin …

kennst du sie?

natürlich, hab ich das nicht gesagt?

wart ihr ein Paar?

ja, ein ziemlich seltsames …

und was war das Seltsame?

na ja, kennst du die Zeichnung von einer Frau und einem Mann, und die Frau sagt, ich glaub, ich bin du …

ich musste lachen: und das war der Grund, ich meine, der eigentliche, dass du Frankfurt verlassen hast?

wenn du so willst, ja, aber es gibt ja immer mehr als einen Grund … man glaubt es im Moment zu wissen, aber sogleich sprengen die Gründe auseinander, lauter Gründesplitter… und schmelzen wieder zusammen… das nennt man dann wohl ›komplex‹ …

ich beobachtete ihn … vor uns glitt langsam ein Schiff entlang, an seiner Flanke stand in unbeholfenen Buchstaben ›Spreespatz‹, es war hell erleuchtet, nur fünf oder sechs Leute saßen darin, Schumann blickte ebenfalls zu dem Schiff hin, aber wie jemand, der durch die Dinge hindurch sieht … ach … er lachte etwas verlegen …

wenn etwas immer in dir drin ist und du immerzu voll davon bist … dann kann man nicht mehr von daran denken sprechen, dann ist das irgendwann du selbst …

und jetzt plötzlich wurde er gesprächig, in seinem Gesicht spielte sich etwas ab, das ihn verjüngte, so wie einen ein Fieberanfall verjüngt, er lehnte sich auf das Geländer, und während er das Kinn in die Hand mit den immer noch schönen ovalen großen Fingernägeln stützte, als ob er sich Halt zu geben suchte, um die Erregung, die ihn wohl selbst überraschte, in den Griff zu kriegen, brach es aus ihm hervor: du hast schon kapiert …

was kapiert?

du hast mich durchschaut, meine ich …

wirklich?

dass die Frau ich selbst bin, ich meine das Kind der Polin …

und dann, nach einer Weile Schweigen: findest du das schlimm?

ich wusste darauf nichts zu antworten, Groll kam in mir auf, warum erzählt er ausgerechnet mir das alles, denkt er, ich sei die richtige Adresse, weil er weiß, dass ich jüdisch … trotzdem legte ich den Arm um seine Schulter, während ich beobachtete, wie der Spreespatz in einem komplizierten Manöver umdrehte und sich an die Kaimauer schob, obwohl hier keine Anlegestelle war … ich wollte nicht fragen, was er mit seiner Frage, von wegen schlimm finden, wollte … ich musste an den Film ›Waltz with Bashir‹ denken, den ich ein paar Tage zuvor gesehen hatte, und in dem sich israelische Soldaten in einem Haus, das sie im Libanon erobert haben, Pornofilme ansehen, und dass in diesen obszönen Filmen deutsch gesprochen wurde …

in meinem ganzen Leben war ich nicht so orientierungslos, selbst von meinen Besuchen bei Großmutter, deren Nähe für mich immer so etwas wie Urruhe bedeutete, wo sich die Dinge wie von selbst in Ordnung schoben, kehrte ich diesmal ratlos zurück, und als Schumann mir sein Manuskript zu lesen geben wollte, sagte ich:

nein, das schaff ich im Moment nicht, nicht böse sein …

samstags traf ich ihn ein letztes Mal, es ging ihm an diesem Abend nicht gut, er sagte immer noch nicht, um welche Krankheit es sich handelt, er rauchte Marihuana, sog tief ein bei geschlossenen Augen und in den Nacken geworfenem Kopf, wahrscheinlich um die Schmerzen zu betäuben, und er drehte mir auch einen Joint … die Musik, die er aufgelegt hatte, kannte ich schon, sie lief andauernd bei ihm, Jazz, Billie Holiday … das Einzige, was er im Moment ertrage, sagte er … auf dem Sofa sitzend, den Kopf in die Hände gestützt, die Ellbogen auf breitgestellten Knien, hörte er mir zu … ich erzählte ihm von dem Kind, von Marcel, von meinem Dilemma, das erste Mal, dass ich mit jemandem darüber sprechen konnte … wir tranken Rotwein, rauchten und aßen nichts … ich weiß nicht, wie viele Joints es waren, jedenfalls wurde mir irgendwann speiübel, und was dann passierte, weiß ich nur von meinen Eltern … Schumann rief Aba an, weil er plötzlich Angst um mich hatte …

die Eltern holten mich bei ihm ab und brachten mich in die Klinik, ich muss in einem schrecklichen Zustand gewesen sein …

wir müssen sprechen, Vered, so geht das nicht weiter …

ihr habt ja recht …

aber ich brachte es nicht fertig, ihnen von dem Kind zu erzählen, von meiner Trennung von Marcel schon, aber von dem Kind nicht …

hört mal, ich bin sechsundzwanzig …

einen Tag bevor ich Berlin verließ holte ich Aba im Büro ab, wir wollten zusammen mittagessen … ich mag es, wenn wir zu zweit in einem Restaurant sitzen und die Leute uns ansehn wie ein ertapptes Liebespaar … ich kann mir denken, was sie denken, und es amüsiert mich, vor allem wenn ich daran denke, was ich als Kind mit krähender Stimme kundgetan habe: wenn ich mal groß bin, heirate ich Aba!,

der Lacherfolg war jedesmal derselbe gewesen, sodass ich immer wieder, vor allem in Gesellschaft, wenn die Bibelgruppe da war oder sonst jemand zum Abendessen, irgendwann verkündete: wenn ich mal groß bin, heirate ich Aba! … bis Mama mir eines Tages erklärte, dass man seine Eltern nicht heiraten kann, was mir natürlich nicht einleuchten wollte …

und wenn wir heute zusammen ins Restaurant gehn, kommt es mir vor wie damals …

als ich in sein Büro kam, um ihn abzuholen, und die Tür zu seinem Zimmer öffnete, stand er am Fenster und blickte hinaus … sein Gesicht war ganz gelöst, er bemerkte mich nicht, und ich konnte noch sehen, wie er auf seine Handfläche küsste und den Kuss lächelnd nach draußen blies, so wie er es früher mit mir immer tat, wenn ich mit Mama im Zug hinter der Scheibe stand und er draußen langsam davon glitt … er drehte sich um, und jetzt erst sah er mich: wartest du schon lange?, während ich mich wunderte, dass ich nicht wagte zu fragen, wem er diesen Kuss hinterhergeschickt hatte … erst als es zwischen Mama und ihm zu dem Eklat kam, von dem sie mir dann beide so unterschiedlich erzählten, dass man hätte meinen können, es handele sich um zwei ganz verschiedene Geschichten, wurde mir einiges klar …

als ich jetzt mit Aba im Restaurant saß und durch die großen Glasfenster auf den Ludwigkirchplatz sah, fiel mir nichts ein, was ich mit ihm hätte reden sollen … immer wieder sprang er auf und lief, das Handy am Ohr, nach draußen, und als ich, wahrscheinlich in vorwurfsvollem Ton, sagte: du bist ja gar nicht da, Aba, strich er mir über die Wange, wie man kleinen Kindern über die Wangen streicht, um sie abzuwimmeln, und gestand, dass ich ja recht habe, dass er mit den Gedanken ganz woanders sei, dass er zurückmüsse, dass es im Büro brenne, und bestellte die Rechnung, während ich fortfuhr zu schweigen, verwirrt von der Idee, dass er eine Geliebte haben könnte, eine Vorstellung, die eine Kaskade von Bildern in mir auslöste, und als ich nach Hause kam und Mama mich vollkommen zerstreut begrüßte, dachte ich, sie weiß es …

sie wollte wissen, ob ich ihr dunkelgraues Jackett gesehen hätte, sie habe es überall gesucht und könne es einfach nicht finden … das Jackett, das ihr Aba geschenkt hatte, als eines Tages ein großes Honorar auf seinem Konto gelandet war, um das er jahrelang hatte kämpfen, ja sogar einen Prozess führen müssen … als das Geld endlich da war, kaufte er Mama bei Sander dieses graue Jackett, an dem nichts Teures zu sehen ist und dessen Luxus man erst merkt, wenn man es berührt und sich über die Weichheit des Stoffs wundert, es hat ein besonders schmales Revers, so einfach, dass man ihm auch eine Flohmarktherkunft abgenommen hätte … nach diesem Jackett suchte Mama, ihr Haar sah aus, als hätte sie es den ganzen Tag noch nicht gekämmt, sie trug ihre alten Jeans und einen geringelten Pullover, an dessen Ärmeln in Höhe der Ellbogen die Haut durchschimmerte, sie war barfuß und die Ringe unter ihren Augen waren so dunkel, dass ich im ersten Moment ganz erschrocken war … sie hatte ihren Kleiderschrank ausgeräumt, alles lag teils auf dem Boden, teils übers Bett verstreut … und sie mutmaßte schon, die Möbelpacker hätten ihr das Jackett gestohlen,

Mama, du wirst ja schon wie deine Mutter,

sie lächelte und meinte, daran könne sie auch nichts ändern, und sie fing von Neuem an, alles, was herumlag, zu durchwühlen, ja, sie machte sich jetzt auch an Abas Kleiderschrank, schob die Hände unter die Jacken und Mäntel, wie in Trance kam sie mir vor, und erst als ich ihr einen Kaffee brachte, ließ sie ab von ihrer Sucherei und setzte sich zu mir an den Tisch …

ich sah ihre von braunen Flecken übersäten und faltigen Hände, und plötzlich tat sie mir leid … so kannte ich sie gar nicht, sie, die Praktische, die Abas Nervosität und Unberechenbarkeit immer aufgefangen hatte, die immer, wenn etwas Aufregendes war, wieder Ruhe schaffen konnte, wenn Aba auf Hochtouren war, wenn es um etwas ging, das wir nicht ganz verstanden, dann war sie es, die dafür sorgte, dass er wieder auf den Boden zurückkam, das ging so weit, dass sie Lavin anrief, wenn die beiden mal wieder aneinandergeraten waren, ihn zum Abendessen einlud und die Sache wieder in Ordnung brachte …

und jetzt saß sie da, ungekämmt, mit grau nachgewachsenem Haar, schlürfte laut ihren Kaffee, in den sie gedankenlos vier oder fünf Löffel Zucker gerührt hatte …

um die unerträgliche Stimmung zu unterbrechen, stand ich auf und ging zurück ins Schlafzimmer, durchwühlte ihre Kleider, Mäntel und Pullover, aus denen ihr Parfum strömte wie etwas Körperliches, etwas, wogegen sich alles in mir sträubte, ich merkte, wie sich die Härchen an meinen Armen aufstellten, während ich Stück für Stück aufeinanderlegte, und da, unter einem Cape, entdeckte ich das graue Jackett, das sie gesucht hatte, und brachte es ihr ... endlich lachte sie, und ich war wie erlöst ...

ein paar Tage später saß ich mit Tami am Strand und erzählte ihr von dieser Szene während wir auf das Meer sahen, auf das glatte, schieferfarbene Meer, da kam mir die Idee, wie gut es sein müsse, rauszuschwimmen, ganz weit raus und sich aufzulösen ... ich erzählte Tami auch von meiner plötzlichen körperlichen Abneigung gegen Mama in dem Moment, als ich ihre Kleider durchwühlte ... ja, dass sich dieser Widerwille ausgebreitet hat und ich nichts mehr an ihr ertragen konnte, nicht mehr, wie sie im Auto saß und das Lenkrad bewegte, mit so kleinen, kurzatmigen Griffen, ohne Schwung, zögerlich, auf unangenehme Weise weiblich, dass ich nicht mehr ansehen konnte, wie sie ein Messer benutzte, wie sie die Butter aufs Brot strich, wie sie trank, wie sie die Lippen vorschob und ein Mündchen machte, wie sie schluckte, ja, dass mich ihr Schlucken plötzlich ganz besonders störte, vor allem die Geräusche dabei, die mir plötzlich schrecklich intim vorkamen, sodass mich die zwanghafte Vorstellung befiel, ich könnte sie erschlagen, nicht, weil ich sie hasste, sondern weil ich mich plötzlich so schrecklich ekelte vor ihr ... ihr ferner Blick war unerträglich auf mich gerichtet, selbst ihr erleichtertes Lachen, nachdem ich ihr das geliebte Jackett auf den Tisch gelegt hatte, änderte nichts an meinem Widerwillen, sodass ich mich mit der Ausrede, ich sei todmüde, in mein Zimmer hinter der Küche geflüchtet hatte und mich ins Bett legte, um sogleich wieder aufzustehen und meine Unruhe damit zu besänftigen, dass ich anfing zu packen, ich wollte ja am nächsten Morgen nach Tel Aviv fliegen …

und Tami erzählte mir von ihrem Vater, Onkel Arnon, der so was wie eine Gedenkkerze sei, mit dem seine Eltern jemanden wiederaufleben lassen wollten, den sie verloren haben … in der Shoa verloren haben … es sei eine Bürde, mit der er plötzlich nicht mehr zurechtkomme … vielleicht, weil er als Kind mehr der Verlorene als er selbst sein musste … Tami machte deshalb eine Therapie und schlug mir vor, Golda, ihre Therapeutin, zu fragen, ob sie ein paar Stunden Zeit für mich hätte … und als wir später anfingen zu blödeln wie früher, als wir Teenager waren und sich der ganze pubertäre Weltschmerz noch in Kichern auflöste, fiel mir ein: ›Gedenkkerze und Alleswirdgut zeugen zerrissenes Herz‹, und das bin ich …

wir redeten und redeten den ganzen Tag, am Abend trafen wir Yair, Tamis Bruder, und blieben bis eins oder zwei im ›Hangar‹ am alten Hafen, ich tanzte, bis ich das Gefühl hatte, taub zu sein von der lauten Musik, und als ich am nächsten Morgen aufwachte, kam mir wieder das zerrissene Herz in den Sinn und ging mir wie ein Ohrwurm im Kopf herum, eine zwanghafte Spiralbewegung, die mich von jeder vernünftigen Tätigkeit abhielt und sich mit dem ›No no no‹ von Amy Winehouse vermischte, das aus dem Radio tönte …

in der Stimmung kam ich bei Golda an, die mir aus Zeitmangel ein paar kostbare Termine für eine kurze Therapie morgens um halb sieben gönnte … nachdem ich mich um fünf aus dem Schlaf gequält hatte, ja, es ist mir kaum möglich, um diese Zeit meine Lebensgeister wach zu kriegen … das hab ich von Mama geerbt, die nicht fähig ist, vor neun ihre Wahrnehmung in Gang zu setzen und mich die ganzen

Schuljahre über morgens wie in Trance versorgt hat … ich weiß noch, wie sie im Bademantel oder im Schlafanzug vor dem Herd stand, die Sonne schien in das große Zimmer unterm Dach, sie schien manchmal so grell, dass Mama sich eine Sonnenbrille aufsetzte, weil sie so früh Helligkeit nicht ertragen kann, also Mama mit Sonnenbrille und wirr zusammengestecktem Haar, im Schlafanzug, an den Füßen ausgetretete Schläppchen, und ihre vergeblichen Versuche, nicht zu gähnen …

dann bleib doch einfach liegen, sagten wir, aber das wollte sie nicht, und dafür hatte sie ihre Gründe, ich glaub, sie wollte nicht sein wie Oma Edda, die nie mit ihr gefrühstückt hat, außerdem wollte sie uns morgens sehn, bevor wir das Haus verließen, sie brauchte das, damit sie nicht wieder einschlief … sonntags aber, wenn sie sich nicht zwang, aufzustehn, schlief sie oft bis ›in die Puppen‹ und wachte erst auf, wenn Aba und ich vom Joggen durch den Grüneburgpark zurückkamen … dann gingen wir irgendwohin zum Brunchen, ins Strandcafé oder zu Mövenpick … das waren die schönsten Wochenenden, aber am liebsten mochte ich es, wenn wir in die Taunusthermen fuhren, im Winter, wenn das Gras in Reifpelz gehüllt war und unter den Schuhsohlen knirschte, wenn wir dann im heißen Wasser umeinander herumhüpften und schwammen, wenn Aba mich hochwarf in die Eiseskälte und ich zurückplatschte ins Heiße, er mich an sich drückte, an seine Brust, an seinen Bauch, wenn ich aus dem heißen Becken ins Kalte stieg und laut: ähähäh, ihr traut euch das nie! kreischend unter den kalten Wasserfall rannte, dann ins Tretbecken, wo die Temperatur kurz vor dem Gefrierpunkt war und meinen ganzen Körper durchzogen hat, und wenn ich dann mit Gänsehaut ins heiße Wasser zurücksprang und Aba mich umarmte, und ich, noch zitternd und schnatternd, mit offenen Augen untertauchte und seine unter

Wasser komisch weißen Arme und Beine sah ... wenn Mama ihr nasses Haar aus dem Gesicht gestrichen hatte und es fast schwarz aussah, obwohl es eigentlich dunkelblond ist ... und Aba sagte: warum trägst du's eigentlich nicht immer so ... und sie dann: du bist aber auch wirklich der Einzige, dem das gefällt, wenn ich dann in ihrer Stimme eine ganz kleine Verachtung hörte, und die beiden sich küssten mit nassen Gesichtern und umeinander herumfischelten ... ja, so nannten wir das: wolln wir fischeln gehn?, wenn wir im durchsichtigen, hellgrünen Wasser umeinander herumschwammen und tauchten ... wenn das Thermalwasser in den Augen brannte, und wenn wir dann, wieder angezogen und frisch geölt, im Selbstbedienungsrestaurant saßen und einander mit geröteten Augen anblickten und Lachanfälle kriegten: du siehst vielleicht aus, Vered! ... und ich loskicherte, zwischen den Pommes, die ich mir in den Mund schob, und den gekochten Eiern ...

jedenfalls fiel es mir nicht leicht, so früh bei Golda in Herzliya zu sein, ich nahm den neunziger Bus in der Ben Jehuda, an der Haltestelle gegenüber der Bäckerei, wo ich mir schnell noch ein paar von diesen kleinen Baisers erstand, ich könnte sterben für diese süßen Dinger, mit denen ich mich vollkrümelte, während der Bus durch die noch schlummernde Bograshovstraße und am Dizengoffplatz vorbeifuhr und meine Schläfrigkeit langsam verschwand ... wenn der Bus dann an dem Haus vorbeikam, wo außen am Balkongitter ein Fahrrad hängt, war ich schon kurz davor, wach zu sein und freute mich über das Licht, das durch die kleinen Blätter der Bäume schimmerte, und an dem Hochhaus, wo die vielen Klimakästen in vielen Reihen übereinanderhängen und aussehn wie unzählige Augen, war ich schon halbwegs bei Bewusstsein, dann blitzten auch schon die Dünen und das Meer durch die neuen Wohnviertel kurz vor Herzliya, und ich überlegte, was ich diesmal zur Sprache bringen könnte ... während ich durch die Alexander-Yannay-Straße lief bis zu dem zugewachsenen Häuschen, in dem Golda wohnt, sirrten die Fragen durch meinen Kopf wie ein Schwarm Maikäfer ... so ging es, bis ich endlich in den weichen, grauen Plüschsessel sank, den Blick auf ein Bild, auf dem ich zuerst einen schwarzen Berg sah, einen gelben Vordergrund, bunte Gestalten und ein Getümmel kleinerer Personen ... das Bild hing hinter Golda, die mir gegenübersaß, sodass ich immerzu daraufsehen musste, mein Blick glitt an ihrem Gesicht vorbei über ihre rechte Schulter hinweg auf die starken Farben in dem Bild, in dem ich bald mehr sah als auf den ersten Blick, ja, ich erkannte etwas, was mir zu albern vorkam, um es auszusprechen ... nämlich über den Gestalten vor dem schwarzen Berg erhoben sich drei längliche weiße Formen, deren größte mir vorkam wie ein enormer Penis, an dessen Spitze ein kleines gelbes, rundes Ding in das Schwarz hineinwuchs ... es schien wie eine Frucht an der Spitze des überdimensionalen Phallus zu wachsen, ein rundes, festes Etwas, der Phallus war so groß wie die ganze darunterstehende Figur, die man von hinten sah ... ich weiß genug von Psychologie, um zu wissen, dass genau das einen Therapeuten interessieren könnte, und dennoch oder vielleicht gerade deshalb brachte ich es nicht fertig, darüber zu sprechen, es kam mir zu platt vor, ja lächerlich ... so lag ich in dem grauen Sessel und schwieg ... Golda schwieg auch, ich wartete darauf, dass sie etwas sagen und mir aus dem Schweigen heraushelfen würde, aber sie sagte nichts, die ganze erste Stunde über schwieg ich, möglicherweise schlief ich auch ein und wachte wieder auf, denn die Stunde verging so schnell, dass es mir ganz unwahrscheinlich vorkam, als Golda sagte: die Zeit ist um ...

immer wenn ich morgens aufstand und zur Bushaltestelle lief, nahm ich mir vor, etwas zu tun für das teure Geld, aber wenn ich dann wieder dort saß und die Beine ausstreckte, fiel mir wieder kaum etwas ein, ich starrte auf das Bild und hörte Golda atmen, manchmal schnäuzte sie sich, und als ich schließlich anfing zu weinen, weil mich, indem ich auf den erigierten, weißen, schwarzumrandeten Penis blickte, mit einem Mal etwas überkam, eine Stimmung, ein Gefühl, wie ich es seit Langem nicht erlebt hatte, ein Geschmack, der mich in die erste Zeit mit Marcel tauchte … sah ich plötzlich sein Profil, seine hohe Stirn, seine leicht geschwungene Nase, sein Kinn, und ich erinnerte mich an diese Art elektrischer Ströme in der ersten Zeit unserer Liebe, etwas, das mit einem bestimmten Ton seiner Stimme verbunden war, mit seinem Geruch, mit der Farbe seiner Augen, die sich immer ändert … und jetzt war ich auf der Stelle eingehüllt in diese Erinnerung … in dem Augenblick fragte Golda, was ich gerade denke … es war in der dritten Stunde, und jetzt endlich, langsam, langsam blubberten die Wörter aus meinem Mund, ich konnte sie zwischen meinen Lippen herausschlüpfen fühlen, mundwarme Wörter ohne Haut, die mir entfleuchten, ohne dass ich sie fest formen konnte, und mit Hilfe derer ich versuchte, zu beschreiben, was ich am Anfang, als ich Marcel kennenlernte, für ihn empfand, und wie vollkommen dieses Etwas irgendwann verschwunden war …

ich wusste nicht, seit wann es nicht mehr da war, nur dass mir jetzt wieder eine Ahnung davon zurückkam, von diesen Schwebeteilchen des Glücks, von etwas, das ich unbedingt wollte, das machte mich für diesen Moment fast froh …

sag es, hörte ich Goldas Stimme und musste lachen, weil ich so lange über mich gesprochen hatte wie über jemand anderen … aber schon wieder schwieg ich, und mir fiel nur ein: sag du mir endlich, was ich tun soll, soll ich das Kind kriegen oder …

dabei hörte ich die Jämmerlichkeit in meiner Stimme, und so ging es weiter, Stunde um Stunde tigerte ich um die Dinge herum, entschuldigte mich bei Golda dafür, dass ich ihr einen solchen Stuss ausbreite … ich wusste im Lauf der Stunden immer weniger, worauf es nun ankam oder nicht, es war, als surfte ich auf lauter Belanglosigkeiten … und jedesmal fing es damit an, dass ich über Goldas Schulter hinweg auf das Bild blickte, es war von Kandinsky, und es gehörte auch eine bestimmte Musik dazu, die er am Tag, bevor er das Bild malte, gehört hat, eine Musik von Schönberg, die ich mir als CD besorgte und auf dem alten Player in der Idelsonstraße auflegte … wie durch ein Tor ging ich jedesmal, kaum dass ich in dem grauen, weichen Sessel saß, durch das Bild hinein in meine Welt, manchmal ging die Stunde rasend schnell vorbei, manchmal aber tröpfelte die Zeit in Tausendstelsekunden endlos dahin, und immer hatte ich das Gefühl, nichts getan zu haben, das teure Geld umsonst zu Golda zu tragen, nichts geleistet zu haben, nicht effektiv gewesen zu sein …

bis ich allmählich aufgab, bei jeder Frage, die ich stellte, und die Golda nicht beantwortete, gab ich etwas auf, fiel zurück auf mich selbst wie auf eine kalte Metallplatte … an manchen Tagen verließ ich Golda völlig niedergeschlagen, sodass ich ihr beim nächsten Mal vorwarf: das ist gnadenlos … du durchschaust doch alles und hilfst mir nicht! …

als ich die Tür zur Idelson-Wohnung öffnete, lag mitten im Zimmer auf dem Fliesenboden eine tote Maus … sie lag da, als wollte sie genau an dieser Stelle gefunden werden … ich wagte nicht, sie anzufassen, ich wusste, dass in der Wohnung Mäuse sind, aber ich hatte noch nie eine gesehen … nur einmal, als wir einen Lebkuchen auf dem Tisch liegen gelassen hatten und nach Monaten wiederkamen, war nur noch ein kleiner Teil davon übrig geblieben, da war es klar, aber es störte niemanden ... als Kind fand ich Mäuse süß, ich hatte sogar einmal welche, zwei oder drei, die ich in einer Schachtel aufhob, und erst als die Katze der Nachbarn in einem unbeobachteten Moment in mein Zimmer kam und sie fraß, entwickelte ich eine Art Abscheu vor Mäusen, ich weiß nicht, warum ...

ich traute mich nicht, die tote Maus anzufassen, sondern ließ sie liegen und ging ins Café Monica, um zu überlegen, was ich tun sollte ... mir war speiübel, als ich Tami anrief ...

das ist normal ... wenn man schwanger ist, ist das normal, soviel ich weiß, da wird einem von allem schlecht ...

ich konnte mich den ganzen Tag nicht überwinden, in die Wohnung zurückzugehn und überlegte mir schon, zu Tami in den Kibbuz zu fahren, aber da rief sie an, sie sei in Tel Aviv, wir könnten doch den Abend zusammen ... sie kam in die Idelsonstraße und schaffte die Maus weg ...

am nächsten Morgen wachte ich zum ersten Mal seit langer Zeit mit der Lust auf, aufzustehen und den Tag anzufangen, wie durch einen Zauber war der graue Schleier verschwunden, der mich die letzten Wochen über wie im Halbschlaf gehalten hatte ... war es Golda, der ich das zu verdanken hatte?, ich weiß es nicht ... jedenfalls war draußen ein herrlicher Tag und der Himmel so blau wie in einem Disneyfilm ... ich stand auf, duschte und machte mich an die Arbeit ...

ich hatte mir vorgenommen, die Wohnung zu putzen, in der Küche fing ich an, räumte alles aus, reinigte den Herd, den Eisschrank, wusch die Schränke aus, warf alle Tüten mit Gewürzen weg, die seit ewig eine Schublade füllten, und nicht nur das ... nach einem Blick in die Dosen mit Nudeln, Mehl, Salz und Zucker, Mandeln und Sesam warf ich alles weg, mitsamt den lebenden und toten Motten, ich räumte den Kleiderschrank aus, brachte den Inhalt auf den

Balkon, schüttelte Jacken und Hosen aus, stopfte die von Motten zerfressenen Pullover in einen Müllsack, und am Ende machte ich mich daran, die kleine Kammer hinter dem Schlafzimmer zu räumen ... fand etwa zwanzig Paar alte Schuhe, viele Bücher, zwei Gläser mit eingemachten Trauben aus dem Jahr 1979, der Inhalt war dunkel und fest wie Pech und völlig verzuckert, ich fand uralte Pillen und jede Menge Valium, große Rollen mit Architekturzeichnungen von Aba, alles Mögliche, Gerümpel, unbrauchbares Zeug ... am Ende wusch ich die Bücherregale aus, räumte all die alten Bücher auf den Tisch, den Band mit Rilkegedichten aus dem Jahr 1935, ein paar Hebräischbücher, fleckige und zerlesene Romane, deren Verfasser mir völlig unbekannt sind, ich blätterte manches kurz durch und war schon dabei, den verschimmelten, uralten Band von Tolstoi auf den Stapel zu werfen, den ich zum Entsorgen in einen Wäschekorb geräumt hatte, da rutschte ein zerknittertes bräunliches Stück Packpapier auf den Boden ... ich faltete es auf und traute meinen Augen nicht – es war ein Brief von Albert, ein Brief aus dem Ghetto Litzmannstadt, mit Bleistift geschrieben:

Liebste Lisi,

ich bin in Lodz, wo ich in einer Fabrik arbeite. Wenn du wüsstest, was ich schon alles kann! Ich sag dir besser nicht, was genau ich arbeite, für den Fall, dass der Brief gefunden wird. Ich gebe diesen Brief jemandem, dessen Namen ich nicht nennen kann. Es geht mir ziemlich gut, das heißt, ich verhungere nicht und hab Arbeit. Es gibt hier viele Fabriken, alle arbeiten für die Wehrmacht und für Betriebe im Reich. Es ist eine hässliche Stadt. Du kannst dir das bestimmt nicht vorstellen. Ach wären wir doch damals mit nach Palästina gekommen. Von den Eltern habe ich schon länger nichts gehört. Sie sind ausgesiedelt worden. Man weiß hier nicht, was das heißt, ob gut oder schlecht. Ach, Lisi, es ist so traurig. Wie gern wär ich bei dir. Gestern wurde ein Mann gehängt, weil er was gestohlen hat. Seine Frau und die Kinder mussten zugucken. Alle Leute sind gekommen, um ihn zu verabschieden, alle haben gesehn, wie er gehängt worden ist. Ich auch. Er hieß Bekermann, und vor seinem Haus in der Marysinskastraße hat man schon von draußen die Familie weinen gehört. Wir müssen zehn Stunden am Tag arbeiten, danach geh ich noch Holz sammeln. Nie hätt ich mir in Berlin vorstellen können, dass ich mal an so einem Ort lande. Vielleicht klappt es ja irgendwann mit Palästina. Ich bete und glaube fest, dass wir uns irgendwann alle wiedersehen. Ob es ihn wohl gibt, den da oben?

Ich hab dich lieb, dein groß gewordener Bruder

Ich schob die Balkontür auf, setzte mich auf den kühlen Boden, atmete die Luft ein und betrachtete den Brief auf meinen Knien … ich dachte an das Kind, daran, dass Mama plötzlich ins Krankenhaus musste, wo ich sie nicht erreichen konnte, daran, dass Aba eine Geliebte hat, an Marcel, wie er plötzlich zur Seite fuhr, und an seinen entsetzten Blick, an die Geschichte von Wladek Spiegelman, der seinem Sohn sein Leben erzählt, an die Mäuse in gestreiften Kazettanzügen, an die Punktaugen in den Gesichtern mit den Mauseohren, und daran, wie ich mit Miriam auf meinem Bett lag, wir waren vielleicht acht oder neun, wir räkelten uns auf der zerknautschten Decke, die Rachel mir zum Geburtstag geschenkt hat, die rote mit den grünen Streifen an den Rändern, die immer verfleckt war, dachte daran, wie wir Marshmellows gegessen und die Geschichten von ›Maus‹ gelesen haben … und ich dachte an Kafkas Gesicht und an die Sängerin Josefine und das Volk der Mäuse … jetzt wusste ich, was ich wollte, jetzt hatte ich die

Frage gefunden … ich schrieb einen Brief an Marcel, in dem ich ihm sagte, dass ich auf ihn warte …

am 9. Juni 2008 ist David geboren, nach jüdischer Zeitrechnung im Jahr 5768 …

Großmutter hat ihn noch kennengelernt …

ist euch kein besserer Name eingefallen?, war ihr erster Kommentar, bevor sie ihrem Urenkel ein Kinderlied vorsang, während er auf meinem Arm lag und sie ernst anblickte … kurz vor ihrem Tod, als ich sie noch einmal zusammen mit David besuchte, setzte ich ihn auf den Teppich und ließ ihn einen Moment aus den Augen … als ich wieder zu ihm hinsah, hatte er sich ein Stück weiter gerobbt und war dabei, sich einen von Großmutters Zetteln in den Mund zu stopfen.

Mein Dank gilt all den Freunden, die mir in vielen Gesprächen und mit der Überlassung persönlicher Dokumente geholfen haben. Ohne sie hätte dieses Buch nicht entstehen können.

Israelische Autoren im dtv

»Was das Besondere an israelischer Literatur ist?
Sie ist wundervoll.«
Yoram Kaniuk

Savyon Liebrecht
Die fremden Frauen
Drei Novellen
dtv premium
Übers. v. Vera Loos und
Naomi Nir-Bleimling
ISBN 978-3-423-24285-1

Ein Mann und eine Frau und ein Mann
Roman
Übers. v. Stefan Siebers
ISBN 978-3-423-12987-9

Die Frauen meines Vaters
Roman
dtv premium
Übers. v. Vera Loos und
Naomi Nir-Bleimling
ISBN 978-3-423-24626-2

Eshkol Nevo
Vier Häuser und eine Sehnsucht
Roman
Übers. v. Anne Birkenhauer
ISBN 978-3-423-13758-4

Wir haben noch das ganze Leben
Roman
Übers. v. Markus Lemke
ISBN 978-3-423-14067-6
und dtv premium
ISBN 978-3-423-24790-0

Sara Shilo
Zwerge kommen hier keine
Roman
Übers. v. Anne Birkenhauer
ISBN 978-3-423-13998-4
und dtv premium
ISBN 978-3-423-24716-0

Asta Scheib im dtv

»Ich bin süchtig nach Buchstaben. Am liebsten würde ich den ganzen Tag lesend verbringen.«
Asta Scheib

Das zweite Land
Roman
ISBN 978-3-423-**13401**-9
Eine junge Kurdin in München. »Das trifft tiefer ins Herz als jede Dokumentation über Bürgerkriegs-Flüchtlinge.« (Berliner Morgenpost)

Langsame Tage
Roman
ISBN 978-3-423-**13420**-0
»Ein Familien-, Frauen-, Mütter-, Ehe-, Liebes- und Einsamkeitsbuch ... Ein Stadtroman für intelligente Leser.« (Wolfgang Koeppen)

Der Austernmann oder Die Sprache des Schweigens
Roman
ISBN 978-3-423-**13454**-5
Die Geschichte eines beruflich erfolgreichen Mannes, der privat an seiner Verschlossenheit scheitert. »Lebensnah und spannend.« (Ponkie)

Diesseits des Mondes
Roman
ISBN 978-3-423-**13553**-5
Ein Buch über die Freiheit, das eigene Leben zu leben.

In den Gärten des Herzens
Die Leidenschaft der Lena Christ
Roman
ISBN 978-3-423-**13515**-3
Die mitreißende Romanbiographie einer unangepassten, außergewöhnlichen Frau.

Agnes unter den Wölfen
Roman
ISBN 978-3-423-**21145**-1
Agnes verliebt sich in Simon. Aber der Vater des jungen Mannes verfolgt sie mit Misstrauen. Was will er von Agnes?

Frost und Sonne
Roman
ISBN 978-3-423-**21183**-3
Historischer Roman über die Fürstenfamilie Jussupow und die letzten Jahren der Romanow-Dynastie.

Beschütz mein Herz vor Liebe
Die Geschichte der Therese Rheinfelder
ISBN 978-3-423-**21250**-2
Die authentische Geschichte einer Münchnerin, die plötzlich erfährt, was es heißt, Jüdin zu sein.

Joseph Roth im dtv

Radetzkymarsch

ISBN 978-3-423-**12477**-5 und
ISBN 978-3-423-**19101**-2

Im Aufstieg und Untergang der Familie Trotta spiegelt sich der letzte Glanz der Donaumonarchie.

Die Kapuzinergruft

ISBN 978-3-423-**13100**-1

Wie im ›Radetzkymarsch‹ wird das Schicksal der Familie Trotta beleuchtet.

Das Spinnennetz

ISBN 978-3-423-**13171**-1

Am Beispiel des jungen Leutnant Lohse wird vorgeführt, wie eine ganze Generation von Mitläufern entsteht. Enttäuscht und führungslos werden sie zu Helfern des Rechtsradikalismus.

Die Legende vom heiligen Trinker

ISBN 978-3-423-**13237**-4

Der Pariser Clochard Andreas erhält unerwartet 200 Francs und bekommt so die Möglichkeit, seinen letzten Lebenstag in Würde zu begehen.

Hiob

ISBN 978-3-423-**13020**-2

Wie in der alttestamentarischen Geschichte des von Gott geprüften Dulders, erleidet der gläubige Jude Mendel Singer zahlreiche Schicksalsschläge. Als er zu verzweifeln beginnt, geschieht ein Wunder.

Hotel Savoy

ISBN 978-3-423-**13060**-8

Ein Hotel wird zur Metapher für die aus den Fugen geratene Welt nach dem Ersten Weltkrieg.

Juden auf Wanderschaft

ISBN 978-3-423-**13430**-9

Eine liebevolle Zeichnung der ostjüdischen Kultur und des Lebens in der neuen Heimat.

Das falsche Gewicht
Roman

ISBN 978-3-423-**13853**-6

Der redliche Eichmeister Anselm Eibenschütz wird aus Liebe schuldig und verliert bald sein Verständnis von Recht und Moral.

Beichte eines Mörders, erzählt in einer Nacht
Roman

ISBN 978-3-423-**13967**-0

Die Lebensbeichte des Semjon Golubtschik ist eine Parabel auf die Macht des Bösen – und eine Geschichte von Leidenschaft, Rache und Mord.